Eckhart Nickel

Punk

Eckhart Nickel

Punk

Roman

PIPER

Mehr über unsere Autorinnen, Autoren und Bücher:
www.piper.de/literatur

Von Eckhart Nickel liegen im Piper Verlag vor:
Gebrauchsanweisung für Portugal
Gebrauchsanweisung für Kathmandu und Nepal
(zusammen mit Christian Kracht)
Hysteria
Von unterwegs
Spitzweg

Unser Versprechen für mehr Nachhaltigkeit
• Klimaneutrales Produkt
• FSC®-zertifiziertes Papier
• Hergestellt in Deutschland

FSC www.fsc.org
MIX
Papier | Fördert gute Waldnutzung
FSC® C014496

ISBN 978-3-492-07282-3

Gesetzt aus der Electra LT Std
Satz: Uhl + Massopust, Aalen
Druck und Bindung: GGP Media GmbH, Pößneck
Printed in Germany

Für Lola Jette und Susan Ann

If you think the world is / A clutter of existence / Falling through the air / With minimal resistance / You could be right, how would I know? / Colossal youth is showing the way to go.

Young Marble Giants

Übrigens wirkt fast jede Musik erst von da an zauberhaft, wo wir aus ihr die Sprache der eigenen Vergangenheit reden hören.

Friedrich Nietzsche

The young need discipline and a full bookcase.

Vivienne Westwood

1

Brand-New-Life

Die ersten beiden Sätze waren perfekt gelungen. Gleich am Anfang des dritten aber begann es zu hapern. Obwohl das Motiv nur zweimal in leichter Variation wiederholt werden sollte, fing sie immer wieder von Neuem an. Sie schaffte einfach nicht den Sprung in den nächsten Takt, und ich begann zu zittern. Das Vorspiel war ausverkauft, und Kirsten durfte den Anfang machen mit Mozart, Klaviersonate Nr. 1 in C-Dur, Köchelverzeichnis 279.

Weil ich in der ersten Reihe saß, konnte ich mich schlecht umsehen, ob sich schon Unruhe auszubreiten begann. Ich starrte auf ihre fliegenden Hände, die mit gleichbleibender Perfektion den Beginn des Allegros in die Tasten hämmerten, aber immer an der gleichen Stelle kamen sie nicht weiter und begannen erneut von vorn wie eine Platte, die hängt.

Unsere Klavierlehrerin, Madame Framboisée, saß rechts, und ich versuchte unauffällig, zu ihr hinüberzuschauen. Kirsten hatte am Vorabend bis spät in die Nacht geübt, zuletzt in atemberaubendem Tempo und völlig fehlerlos, sodass alles auf einen großen Erfolg deutete. »Fast so schnell wie Glenn Gould«, hatte sie mich freudestrahlend angegrinst, bevor wir zu Bett gingen, »aber den hole ich morgen auch noch ein, versprochen.« Ihre feingliedrigen Hände in der Luft, unser *High Five;* Falcos »Rock Me Amadeus« aus den Boxen; wir stotterten *Er-war-ein-Pun-ker-und-er-leb-te-in-der-gro-ßen-Stadt:*

All das schien mir jetzt ewig lang her zu sein, wie aus einem anderen, unerreichbar gewordenen Leben.

Die Klavierlehrerin hatte die Augen geschlossen. Ihr Mund, bei der feierlichen Ansprache der Jugendmusikschulleiterin noch fröhlich vor Aufregung bebend, war zu einem schmalen Strich verblasst. Plötzlich hörte die Musik ganz auf. Als ich mich wieder zu meiner Schwester drehte, war sie völlig in sich zusammengesunken, ihr Kinn berührte den Hals. Ein Schlag ließ alle wie aus hypnotischer Starre aufschrecken. Es war der Tastendeckel, den Kirsten mit Effet zugeklappt hatte. Sie drehte sich um und stand auf. Während sie mit erstaunlich klarer Stimme zu sprechen anhob, blickte Kirsten starr in den Lichtkegel über alle weg, nur am Schluss schlug sie die Augen kurz nieder, zu Madame Framboisée.

»Ich kann es nicht mehr. Das war's. Tut mir leid. Entschuldigen Sie bitte, es hat nicht sollen sein. Sorry, Mozart, an dir hat's nicht gelegen.« Dann verbeugte sie sich artig, bevor sie zur Seite abging.

Gespenstische Stille erfüllte den Saal, niemand traute sich, auch nur einen Finger zu rühren. Irgendwann aber begann wie bei einem dieser modernen Stücke, wenn das Publikum sich nicht ganz sicher ist, ob der letzte gewaltige Ton auch wirklich den Schluss der Partitur bedeutet, jemand weit hinten zaghaft zu klatschen. Der Applaus entwickelte sich erst zögerlich, wuchs aber bald zu einem immer stärker anschwellenden Tosen, das, wie ich eingetrübt durch meine Tränen sehen konnte, selbst unsere Klavierlehrerin nicht unbewegt zu lassen schien. Obwohl ihre Lider immer noch ruhten, begann sie langsam und beständig zu nicken. Wahrscheinlich aus Angst davor, was nach dem Klatschen kommen würde, hörte das Publikum lange nicht auf. Keiner wollte der Letzte sein, und so ging es immer wieder von vorne los, nur in ständig schwächer werdenden Wellen, bis es wirklich vorbei war.

Madame Framboisée erhob sich und ging getragenen Schrittes zum Pult mit Mikrofon, das auf ihrer Seite der Bühne stand. Sie richtete den Blick nach oben über die Menge hinweg, als könnten in einer derartig kompromittierenden Situation nur noch die Götter selbst als adäquate Ansprechpartner dienen. Ihre Stimme zitterte, der französisch eingefärbte Tonfall, der sonst eher streng klang wie die Betonung eines höfischen Rituals, wirkte nun trotz des sarkastischen Tons fast schon zerbrechlich: »Wir bleiben mit unserem nächsten Kandidaten *nach* Mozart, von dem man, wie sie ja sehen und hören durften, nie genug bekommen kann, direkt beim Thema: Erik ist nicht nur der Vorname des Schülers, nein, auch des Komponisten, den er uns vorstellt mit seinen *Vexations*, zu Deutsch in etwa *Quälereien*, ein Werk, dessen Motiv der endlosen Wiederholung und Variation schönste Erinnerungen an meine eigenen Klavierstunden weckt und als absolutes Meisterwerk, ja als Vorreiter der seriellen Musik gilt. Viel *Vergnügen* mit Satie!« Sie schaute fahrig in die Menge, als ob sie Ihren Schüler mitten im grellen Gegenlicht entdecken könnte. Ich fragte mich, ob sie schon vor dem Konzert zu trinken angefangen hatte.

Nach jeder Stunde geriet ich mit Kirsten tierisch aneinander, weil wir uns nie einig werden konnten, was sich hinter dem speziellen Odeur von Madame Framboisée verbarg. War es ein exklusives Eau de Parfum aus Paris, das sich einfach nur sehr unglücklich mischte mit ihrem Make-up, dessen Puder nach Moschus und Vanille duftete, dem kokoslastigen Haaröl ihrer Dauerwellen-Mähne und der Schweißbildung unter den Kunstfaser-Ärmeln ihrer schreibunten Blumenblusen, mit denen sie ihre Leibesfülle so elegant kaschierte?

Oder stammte der alkoholische Geruch, der an vergessene lila Schulmatrizen erinnerte, doch direkt aus der Flasche *Eau de Vie*, die wie eine alte Ziervase ihren festen Platz auf dem Teetisch ihres Musikzimmers hatte, von wo aus sie uns ihre köstliche *Infusion Verveine* anreichte, wenn wir vom vielen Klavierüben durstig geworden waren?

Das Lebensunglück, nicht selbst die berühmte Pianistin geworden zu sein, die sie aus all ihren Schülerinnen machen wollte, stand unausgesprochen hinter ihrem brutalen Regime und den eingestreuten Ausbrüchen von Zärtlichkeit, wenn uns ein Stück ausnahmsweise gelungen war. Dann nahm sie beide Hände an den Mund und schleuderte uns schmatzend einen imaginären Kuss zu. »Exzellent, meine *Täubschen!*« Das »ch« im Deutschen hatte sie nie wirklich gemeistert. »Ganz ausgezeichnet. Genau so, wie ich es mir vorgestellt hatte in meinem Kopf.« Dann nahm sie ihren winzigen abgekauten weichen Bleistift zwischen die Zähne und spielte das Stück noch einmal genau so nach, wobei sie mit ihrer hellen Kopfstimme mitsummte.

Man konnte ihr trotz der schweren Stunden nie wirklich gram sein, weil sie in solchen glückvergessenen Momenten des Klavierspiels, zumeist Debussy, dessen *Images* sie über alle Maßen liebte, selbst wie ein Kind war, unschuldig und unangreifbar für den Rest der Welt in ihrer liebenswerten Überlegenheit. »Fast möchte ich sagen, es kommt alles auf die richtige Haltung an. Wie ihr sitzt, ist euer Spiel. Geradeaus und aufrecht wie die Linien des Notenblattes mit seinem Violinschlüssel davor.« Die Ratschläge, die sie wohlmeinend in Zeiten guter Laune gab, habe ich mir alle gemerkt, weil sie so klar und besonders waren wie ihre Handschrift, mit der sie unsere Übungspartituren vollkritzelte. Sie war ausgesprochen leserlich, aber mit hinreißenden Schnörkeln versehen, die ich bildlich als Zierrat ihres

Wesens verstand, die barocken Verlustierungen einer gebeutelten Seele.

Am Abend des Vorspiels war sie jedenfalls in keiner guten Verfassung, die sich noch verschlechterte, als Erik Niehardt tatsächlich nicht im Saal aufzufinden war, sondern mehrfach ausgerufen und auch noch gesucht werden musste, weil er sich, wie ich erst später erfuhr, nach Kirstens jähem Abgang auf der Damentoilette verschanzt hatte. Als er dann endlich mit seiner dioptrienschweren Hornbrille und dem unvermeidlichen dunkelblauen Nicki unter Applaus des Publikums wie ein verschrecktes Tier von seiner um Contenance ringenden Mutter zur Bühne gebracht wurde, nutzte ich die allgemeine Aufregung, um aufzustehen und Kirsten zu suchen.

Hinterher ergab alles Sinn: der Umstand, dass mein Beitrag zum Abend, die späten Nocturnes von Chopin, wegen der Länge von Eriks Stück auf das nächste Frühjahrsvorspiel verschoben wurde, was mir völlig recht war, weil ich totales Lampenfieber hatte. Dann der Zeitpunkt des Abends genau am kalendarischen Herbstanfang, also *Äquinoktium*, dem fantastischen Phänomen der Tagundnachtgleiche, eine Zäsur von absolut astronomischen Ausmaßen. Auch so gesehen war es verständlich, dass Kirsten und ich uns auf der Holzbank im Park hinter der Musikschule ein für alle Mal gegenseitig schworen, nie wieder im Leben freiwillig aufzutreten. Wobei es ein Witz war, bei einem öffentlichen Foltergang dieser Art überhaupt von freiem Willen zu reden.

Ich hatte sie schnell gefunden, weil die Bank schon immer unser Treffpunkt war, wo wir nach dem Unterricht aufeinander warteten, wenn wir ausnahmsweise nicht bei Madame Framboisée zu Hause spielten. Von der leichten Anhöhe, hinter der ein kleineres Stück Laubwald begann, hatten wir einerseits einen perfekten Ausblick auf den gesamten Gebäudekomplex und konnten sofort sehen, wann immer sich jemand von dort dem »Berg«, wie er zwischen uns hieß, näherte. Andererseits lag die Bank im Schatten des umgebenden Hains, sodass wir sogar aus kürzester Entfernung kaum zu sehen waren und Spaziergänger selbst am helllichten Tag manchmal fast erschraken, wenn sie plötzlich zwei Silhouetten wie aus dem Nichts vor sich auftauchen sahen.

Von der *konspirativen Bank* aus, wie Kirsten sie nannte, weil wir hier immer die besten Gedanken hatten und alle wichtigen gemeinsamen Pläne für die Zukunft schmiedeten, hörten wir, wie Erik sich angestrengt durch die *Vexations* schleppte. Zuerst war ich absolut gebannt von seinem Spiel, weil er diesmal das Tempo so perfekt hinbekam, geradezu unheimlich abgeklärt. Genau *très lent*, wie Satie es wollte, der dem Klavierspieler für gewünschte 840 Wiederholungen *absolute Stille* als Vorbereitung anempfahl und *ernsthafte Regungslosigkeit* dazu. Madame hatte zum Glück die letzten Stellen vor dem Komma weggelassen und lediglich 8,4 Durchgänge verlangt.

Ganz anders als bei der Generalprobe, während der er wie ein verfolgter Dieb durch das mäandernde Stück geeilt war, was extra gemartert klang, weil es an sich ja immer noch unglaublich langsam war, aber mit vergeblicher Eile, wie jemand, der mit angeschossenem Bein zu rennen versucht und immer wieder einhalten muss, weil er nicht mehr weiterkann vor lauter Schmerzen. Die Ungeduld, nur rasch das Ende zu erreichen, wich jetzt in der Aufführung gelähmter Lethargie, vorbildlich werktreu, gewiss, aber vor allem ein Resultat seiner namenlosen Panik nach Kirstens *Dropout* im Konzert. In diesem Moment wurde Erik zwar vor dem geschulten Ohr und Auge von Madame Framboisée endgültig zu ihrem einzigen Meisterschüler. Für uns aber verkörperte er von da an unweigerlich alles, was wir in der Musik nie sein oder werden wollten: gelehrige Interpreten der Werke anderer, die zwar durch die Leidenschaft, die wir für sie entwickelten, in uns schön fortlebten, auch mithilfe der Fantasie, mit der wir sie auszulegen verstanden. Was aber nie über die Abhängigkeit von den Genies der Vergangenheit hinwegtäuschen konnte.

Es war natürlich absolut unfair, eine unschuldige, am Ende gar ernsthaft tragische Existenz wie Erik als Fußabstreifer unserer arroganten Spießerverachtung zu missbrauchen, aber so waren wir als Schwestern eben, wenn wir gemeinsam an einem Strang zogen und uns der Tragweite unseres Tuns nicht bewusst waren. Kirsten sagte es auf der Bank: »Das Ideal ist der Anti-Erik, ein Mensch, der gar keine Ambitionen hat, nicht sklavisch in den Mustern anderer denkt und immer selbst entscheidet, was gut für ihn ist und was nicht. Unabhängig, überlegen, smart und furchtlos.«

Als schon fast alles Licht geschwunden war und wir bald völlig im Dunkel saßen und noch dazu die Kälte vom Boden aus in unsere Beine zu kriechen begann, fragte ich, ob ihr das auf der Bühne vorher schon mal in irgendeiner Form passiert war.

»Das ist der Punkt, Karen. Ab-so-lut nie. Ich bin kein einziges Mal vorher an der Stelle hängen geblieben. Deswegen war ich ja auch so verzweifelt und habe immer wieder versucht, weiterzuspielen. Es war so, als ob meine Hände gar nicht mehr zu mir gehörten und irgendjemand anderes spielte. Kennst du das Gefühl? Okay, Schwesterherz, großes Geheimnis, totales *herkos odontōn*. Bitte kein Wort zu niemand. Stumm wie ein Grab.«

Wir hatten uns vor einiger Zeit diese Macke von Schulze

und Schultze, den Detektivzwillingen aus *Tim und Struppi*, angeeignet, bei der einer jeweils das, was der andere sagt, wiederholt, aber falsch und lustig.

»Dumm wie das Gras«, sagte ich also wie aus der Pistole geschossen. Und Kirsten begann unkontrolliert zu kichern.

»Genau, und sogar in jeder Hinsicht. Ich habe nämlich neulich mit diesem Typ aus dem Leistungskurs, von dem ich dir erzählt habe, das erste Mal gekifft.«

Ich konnte es nicht fassen. »Was, du hast echt Gras geraucht?«

Kirsten schüttelte den Kopf und rang nach Luft, immer noch außer sich vor Lachen.

»Nein, lass mich erklären. Emil hat doch so einen komischen Hippie-Onkel auf dem Land, der baut das in seinem Garten an, und da hat er sich neulich auf Besuch einfach heimlich was abgemacht.«

Kirsten, die unter ihrem Dufflecoat immer noch das Kostüm vom Vorspiel mit dem dünnen Faltenrock trug, zog die Beine zu sich heran und schlang ihre Arme um die Knie.

»Jedenfalls hatte ich da auch irgendwann den Eindruck, als ob meine Hände irre groß wären, fremde Wesen, die man nicht versteht, weil sie so Sachen machen, mit denen man gar nichts zu tun hat.«

Das Kichern ging wieder von vorne los, noch schlimmer als vorher. Plötzlich war ich extrem traurig, weil ich gerade noch das Gefühl gehabt hatte, dass wir uns irgendwie über das Malheur bei dem Konzert wieder nähergekommen waren. Aber jetzt war Kirsten wieder ganz die Alte, voller Geheimnisse, die sie nur teilt, wenn sie muss oder will, und nicht, weil es eben unser Schicksal ist, unzertrennlich zu sein und für immer zusammenzugehören.

»Aber du hast jetzt nicht allen Ernstes vor dem Konzert gekifft, oder?« Eigentlich wollte ich natürlich nur wissen, ob sie was mit Emil hatte, aber sie sollte auf keinen Fall denken, dass ich wegen ihm in irgendeiner Weise eifersüchtig war.

»Spinnst du, natürlich nicht. Kann ich mir nicht im Traum vorstellen, wie das funktionieren soll. Was ich damit nur sagen wollte, ist, dass mir das Gefühl, meine Hände würden nicht mehr zu mir gehören, an sich nicht fremd war. Aber irgendwie war es gleichzeitig auch wie ein Tick, so eine zwanghafte Handlung, die man einfach nicht unterdrücken kann. Ich bin fast automatisch immer wieder zu dem ersten Takt im Allegro zurückgesprungen, weißt du, wie verrückt das ist? Hast du schon mal über *Aliens* nachgedacht, jetzt lach nicht gleich, ich meine es wirklich ernst!«

In dem Moment begann ich mir ernsthaft Sorgen zu machen um Kirsten. Aber ich wollte es mir nicht anmerken lassen, also drängte ich zum Aufbruch.

»Ehrlich gesagt nein, außer nach dem Film natürlich. Den haben wir doch damals zusammen gesehen, im Nachmittagskino am Sonntag im Zoo. Nach *Planet der Affen*, oder? Wenn ich nur an die schleimigen Monster denke, schüttelt's mich. Apropos, mir ist echt saukalt, wollen wir gehen? Erik müsste inzwischen in der allerletzten Runde Qualen sein, der Arme. Und ich will auf jeden Fall hier weg, bevor sie alle für die Pause nach draußen kommen.«

Kirsten stand betont langsam auf, als müsste sie sich erst einmal ausgiebig strecken, trat dann direkt auf mich zu und umarmte mich überraschend innig und lang.

»Ach. Wenn ich dich nicht hätte, ich wüsste wirklich nicht, was ich machen würde. Danke, dass du immer für mich da bist, wenn ich dich brauche.«

Dann drückte sie mich noch mal besonders fest, und ich drückte zurück.

»Ist doch klar.«

Sie schüttelte spürbar empört ihren Kopf.

»Gar nicht klar. Ich weiß, dass du normalerweise, um Madame Framboisée nicht komplett zu enttäuschen, im Saal geblieben wärst. Sei ehrlich!«

Ich löste mich sanft aus der Umarmung, nahm ihr kaltes Gesicht in meine beiden Hände und schaute ihr direkt in die Augen: »Ich liebe dich, Kirsten. Du bist doch mein Lebensmensch. Wir gegen alle. KK: wie immer, *für immer*. Versprich mir nur bitte, dass du auf dich aufpasst. Ich mach mir echt Sorgen.«

Sie lächelte mit zusammengepressten Lippen und blies erleichtert Luft durch ihre Nase.

»Danke, Schwesterschatz. War einfach alles zu viel für mich. Morgen ist ein völlig neuer Tag. Und heute wird endlich gestern, zum Glück!«

Wie recht sie damit hatte, konnte keiner von uns beiden wissen, denn am nächsten Morgen war die Welt nicht mehr wie zuvor und noch dazu alles andere als in Ordnung. Und dass ich mich ausgerechnet heute, Jahre später, an diesen Tag erinnere, hat nicht nur damit zu tun, dass wieder *Äquinoktium* ist, aber statt dem Herbst der Frühling beginnt, wir also auf dem Weg ins Licht sind, was ich als gutes Omen für das Vorstellungsgespräch in der Wohnung empfand. Der Beginn der kürzeren Tage und der dunklen Jahreszeit im Allgemeinen hätte kaum noch all der Zeichen bedurft, die damals wie gesagt zusammenkamen: Kirstens Scheitern und die *Aliens*, Eriks maßlose Furcht, mein »verschobener, nicht aufgehobener« Chopin. Denn an diesem nächsten Tag erschien zum ersten Mal ein Phänomen, das nach und nach alles ersetzt hat, was wir vorher unter Musik verstanden haben, und noch einiges andere mehr: DER WEISSE LÄRM.

2

Karen

Ganz harte Tür. Drei Worte, die nicht aufhören, in meinen Ohren zu klingen. Anna wiederholt sie unentwegt, ihr neues Mantra, denke ich.

»*Gaanz harte Tür!*«, sagt sie sofort noch mal, aber viel lauter, als würde ich sie nicht richtig hören. »Ach, Liebs, du kannst es eigentlich gleich vergessen.«

Unfassbar, was für ein Bohei um dieses Zimmer gemacht wird. Warum ist mir die ganze Geschichte mit dem Vorspiel-Trauma von Kirsten ausgerechnet in diesem Moment wieder eingefallen? Vielleicht, weil Anna genau das Gegenteil von alldem ist. Mit ihr zusammen ist schon ein ganz normaler *Girlstalk* wie Musik. Und das vorlaute Geräusch *von ganz oben?* Kann man bei ihr wenigstens kurz vergessen. Stille, Harmonie und unsere perfekt wie ein Medikament eingestellte Welt? Keine Spur davon in ihrer Anwesenheit.

Ich schüttele den Kopf, dabei will ich ihre Warnung gar nicht in den Wind schlagen. Aber im selben Moment ahne ich, dass sie diese Geste sofort falsch versteht. Und bei Anna, meiner neuen besten Freundin, irre ich mich schon jetzt trotz der kurzen Zeit, die wir uns kennen, so gut wie nie.

Und, siehe da, sie fixiert mich mit aufgerissenen Augen: »*Gaaanz harte Tür!* Glaub's mir, bitte. Eine Festung. Uneinnehmbar. Wie früher so ein It-Club, in den keiner reinkam, ohne den fiesen Türsteher zu kennen. Ach. Iwo, Quatsch.

Nicht mal dann, weil der natürlich immer so tat, als ob er sich nie an irgendjemand erinnern konnte.«

Anna imitiert seine Pose gleich, nimmt ihr Kinn in die Hand und legt dazu die Stirn in Falten.

»Keine Ahnung, was in die fiesen Brüder gefahren ist, aber sie haben sich anscheinend eingeredet, dass alle Mädchen dieser Stadt nur diesen einen Traum haben: bei zwei so *weirden Spacken* einzuziehen.«

Anna echauffiert sich gern, und sie sieht ausgesprochen gut dabei aus, weil dann ihre Wangen so schön rot werden, als wäre sie gerade in der Kälte laufen gewesen.

»Ich meine, ich habe jetzt drei beste Freundinnen wegen akutem Wohnungsbedarf dahin geschickt, und jedes Mal das Gleiche. Alle sind sie hinterher heulend bei mir angerannt gekommen. Wenn du mich fragst: Lass es sein. Erspar dir das Drama. Hör doch mal genau hin: Die Spatzen pfeifen es schon von den Dächern, dass nie irgendjemand in diese ach so schöne, tolle Altbauwohnung einziehen wird. Und was heißt schon toll? Ganz schön heruntergekommen soll die Bude sein, richtig asselig und eklig.« Sie reißt wieder wild die Augen auf und verzieht ihren Mund zur Schnute wie eine Comicfigur. »Jetzt mal echt: Du würdest dich da nie wohlfühlen mit deinem unerträglich guten Geschmack. Grins.«

Ich mag Anna sehr, weil sie einerseits *Miss Bossy Pants* ist und mit ihrer ohnehin tiefen und chronisch aufgerauten Stimme die leicht komische Präsenz eines angeschlagenen Feldwebels besitzt. Auf der anderen Seite aber so unbedingt den »Allerliebsties« zugetan, wie sie die täglich größer werdende Schar ihrer *girlfriends* nennt, dass man ihr das Kommando eigentlich sofort und mit Kusshand überlässt, wenn es um Kaffeetrinken, Ausgehen oder andere Aktivitäten außerhalb der Uni geht. Sie trägt Lidschatten extrem, und ihr auffälligster Tick besteht im schnellsten Wimperklimpern, das ich je gesehen habe. Zuerst dachte ich, es sei nur einer dieser Tricks, um Jungs, die ihr für irgendetwas nützlich zu sein scheinen, von sich einzunehmen. Aber dann merkte ich, dass sie es mit mir genauso machte. Und zwar immer mit diesem neckischen Blick von unten, während sie langsam eine besonders lange Strähne ihrer verstrubbelten Frisur um den Zeigefinger wickelt. Dann lacht sie laut auf, und ich staune, was für einen großen Mund sie hat und wie perfekt ihre weißen Zähne sind. Ich frage mich, ob sie gemacht sind und wenn ja, wie viel sie dafür bezahlt hat, traue mich aber nicht, sie darauf anzusprechen, weil ich befürchte, sie könnte das falsch verstehen. Sie sehen so gut und gerade aus, dass ich, wenn ich mit ihr rede, gar nicht woanders hinschauen kann, ich muss mich fast dazu zwingen, meinen Blick auf ihre Augen zu richten. Schließlich will ich ihr ja das Gefühl geben, mich ganz auf sie einzulassen, wenn sie mit mir redet, um tief »in ihre Seele einzutauchen«. Noch so ein Begriff von ihr, den ich vorher noch nie gehört habe.

Ich kenne Anna zwar erst seit ein paar Wochen, weil sie die Einzige war, die beim Einzug ins Wohnheim gleich mit mir geredet und mit den entscheidenden Sachen geholfen hat (Wo steht die Waschmaschine? Was ist die beste Zeit im Bad morgens? Wie bediene ich die Kaffeemaschine? Und so weiter!), aber sie ist in kürzester Zeit auch gleich so etwas wie meine beste Freundin geworden. Halt, fast noch mehr. Wie heißt es manchmal so kitschig? Anna ist *die Schwester, die ich nie hatte, aber gern gehabt hätte*. Und ich darf das sagen, weil ich ja sogar eine habe – mein Zwilling *für immer* –, die aber immer noch zu nichts zu gebrauchen ist. Da hat sich seit dem Vorspiel nicht wirklich was getan.

Kirsten! Ich meine, hallo? Mussten Mama und Papa uns als Zwillingen wirklich so ähnliche Namen geben? Bis in die Pubertät waren wir ohnehin kaum zu unterscheiden. Wie oft habe ich nachts im Bett gelegen und Stoßgebete gen Himmel geschickt, ich möge am nächsten Morgen bitte ganz normal aufwachen, aber mit anderem Vornamen. Charlotte vielleicht. Oder Sophie, Nina, irgendwas. Nur nicht Karen, »die ist wie Kirsten mit *a*, nur ohne *ist*«, hahaha. Was haben die in der Schule gelacht, wann immer unsere Lehrerin das gesagt hat. Wenn sie wüssten, wie nah dran diese absurde Beschreibung war, hätten sie vielleicht noch mehr gelacht. Oder das Lachen wäre ihnen im Hals stecken geblieben, hätten sie nur einen Moment in meiner Haut gesteckt. Kirsten, die Schöne. Die immer die coolsten Jungs um sich hatte und freie Auswahl, mit wem sie gerade zusammen sein wollte. Kirsten, die Faule. Die nie lernen musste, um gute Noten zu schreiben. Kirsten, die Gnadenlose. Die ohne jede Hemmung ihre Launen an mir ausließ: »Ich werde immer eine halbe Stunde länger als du auf der Welt sein, das holst du nie mehr ein. Ätschi! Dafür holst du mir jetzt ein Eis!« Kirsten, die Genervte. Die schon morgens mit Kaugummi im Mund aufwacht und nun seit neunzehn Jahren dauerfluchend und dauervergeblich versucht, halbwegs ordentliche *Bubbles* hinzubekommen. Trotzdem wird sie immer mein *Allerliebstie* sein, wie Anna.

Anna ist zwar ganz anders, aber wenn sie Kirsten einmal richtig kennenlernen würde, wäre sie vielleicht sogar noch besser mit ihr befreundet als mit mir. Aber das ist totaler Unsinn, den ich mir sicher nur einbilde, wegen meinem »mangelnden Selbstwertgefühl«.

Das hat der blöde Therapeut immer gesagt, zu dem ich während der Pubertät mit Kirsten gehen musste, weil wir uns so schlimm gestritten haben damals und unsere Eltern echt nicht mehr weiterwussten. Der Therapeut war so ein supersofter Allesversteher, der uns am Schluss jeder Sitzung gefragt hat, was wir Neues gelernt haben, und wir, dafür liebte ich Kirsten dann sofort wieder, gleichzeitig wie aus einem Mund »Gar nichts« gesagt haben. Und der dann mit seinem typischen Grinsen, so einem völlig abwesenden, seligen Grinsen, jedes Mal gesagt hat: »Toll!« Und dass ja Nicht-Lernen viel schwieriger sei, als etwas zu lernen, und warum die Lernverweigerung selbst einen Lernprozess auslöst, den man aber nicht gleich bemerkt. Weil der Widerstand, gegen etwas zu sein, im Gehirn irgendwelche wichtigen Nervenzellen aktiviert, die sonst unbeeindruckt vor sich hin schlummern würden oder so. Kurz und gut: alles Zeichen, dass wir auf dem richtigen Weg seien.

Das hat Kirsten und mich dann doch beschäftigt, und obwohl außer endlosem Loslabern bei den Sitzungen eigentlich nie was zwischen uns passiert ist, haben wir uns nach einer Weile tatsächlich nicht mehr so viel gestritten. Und das lag nicht am WEISSEN LÄRM. Kurz nachdem wir die Therapie abgebrochen hatten, weil die Wahnsinnsrechnungen vom »Häuptling«, wie wir den *shrink* nannten wegen seiner langen Haare und den Indianerbildern in seiner Praxis, für unsere Eltern zu viel geworden waren. Alles, was vom *Häuptling* kam, war uns ohnehin suspekt, deswegen lehnten wir es aus Prinzip ab. Und was für Gehirnzellen genau er gemeint haben könnte, ist mir bis heute ein totales Rätsel. Einerseits hielten wir es damals aus Bockigkeit nicht für nötig, extra nachzuschauen, andererseits hatte ich es irgendwann komplett vergessen.

Aber nur bis heute, weil die Wohnung der Typen beim *Häuptling* um die Ecke liegt und Anna mich nicht »allein in die Höhle der Löwen« gehen lassen will. Auch wieder so etwas, das Kirsten nie machen würde, ich höre sie gleich, ihre spöttische Stimme, ob ich »jetzt echt jemanden zum Händchenhalten« brauche, und natürlich, brauche ich nicht, ich brauche überhaupt niemanden, aber es ist einfach nur nett, dass Anna mitkommt und unten auf mich warten will.

»Wir vereinbaren am besten ein Rufzeichen, falls irgendwas schieflaufen sollte. Schau einfach, dass ein Fenster offen ist, damit ich dich auch hören kann. Und wenn alles zu viel wird oder sie dir zu nahe treten, rufst du einfach ganz laut »Irre«. Das passt dann bestimmt ohnehin, hahaha!« Anna halt. »Ich glaube, ich weiß, was der Häuptling mit den Widerstandszellen gemeint hat. Das verrate ich aber erst als *great reward*, wenn du das *Camp* überlebt hast, hahaha!«

Ich bin mir nicht sicher, ob das Absicht ist, aber dieser Satz beschäftigt mich sofort derart, dass ich in eine Art Gedankenstrudel gerate, der meine eben noch unerträgliche Nervosität im Nu einfach eliminiert. Während ich versuche, mit verschärftem Grübeln dem *riddle* des Häuptlings auf die Spur zu kommen, erleide ich eine Art Wahrnehmungsschock. Dinge, die mich umgeben, fühlen sich transparent an, weil ich plötzlich wahnsinnig konzentriert bin und sowohl ihren logischen Zusammenhang als auch ihre Bedeutung gleich erkennen kann. Erst finde ich es irritierend und irgendwie affig, dass an dem Schild kein Name steht, nur die verschlungenen Buchstaben **E** und **L**. Dann fällt mir zu meinem Erstaunen auf, dass sie zusammen das spanische Wort »él« ergeben. Und sofort bin ich total überzeugt, dass das eine geniale Idee ist. Endlich kein ungebetener Gast mehr, der über die Gegensprechanlage den Namen nennen und gleich behaupten kann, er wüsste, zu wem er will. Obwohl, wie mir auch sofort klar wird, ich es bin, die sich im Moment genau in ebendieser Situation befindet, weil ich die Klingel drücke und warte.

Der Lautsprecher ertönt gleichzeitig mit dem Türöffner, die Jungsstimme ist unerwartet hell, und es britzelt etwas in der Leitung: »Hallo, ist da der Sechzehn-Uhr-Termin?«

Ich schlucke kurz, bevor ich antworte, und schaue auf die Uhr. Oje. Drei Minuten vor vier.

»Genau. Karen hier, ich bin etwas zu früh, ich hoffe, das ist in Ordnung!« Kurze Pause, dann zum Glück die Antwort: »Kein Problem. Zweiter Stock. Aufzug ist kaputt.«

Ich drehe mich noch mal zu Anna um, die ihre Augen zusammenkneift und zwei Daumen hochhält. Dann fällt die Tür wahnsinnig laut mit voller Wucht ins Schloss. Im Treppenhaus riecht es nach Putzmittel und feuchtem Stein. Das schrillbunte Ornamentglas der Fenster malt seltsam oszillierende Farbmuster auf die Holzstufen, das muss der Wind in den Bäumen sein.

Als ich im zweiten Stock ankomme, sind alle drei Türen zu. Aber ein Foto an der mittleren Tür scheint bewusst als Wegweiser zum Vorstellungstermin platziert. Es zeigt vier lässige Gestalten, die um einen Küchentisch sitzen und mich alle gleichzeitig anstarren. Das dunkelrothaarige Mädchen links hat ihre Arme unter dem Tisch, was unfreiwillig nach Zwangsjacke aussieht. Der hübsche Junge mit dunklem Seitenscheitel daneben hat vorwurfsvoll mit hochgezogenen Augenbrauen seine Arme verschränkt, als würde er mir gleich verraten, was ich alles jetzt schon falsch gemacht habe. Neben ihm einer im T-Shirt, der verschüchtert mit aufgestützten Ellenbogen die Hände vor den Mund hält. Vielleicht der Kandidat vor mir, gerade durchgefallen? Und dann, völlig deutlich, ganz rechts, im weißen Hemd, der Entscheider. Frisch geschnittene Haare, die Ärmel hochgekrempelt, Hände ruhig übereinandergelegt, den Mund leicht geöffnet für seinen bevorstehenden Urteilsspruch. Vor ihnen eine Fruchtschale mit Äpfeln und Orangen. Symbol, klar. Aussortieren, Trennen, weg.

Ich will gerade klopfen, da geht die Tür wie von selbst auf.

»*Would you believe, hello!*«

Das finde ich gleich so toll, dass ich beschließe, den Satz als Begrüßung in mein Repertoire aufzunehmen.

»Ezra mein Name. Der junge Herr hinter mir ist Lambert. Du musst Karen sein.«

Er streckt mir seine rechte Hand lächelnd zur Begrüßung entgegen. Weil ich nach all den angekündigten Schikanen von der offensichtlichen Freundlichkeit so überrascht bin, muss ich mich konzentrieren, damit ich nicht gleich zu stottern beginne. Also sammele ich mich kurz und kontere betont souverän: »Ganz meinerseits.«

Der Händedruck von Ezra ist trocken, verbindlich und dauert, ich bin mir nahezu sicher, genau eine Sekunde. Also, um genau zu sein, exakt in der Mitte zwischen hektisch nervös und absichtlich verlängert, um nicht zu sagen peinlich berührt. Damit hat er mich sofort für sich eingenommen. Wenn ich nämlich eines nicht ertragen kann, dann Leute, die keine Ahnung davon haben, wie man sich richtig die Hand gibt. Oder die dabei schwitzen und trotzdem so tun, als sei das völlig okay. Igittigitt.

Ezras feingliedrige Finger ziehen sich direkt aus der Begrüßung mit dem vornehmen Schwung einer angedeuteten Linie zurück und weisen in graziler Geste auf den leeren Stuhl zu seiner Rechten. Gleich im Entrée ist so eine Art halb offizielles Bürgerbüro aufgebaut, das wie eine schwer überwindbare Einreisebarriere den Garderobenbereich vom Rest der Wohnung abteilt.

Lambert trägt einen dreiteiligen Anzug in bräunlichem Grau mit abgewetzten Säumen, seltsam eng und viel zu modern geschnitten für die vielen Jahre, die er offensichtlich auf dem Buckel hat. Das weiße Hemd dazu hat er bis oben zugeknöpft, soll wohl formell wirken. Im Knopfloch leuchtet dazu eine gestickte rosa Blume. Das finde ich dann wieder charmant, und es kontrastiert die strenge Anmutung. Genau wie die Hightop-Chucks in Weiß, von denen einer etwas ungelenk auf der Spitze des anderen tippelt. Am Ende ist der Typ noch nervöser als ich, kaum vorzustellen. Sein Haarschopf, was soll das denn, steht wild in alle Richtungen ab, ein Stil, der ihn vielleicht mit Albert Einstein verbindet, obwohl es auf den zweiten Blick dann doch eher nach *bad hair day* oder dem Kinoplakat zu *Eraserhead* von David Lynch aussieht.

Ezra setzt sich also neben diesen Lambert und legt aufmunternd, aber irgendwie auch gelangweilt sein Kinn in die Hand des aufgestützten Arms. Der Kragen seines weißen Polos, wahrscheinlich Fred Perry, ist schick rotblau gestreift, unter der signalroten Harrington-Windjacke leider kaum zu sehen. Die langen Beine schlackern in einer schmal geschnittenen grauen Stoffhose mit Bügelfalte, was sie noch dünner wirken lässt. Zwischen Hose und Desert-Boots aus braunem Wildleder leuchten Argyle-Socken, die ich wegen des prominenten Metallknopfs über dem linken Knöchel sofort als Burlingtons identifiziere.

Karen, hallo, höre ich die Stimme meiner Schwester aus dem Off nöhlen, *typisch unnützes Distinktionswissen, mit Typen, die allen Ernstes auf so was achten, willst du gar nichts zu tun haben!* Anders als sonst kontere ich ziemlich schnell. *Kirsten, bitte, erstens hast du keine Ahnung und zweitens, wer weiß, wozu mir das noch nützen kann.*

Um etwas Zeit zu gewinnen, damit ich mich vor dem erwarteten Kreuzverhör wenigstens noch kurz umsehen kann, ziehe ich meinen grünen Parka aus und hänge ihn wie selbstverständlich über den Stuhl. OMG, denke ich, das sieht jetzt sicher eine Spur zu gemütlich aus, wie ich mich hier ungefragt breitmache. Jemand, der sich einfach gleich mal zu Hause fühlt, so nach dem Motto: Hat das Zimmer schon, gar keine Frage. Aber ein Blick auf die Brüder lässt mich erleichtert aufatmen, weil sie sich nicht im Geringsten für das, was ich hier vor ihnen veranstalte, zu interessieren scheinen. Stattdessen ordnen sie einfach Papiere, die auf dem Tisch vor ihnen herumliegen.

Ohne zu mir aufzusehen, erhebt zur Abwechslung mal Lambert beiläufig seine Stimme: »So, Karen, dann erzähl uns doch einfach erst mal ein bisschen über dich. Zum Beispiel, was wir unbedingt wissen sollten, bevor wir unsere Wohnung mit dir teilen.«

Während er das völlig unbetont dahersagt, wie auswendig gelernt, wandert mein Blick an der Wand entlang, wo ein paar Jacken hängen. Das komisch gestaltete Holzbord sieht nach skandinavischer Flohmarkt-Moderne aus, einfach nur fünf Leisten, die parallel übereinander hängen. Links davon ein holprig ausgesägter Notenschlüssel, fast schon abstrakt. Ganz schön mutig. Musik an sich ist ja immerhin schon eine Weile ziemlich tabu. Und das niedliche Notenheft an der Wand hier kann jeder Eingeweihte trotz des Heimwerker-Charmes ziemlich leicht decodieren, denke ich. Weil ich als braves Kind, bevor *Der Weiße Lärm* begann, bei Madame Framboisée aufgepasst habe, kann ich problemlos ungefähr die Tonfolge bestimmen, die da in Form von Jacken-Noten vor mir hängt.

Der rot gefütterte Crombie-Mantel, das Donkey-Jackett und der Trenchcoat ergeben als Melodie so ein Rauf und Runter, während die Harrington daneben wieder unterhalb der ersten Note hängt. M–M–Mh–Mh–Mhh. Ich versuche, das Thema in Gedanken zu summen, komme aber nicht wirklich drauf. Es klingt jedenfalls ziemlich nach Drama, wie die berühmten ersten Takte der Neunten Symphonie von

Beethoven. Ganz so einfach ist es wahrscheinlich nicht, aber immerhin eine Richtung. Über das Entziffern von Noten hatte ich schon bei Madame Framboisée immer die Welt um mich herum vergessen.

»Ähm, Karen?«

Ezra schaut mich, weil ich ja immer noch neben dem Stuhl stehe, von schräg unten über den Rand seiner Hornbrille an.

»Was wir unbedingt von dir wissen sollten, hatte Lambert gefragt. Ah, wie ich sehe, du interessierst dich für Kleidung?«

Ich schüttele kurz den Kopf und lächele ihn an. »Ach, das. Nein, nein. Mir ist nur aufgefallen, dass der Ärmel hier sicher zerknäult, wenn er so hängen bleibt. Darf ich?«

Ich ziehe den Trench einfach gerade, ohne dabei auf Ezras Antwort zu warten, und nicke ihn grinsend an. Ich bin mir in diesem Augenblick absolut sicher, dass die Sache hier völlig aus dem Ruder läuft. Der muss Lambert gehören. Der zieht sich bestimmt nie ordentlich den Mantel aus. Der ist der Zerstreute von den beiden, der denkt immer an was ganz anderes. Jedenfalls schaut er mich kopfschüttelnd an, wobei sich sein Gesicht, was ich erleichtert bemerke, wie in Zeitlupe freundlich aufhellt. »Oh verstehe, das ist schon deine Antwort! Die Tat als Antwort. Auch gut, eigentlich sogar besser. Wie schlau. Gehe ich also recht in der Annahme, dass wir unbedingt wissen sollten, dass du eine Zwangsstörung hast? Du kannst keine Unordnung ertragen, es bereitet dir vielmehr körperlich Schmerzen, mitanzusehen, wenn keine Ordnung herrscht oder etwas Schaden nehmen könnte, weil es einfach nicht sorgfältig genug platziert wurde? Hab ich recht? Schon, oder? Na, bravo.«

Er sieht mit weit aufgerissenen Augen zu seinem Bruder.

»Ezra, sag mal, ist es nicht genau das, was uns beiden so fehlt, dieser Instinkt für den Moment, in dem das Chaos eben nicht mehr beherrschbar ist? Da es aufgebraucht ist, beste Zeit, unser geliebtes Wabi-Sabi unwiederbringlich hin, und der Terror der Verwahrlosung beginnt?«

Ich sehe Lambert eher ungläubig an. Hat er seinen Mantel am Ende extra so hängen gelassen, einfach nur, um zu sehen, ob ich es bemerke, und wenn ja, wie ich reagiere? Das ist mir eine Nummer zu hoch. Und dann die Sache mit der Musik? Einfach als Ablenkung, damit ich beim Nachfragen direkt beweisen kann, dass ich mich nicht so einfach aus der Fassung bringen lasse? All das jetzt echt nur, um zu sehen, ob ich eine Haltung habe? Contenance? So eine Frechheit. Ich bin tatsächlich kurz davor, das mit Anna abgemachte Wort zu schreien. Aber es entfällt mir sofort, als ich versuche, mich daran zu erinnern, wie es noch gleich hieß.

Ezra jedenfalls scheint der Verlauf des Gesprächs auch nicht unbedingt zu gefallen. Er zieht fast entschuldigend beide Augenbrauen hoch, als versuche er, wortlos etwas zu mir zu sagen wie »Gute Güte« oder »Lass dich nicht irritieren, der ist eigentlich immer so und meint es gar nicht böse«. Vielleicht ist es aber einfach nur *Good Cop Bad Cop*, was die beiden hier gerade mit mir in der Mitte veranstalten.

Unbeirrt macht Lambert sofort weiter: »Also, Karen, jetzt noch mal von vorne. Bitte verstehe mich nicht falsch. Ich freue mich nur, dass wir anscheinend nicht unbedingt das normale Prozedere fortsetzen müssen. Du hast dich schon mit deiner kleinen Geste, dieser tollen Ärmelkorrektur, bei mir mehr als qualifiziert. Und ich wette mal, bei Ezra auch, stimmt's, mein Lieber?«

Ezra nickt, sichtlich erleichtert, abwechselnd zu Lambert und mir. »Obwohl ich jetzt auch einen kurzen Augenblick unsicher war und dachte, du würdest es wirklich ernst meinen. *Terror der Verwahrlosung*, wo kam das denn her? War selbst mir neu, aber du hast natürlich recht. Es ist nichts anderes. Terror. Na ja, wie man sieht, Karen, hast du es hier mit zwei ganz üblen Ordnungsfanatikern zu tun, für die es nichts Schlimmeres gibt als herumliegendes Zeug überall. Und da wir aus leidvoller Erfahrung wissen, wie es in der Regel um die Erziehung von durchschnittlich aufgewachsenen Jungs steht, haben wir die gleich mal von vornherein außen vor gelassen. Im Prinzip sind fast alle männlichen Mitglieder unserer Spezies nämlich mehr oder weniger versteckte Messies – Das aber nur, um dich sofort von der Theorie zu befreien, wir wären hier zwei ganz schlimme Finger auf Brautschau oder bräuchten eine Putzfrau.«

Lambert macht ein erstauntes Gesicht und dreht den Kopf übertrieben schnell zu Ezra hin: »Obwohl? Hahaha, keine Angst. Also, Scherz beiseite. Ich bin wirklich froh, dass wir uns die Sache schenken können, sonst wäre das Ganze noch in Arbeit ausgeartet. Bei den anderen haben wir in der Regel nämlich erst mal mühsam mit den üblichen Fragespielchen begonnen, *warming up* sozusagen. Sag mal, mir kommt da gerade eine Idee: Könntest du vielleicht einen kurzen Blick auf unser Programm werfen? Oder beantworte doch einfach nur die erste Frage, die wir uns für dich überlegt hatten. Es war zwar auch gleich die schwierigste, aber wir dachten uns: Warum mehr Zeit als notwendig verschenken, da der Name schon so perfekt passt?«

Ich lasse mein Kinn nach unten sinken, bis es fast den Hals berührt, und lege dazu den Kopf leicht schräg, weil ich weiß, dass Jungs das in der Regel toll finden. Anna hat mir vor Kurzem sogar verraten, warum. Angeblich kommt das aus dem Tierreich und ist eine Art Geste der Unterwerfung, weil man einen schwachen Punkt am Körper offenlegt. Ich hatte bei dem Bild eher einen Vampir vor Augen, den man damit dummerweise auch noch einlädt, sich sofort in diese besonders weiße und weiche Stelle meines Nackens zu verbeißen.

»Was meint ihr denn bitte damit: Der Name hat gepasst?«

Die beiden tauschen wie auf Kommando fast rührende Hundeblicke aus. Ezra dreht seinen Kopf betont langsam zu mir hin.

»Vielleicht schaust du dir das Zimmer erst mal an, am Ende ist es gar nichts für dich, wer weiß? *Im unwahrscheinlichen Fall eines plötzlichen Interesseverlustes fallen automatisch unsere fröhlichen Gesichtszüge ziemlich nach unten.*«

3

What She Said

Lambert öffnet feierlich die Tür, winkt uns durch, und ich kann endlich einen Blick in den Rest der Wohnung werfen: Der Flur ist an der Wand mit quadratischen Klarsichthüllen gekachelt, in denen Plattencover stecken, und führt am anderen Ende in eine lichtdurchflutete Küche.

Er beeilt sich, die Tür hinter uns zu schließen, und malt ein Viereck in die Luft.

»Das ist leider auch schon die einzige Form von Dekoration, die wir uns erlauben. Aber pssst! Derartig verbotenes Zeug zeigen wir natürlich sonst niemandem. Es gibt zudem nur eine Band, die wir für genial genug halten, um für sie Kopf und Kragen zu riskieren: The Smiths!«

Mir fällt dazu gleich meine Lieblingsfilmszene ein. Da steht ein Mädchen neben einem Jungen mit Cardigan und Krawatte im Fahrstuhl, der selbstvergessen auf seinen Kopfhörern »There is a light that never goes out« hört, worauf sie ihn anspricht. Zuerst merkt er gar nicht, dass sie ihn auf seine Musik anspricht. Er nickt einfach und behält die Kopfhörer auf. Dann spricht sie weiter und er setzt sie endlich ab. Ihr Bekenntnis, sie liebe die Band, beendet sie mit einer Gesangseinlage und dem süßen Kompliment, was für einen tollen Musikgeschmack er habe. Da verlässt sie aber schon den Fahrstuhl und lässt den Jungen staunend zurück, der nicht fassen kann, wie ihm gerade geschieht.

Es ist der Beginn einer ziemlich tragischen Liebesgeschichte und so hinreißend, dass ich die Jungs gleich auf die Probe stelle, ob sie den Film kennen, also zitiere ich: »I said *I love the Smiths*. You have good taste in music.«

Obwohl ich jederzeit mit dem Eingreifen des *Weißen Lärms* rechne, fahre ich im Singsang fort, nicht halb so charmant wie die Schauspielerin: »*To die by your side, it's such a heavenly way to die. Love em.*«

Beide kontern wie aus einem Mund: »*Holy shit!*«

Eigentlich kann von jetzt an gar nichts mehr schiefgehen.

Ezra beginnt zu lachen. »Jetzt nicht wahr, oder? Du bist die Erste, die mit unserer kleinen Obsession an der Wand hier was anfangen kann.« Lambert fällt ihm fast ins Wort. »Hier, schau mal, die superseltene Maxisingle: *William, it was really nothing* ausnahmsweise mit Morrissey *himself* und seinem überirdischen Glas Milch in der Hand.«

Er deutet auf ein bläulich weißes Cover in der Mitte. Weil auf allen Plattenhüllen bunt eingefärbte Fotografien zu sehen sind, denke ich bei der Wand gleich an ein gigantisches Memoryspiel. Oder eine Art Kunstinstallation in einer Galerie, das Wort »Wechselausstellung« kommt mir in den Sinn, wegen der praktischen Plastikschutztaschen.

»Bleiben die genau so, oder wird auch mal ausgetauscht?«

Ezra seufzt. »Da legst du gleich den Finger in eine blutende Wunde. Ich würde es ja einfach so hängen lassen, weil natürlich wie bei allen ästhetischen Phänomenen eine ideale Kombination existiert, aber Lambert begreift es als Tarotkartenset, das jeden Montag neu gemischt werden muss. Damit setzt er dann die Tonart für das, was uns in den nächsten sieben Tagen erwartet. *Knight of Cups?* Cheers! «

Lambert protestiert sofort: »Lieber Ezra, wo hast du das nur wieder her, aus einem deiner schrägen Kunstmagazine?

Ich widerspreche, und zwar entschieden. Alles, was in seinen einzelnen Teilen stimmig ist, erlaubt ›natürlich‹, wie du sagst, nahezu unendlich viele ästhetisch perfekte Variationen. Für mich ist es reine Zufallsgeometrie, so vollendet wie die Miniatur-Kristallpaläste der allerschönsten Schneeflocken.«

Ezra zieht eine Platte genau in der Mitte heraus, auf der Truman Capote mit ausgestreckten Armen durch die Luft springt, und tauscht sie mit einer von unten aus, die einen verträumt schlafenden Mann zeigt, der im Sand liegt und dessen Gesicht sich in einem Gewässer vor ihm spiegelt.

»Und jetzt? Alles noch so fein komponiert und ausgewogen wie vorher? Ich finde ja: eher nicht. Capote muss wie im wirklichen Leben stets im Mittelpunkt stehen, sonst verliert er sofort seine ausgelassen gute Laune. Da unten springt er nicht nur aus dem Bild, sondern aus der gesamten Wand und verlässt wahrscheinlich, wenn wir nur einen Augenblick nicht hinsehen, als Nächstes gleich die Party, und wir haben einen Ehrengast weniger im Haus.«

Ich versuche mir vorzustellen, wie wohl eine ganz normale Unterhaltung in der Küche morgens abläuft, und beginne zum ersten Mal ernsthaft zu zweifeln, ob ich überhaupt hier einziehen will. Ich meine, wer hat schon Lust, sich noch vor der ersten Tasse Kaffee des Tages in einem romantischen Dialogroman wiederzufinden, der jedem, der ernsthaft mithalten will, ein Höchstmaß an Schlagfertigkeit und Kulturquizwissen abverlangt? Die sonderbare Unterhaltung der beiden macht mich ganz unsicher, weil ich das Gefühl nicht loswerde, dass all das vielleicht schon Teil des von Anna angekündigten Fragespiels ist. Leider durchschaue ich es nicht. Das wiederum macht mich völlig fuchsig, weil ich weder akzeptieren kann noch will, dass ich hier ausnahmsweise mal keinen Durchblick habe. Um die Situation zu retten und wieder Oberwasser zu bekommen, fällt mir ein, dass es vielleicht schlau wirken könnte, den Spieß umzudrehen und selbst Fragen zu stellen.

»Habt ihr euch schon mal überlegt, ob Humor etwas ist, das jemand ganz alleine für sich haben kann, ohne es mit anderen teilen zu müssen?« Während Ezra die Maxisingles sorgfältig an ihre ursprünglichen Plätze zurücksteckt, murmelt er fast geistesabwesend vor sich hin: »So, Monsieur Charming Man, jetzt können Sie wieder majestätisch von außerhalb unserer Vorstellungskraft in die Wand hineinragen, um im Schlaf ihr Spiegelbild zu erkunden.« Und, etwas lauter, zu mir gewandt: »Auch dafür eignen sich die Bilder so gut, als Erklärung für ein Phänomen, über das man gerade nachdenkt oder diskutiert. Man kann sie sozusagen in allen möglichen Situationen einfach befragen. Nehmen wir nur Jean Marais hier und sein Konterfei in dem Strandgewässer. Ich würde sagen, er ist sich Gesellschaft genug. Und in der Lage, sich selbst zu amüsieren. Wer weiß, vielleicht sind Menschen, die nicht fähig sind, über sich oder nur für sich allein zu lachen auch allgemein nie lustig oder amüsant, also ohne jegliches Talent zur Komik.«

Lambert winkt uns in das Zimmer am Ende des Flurs: »Dem kann ich ausnahmsweise mal nichts hinzufügen, lieber Ezra, völlig richtig. Obwohl, wie heißt es am Ende dieser feinen Kurzgeschichte bei Franz Kafka: *Und er wandte sich ab wie einer, der mit seinem Lachen allein gelassen sein will.* Oder so ähnlich. Hier, bitte, zur Ansicht freigegeben, das besagte Zimmer!«

Als ich gerade überlege, ob ich hier überhaupt noch die Oberhand zurückgewinnen kann, geschieht etwas Unerwartetes. Eine mir vertraute Stimme schreit das Wort, auf das ich vorher nicht gekommen bin, und zwar gleich mehr als einmal. Wobei sie nicht das Wort allein schreit, sondern einen ganzen Satz. Aber das Wort lauter als den Rest. Ihr Schall dringt von der Straße hoch durch das gekippte Fenster: »Ist ja IRRE, ist ja IRRE.«

Dann höre ich noch ein paar Versatzstücke, die in etwa so klingen wie *du auch hier?* Ich habe keinen blassen Schimmer, was Anna im Sinn hat. Das ist doch *mein* Notrufwort, das sie da gerade herumbrüllt, muss ich jetzt *ihr* zu Hilfe eilen da unten? Ich tue einfach so, als ob ich neugierig wäre, und gehe quer durch den Raum, der, wie mir sofort auffällt, wirklich schön hell und großzügig geschnitten ist: »Was ist denn das für ein Lärm da unten, da braucht man ja fast schon Doppelverglasung, wenn man hier in Ruhe studieren will. Hahaha, oder wie seht ihr das? Stimmt's, oder habe ich recht?«

Vor den hohen Flügelfenstern haben die beiden eine Art dünnen Papiervorhang angebracht, der wie Rohseide raschelt, wenn man ihn zur Seite schiebt. Damit mein Blick nach unten auf die Straße so wenig auffällt wie möglich, rede ich einfach weiter. »Aber, wie lernt man auf Wohnungssuche sehr schnell: alles immer *Entweder-oder*: entweder schön oder praktisch, entweder gut oder günstig, entweder Lage oder Schnäppchen.«

Lambert räuspert sich überdeutlich, als hätte ich mich im Ton vergriffen, was mir aber egal ist, weil das, was ich da unten erblicken muss, meine gesamte Energie absorbiert. Obwohl ich gleich versuche, wenigstens den äußeren Anschein aufrechtzuerhalten, beschleicht mich das untrügliche Gefühl, als würde in kürzester Zeit alle Farbe aus meinem Gesicht weichen. Oh. Mein. Gott. Kirsten. Ausgerechnet meine Schwester steht da unten mit Anna. Und so, wie sie sich aufgehübscht hat, ist sie entweder auf dem Weg zu einem Date oder, was ich befürchte, der nächste Termin direkt nach mir hier oben bei den Brüdern. Was, wie mir auffällt, ein und dasselbe ist.

Ohne darüber nachzudenken, schließe ich das gekippte Fenster mit großem Schwung und merke, dass ich rot werde, weil das schon wieder ziemlich übergriffig ist. Ich werde aber auch rot, weil ich bereits, wie es heißt, einen Narren an Lambert und Ezra gefressen habe. Und das, obwohl ich die beiden anfänglich völlig lachhaft fand, weil sie kindisch und überkandidelt zur gleichen Zeit wirkten. Oder ist es genau das, was mich an ihnen so reizt?

Kaum ist Kirsten weg, klingelt es schon an der Tür. Ich zucke zusammen, weil es natürlich keine normale Klingel ist, sondern, Schockschwerenot, eine Melodie erklingt. Und wieder wundere ich mich, wo Der *Weiße Lärm* bleibt, wie vorhin bei den *Smiths*. Ist das hier vielleicht so eine autonome Zone, die gegen alle Übel des mächtigen Geräuschs gefeit ist? Da fällt mir die Garderobe wieder ein, und nun erkenne ich auch, welches Lied sich hinter den fünf Noten verbirgt: *Strawberry Fields Forever*! Jeder ankommende Gast wird also förmlich angekündigt mit den Worten: *Let me take you down*. Das ist, man muss es den Brüdern lassen, natürlich gerade im Zusammenhang einem Vorstellungsgesprächmit extrem lustig und vielsagend. Wir werden dich nicht nur, und das ist an dieser Stelle schon so gut wie sicher, ordentlich auseinandernehmen und richtig heruntermachen. Nein, wir werden dich danach sogar brav ins Treppenhaus hinunterbegleiten, damit wir auch hundertprozentig sicher sein können, dass du ein für alle Mal aus unserem Leben verschwindest. Und das Beste daran: Die Melodie, die auf diese wenig erfreuliche Zukunftsperspektive hindeutet, kann ausgerechnet die betroffene Person nicht hören. Die Tonfolge ist vielmehr nur für die Urheber der Gemeinheit bestimmt, die sich damit auf das, was durch den musikalischen Schlachtruf angekündigt wird, einstimmen. Genial um die Ecke gedacht.

Anna, bitte sag mir, dass ich hier nie wieder rausmuss. Ich nehme das Zimmer, klar. Bin mir aber prinzipiell nicht mehr so sicher, ob es überhaupt zu vermieten ist. Am Ende ist das Ganze lediglich ein, so hatte es meine kluge Französischlehrerin mal genannt, *acte gratuit*. Also eine prinzipiell zweckfreie wie hochunterhaltsame Veranstaltung, die keine Bedeutung über ihre Selbstbespaßung hinaus hat. Alles andere als ernst gemeint, aber dank ihres schauspielerischen Charakters durchaus eine Kunstform. Als Kampfansage an die allgegenwärtige Langeweile, vergänglich und hochamüsant zugleich. Und das Beste: Das hier war gerade mein Gastauftritt in dieser Show.

»Ach, du liebe Zeit, da ist aber jemand definitiv zu früh dran, und das sage und schreibe fünf Minuten *plus!*«

Lambert klappt eine goldene Taschenuhr auf, die mit einer Kette an der Seitentasche seiner Weste befestigt ist, und beäugt das antiquierte Zifferblatt betont kritisch.

»Für mich eigentlich schon fast ein Grund zum Abhaken, was meinst du, Ezra?«

Ezra sieht mich mit fragendem Blick an. »Wir sind auch noch gar nicht durch. Gefällt dir das Zimmer überhaupt, Karen?«

Ich lasse den Papiervorhang betont gelangweilt mit gleichgültigem Blick aus der Hand gleiten, obwohl ich fühle, wie sich absolute Panik in mir breitmacht. Ezra merkt das bestimmt und sieht mich neugierig an, mustert mich zum ersten Mal von Kopf bis Fuß. Eine Geste, die ich schon bei guten Freunden nicht ausstehen kann und mich völlig nervös macht, weil ich immer annehme, dass irgendwo an meiner Kleidung ein Fleck ist, den ich übersehen habe. Oder es ist was im Gesicht, und mein Gegenüber verzichtet aus falsch verstandenem Takt und Mangel an wahrem Mitgefühl, mich darauf hinzuweisen. Ich kann mich in solchen Situationen nie entscheiden, was ich schlimmer finde: die Peinlichkeit, so schlampig zu sein, etwas an meinen Klamotten übersehen zu haben, oder die Scham, unwissentlich eine monströse Entgleisung an meinem Kopf spazieren zu führen.

»Ist alles in Ordnung, Karen? Du bist so bleich im Gesicht, als hättest du eine Erscheinung gehabt.«

Ich versuche ein entschuldigendes Lächeln. »Ach nichts, ich bin nur gestern etwas spät ins Bett gekommen, dann habe ich immer so ein kurzes Nachmittagstief. Ist gleich wieder vorbei. Aber ich hätte eine Bitte: Ich weiß, das klingt jetzt komisch für euch, aber ich erkläre es hundertprozentig später. Gibt es vielleicht irgendeinen zweiten Ausgang, den ich nehmen kann?«

Kirsten darf vor allem auf keinen Fall erfahren, dass wir uns beide für dieses Zimmer interessieren. Meine gefühlte Chance, das Zimmer tatsächlich zu bekommen, schwindet mit jedem Fehltritt in diesem verhaltensauffälligen Minidrama. Wenn Kirsten schnallt, dass ich es bin, mit der sie hier um den Einzug konkurriert, wird sie in wenigen Minuten einen derartigen Showstopper-Auftritt hinlegen, dass ich eigentlich direkt zurück nach Hause ins Wohnheim ziehen kann.

Über Ezras Gesicht legt sich ein breites Grinsen. »An einen zweiten Ausgang hatten selbst wir noch nicht gedacht, was, Lambert? Eigentlich eine grandiose Idee, auf die du uns da bringst. Es gibt bestimmt auch hier in unserer geliebten Festung immer wieder Situationen, aus denen man sich gern ungesehen und diskret verabschieden möchte. Vor allem, wenn ungeliebte Besucher, die natürlich meistens gar nicht eingeladen waren, sondern von Daher-bald-eher-nicht-mehr-Freunden im Schlepptau ihren Weg zu uns gefunden haben, partout nicht merken, wenn sie unsere Gastfreundschaft längst überzogen haben. Solche Individuen ignorieren gerne alle noch so wenig sublimen Herauskomplimentierungsgesten wie demonstratives Gähnen oder obstinates Auf-die-Uhr-Sehen. Den Gipfel der Frechheit hat sich ein besonders hartnäckiges Exemplar erlaubt: Da hat tatsächlich jemand in ein dreckiges Glas, das ich vorher bereits eigenhändig in die Spüle gestellt hatte, noch mal aus einer schon vom Tisch auf das Regal entfernten Flasche Wein nachgeschenkt, und zwar üppig. Und das, nachdem ich extra vorher schon gleichsam bettfertig im Pajama aus meinem Schlafzimmer zurück in die Küche gekommen war!«

Lambert lacht laut auf und winkt mich aus dem Zimmer in den Flur. »Wir haben diesen Notausgang zum Verlassen des Jahrhunderts der Höflichkeit – wahrscheinlich war es das achtzehnte, oder? – zwar leider hier noch nicht eingebaut, aber dafür eine umso angenehmere Lösung, *inhouse* sozusagen. Und das ist jetzt wirklich ein ganz großer Vertrauensbeweis.«

Er lüftet eine Hülle des Smiths-Memory-Tarotsets und drückt gegen etwas, das so aussieht wie eine kleine Rußklappe zu einem dahinter verlaufenden Schornstein. Die Wand gegenüber beginnt sich zu bewegen als Drehtür, die zu einem Raum dahinter führt, in dem sogleich das Licht angeht.

»Wenn du uns schon mit solchen Überraschungsaktionen herausforderst, können wir ja auch gleich bildlich mit der Tür ins Haus fallen, habe ich mir gedacht. Voilà, unser kleines, aber feines STEREOLABOR. Alles Weitere später, wenn die nächste Kandidatin wieder weg ist. Was, wenn ich meinen Recherchen folge und die viel zu frühe Ankunftszeit in die Waagschale werfe, nicht allzu lange dauern sollte. Es gibt übrigens für Menschen mit ausgeprägter Neugierde, bitte versteh das nicht falsch, trifft auch auf Ezra und mich zu, deswegen ist er überhaupt da, einen analogen Türspion, durch den du das Vorstellungsgespräch mitverfolgen kannst. Aber nur, falls dir hier eventuell langweilig werden sollte, was ich jedoch kaum befürchte. Der Türspion ist exakt in der Mitte der Wand da rechts, der Raum ist übrigens klimatisiert und absolut schalldicht. Nur falls du einen Lachanfall bekommen solltest.«

Ich betrete eine bizarre Mischung aus Tropfsteinhöhle und Eierkasten, der Boden vollverglast, darunter Zapfen, die aus sämtlichen Wänden gleichmäßig als kleine Pyramiden herausragen. Die absolute Folterkammer für Klaustrophobiker, geht es mir durch den Kopf. Für Angstkandidaten wie mich haben die beiden in der Mitte des Raums zur Beruhigung eine Glasvitrine stehen, darauf ein Mischpult und ein antiquierter Kassettenrekorder, daneben einladende Schalensessel. Schon wieder die Türklingel! In Gedanken falte ich Kirsten zusammen: »Bist du wahnsinnig, schau doch mal auf die Uhr! Wer zu früh kommt, hat kein Recht, ungeduldig zu sein, wenn nicht gleich aufgemacht wird!«

Aber sofort denke ich, genial, das war garantiert Annas Idee mit dem zweimal klingeln, damit sich Kirsten sofort unbeliebt macht.

Solidarity to friendship, so hat Anna mir sehr früh ihr wichtigstes Prinzip erklärt: »Es gibt Freundinnen und Freundinnen. Es gibt die Allerliebsties. Und es gibt dich. In genau dieser Reihenfolge. Je näher, desto treuer.« Was habe ich für ein Glück mit ihr. Nicht nur, dass ich mich blind auf meine neue beste Freundin verlassen kann. Vielmehr bin ich mir nahezu sicher, dass ich das Zimmer gewissermaßen im Kasten habe. Frechheiten, Übergriffe, Panik, zweiter Ausgang hin oder her.

Die Tür schließt sich hinter den beiden mit einem dumpfen Klicken, und zum ersten Mal im Leben bin ich in einem vollkommen schallllosen Raum ohne sichtbaren Ausgang eingesperrt. Und habe tatsächlich überhaupt keine Angst. Sogar das Glas auf dem Boden scheint mit einem speziellen Belag beschichtet zu sein, jedenfalls kann ich laufen, ohne meine Schritte zu hören, als ob ich plötzlich taub wäre. Ich sage daher, einfach nur um etwas zu sagen, noch dazu ganz leise, um alle Zweifel an der Richtigkeit meiner Wahrnehmung auch vor mir selbst zu verbergen, das Safeword: *Irre*.

Aber auch das hört sich ganz fremd an, als ob das Gesagte von einem unsichtbaren Wesen, das überall um mich herum gleichzeitig ist, direkt aus meinem Mund genommen und verschluckt wird. Ich habe mal von Reisenden gehört, wie beunruhigend völlig feuchtigkeitsfreie Luft im Hochgebirge ist, weil wir nicht wissen, wie man das Atmen einer derartigen Trockenheit am besten anpasst. Fast automatisch beginne ich bei dem Gedanken zu schlucken, und mein Mund fühlt sich an, als ob kaum noch Spucke übrig ist. Das hier scheint beides zugleich zu sein: extrem trocken und absolut schalllos. Ein Vakuum. Bestimmt ganz hilfreich gegen WEISSEN LÄRM.

4

Natural's Not In It

Wie die meisten grundlegenden gesellschaftlichen Veränderungen klang auch *Der Weiße Lärm* am Anfang eher nach Gewimmer als nach Knall. Seine Ausbreitung geschah beiläufig und machte auf mich den Eindruck einer Reihe zufälliger Ereignisse, die gar nicht unbedingt etwas miteinander zu tun haben mussten. Da war zum Beispiel dieses Graffiti, das nicht gesprüht, sondern mit weißer Farbe über Nacht an der Seitenwand der Alten Oper auftauchte, wobei die drei besagten Worte in krakeliger Kinderschrift hingemalt worden waren. Wir spielten damals immer Frisbee auf dem Opernplatz, und für uns sah das auf den ersten Blick eher nach so einer Ankündigung von Musiktheateraufführungen für Jugendliche aus. Weil es sich bei der Farbe anscheinend um eine schwer zu entfernende Spezialanfertigung handelte, deren Spuren auch nach der Beseitigung noch unmissverständlich die Umrisse der Worte zeigten, gab es in der Lokalpresse eine humoristische Diskussion über E- und U-Musik. Unsere Eltern fanden das irre komisch, weil die Frage der mittleren Halbwertzeit von der Popmusik, die Kirsten und ich hörten, und ihr Überdauern im Vergleich zur Klassik im Zentrum stand. *Here to stay or should they go?*, titelte die beliebteste Tageszeitung der Region ausnahmsweise mal in Englisch, um auf »The Clash« und die Herkunft von »White Noise« Bezug zu nehmen. Hahaha.

Dann kamen die Einschläge näher. Für eine Stunde fielen die Frequenzen aller beliebten Radiostationen zur Hauptsendezeit aus. Wir konnten nur Informationssender und Dauernachrichtenprogramme anwählen, und mein Vater erzählte uns, wie seine Fahrt im Feierabendverkehr sich wie eine einzige ausgedehnte Gesprächsstunde ohne irgendeine musikalische Untermalung anfühlte. Den Störsender konnten sie auch mithilfe einer speziell für den Vorfall eingesetzten Sonderkommission des Kriminalamts nicht ausfindig machen. Die Öffentlichkeit war unglaublich besorgt, weil es sich in den Worten unseres Innenministers »eindeutig um einen Anschlag auf die kritische Infrastruktur des Landes« handelte. Kurz darauf gab es Berichte im Fernsehen über eine, so die Augen- oder besser gesagt Ohrenzeugen »völlig aus dem Nichts auftauchende« Klangmauer. Was wir als Jugendliche bei Open-Air-Festivals am coolsten fanden, diesen Super-Spezialeffekt, den alle *Wall of Sound* nannten, wofür die Bands ganze Gebirge aus Boxen auffahren mussten, war mitten in unserer Stadt, wo sich die Klangmauer um die Mittagszeit herum aufbaute, ein zutiefst verstörender Effekt. Es handelte sich ja nicht mal um Musik, sondern um ein ohrenbetäubend lautes Monsterrauschen. Ich fand, es klang, als ob ein schwerer Sturm die Kammlagen der umliegenden Mittelgebirge, die immer im Wetterbericht vorkamen, wenn es windig wurde, erfasst hatte. Und jetzt gab es eben eine Übertragung der von den Orkanböen geschüttelten Baumwipfel mithilfe von unsichtbaren Lautsprechern in die Fußgängerzone, mit bis zum Anschlag aufgedrehten Reglern.

Kirsten meinte, das Ereignis hätte etwas mit der zur gleichen Zeit dort stattfindenden Demonstration gegen die angekündigten Fahrverbote im gesamten Stadtgebiet zu tun. Sie hatte sich vor allem darüber lustig gemacht, dass auf der Demo auch wiederholt die alte Biker-Hymne »Born to Be

Wild« von Steppenwolf zwischen den Redebeiträgen als musikalische Untermalung gespielt wurde, und das, so Kirsten, gehöre eben bestraft. Als dann noch ein Vorfall bei der quotenstärksten allabendlichen Primetime-Talkshow dazukam, konnte keiner mehr von Zufall reden.

Der investigative TV-Moderator hatte kurz vor den anstehenden Wahlen Vertreter sämtlicher Parteien zum Krisenthema »Bildung vor dem Aus« bei sich in der Sendung versammelt, und es war ihm dank seiner legendären chamäleonartigen Einfühlarbeit wieder einmal gelungen, die Gäste komplett aus der Reserve zu locken. Wir saßen gebannt vor dem Fernseher, als es gerade zwischen dem Kandidaten der Ultrakonservativen und seiner Widersacherin von der Umweltpartei fast zu Handgreiflichkeiten kam. Es ging auch um die Frage, welche Werte unseres eigenen Kulturkreises überhaupt noch in der Schule gelehrt wurden und wie sich das auf die Heranwachsenden, also uns, auswirken würde. Mitten in der Sendung breitete sich überraschend im Fernsehstudio ein lange nicht mehr gehörter Ton aus. Es war laut unseren Eltern das schwarz-weiße Bildschirmgriesel aus dem letzten Jahrtausend, das den nächtlichen Sendeschluss begleitete. Allein, das kratzige Geräusch bekam durch die Übersteuerung, mit der es aus den Boxen unseres völlig veralteten Marantz-Gerätes plärrte, die Anmutung eines gerade auf dem Studiodach niedergehenden prasselnden Hagelschauers. Das schockierte die streitlustigen Politiker derart, dass der Ultrakonservative wie gelähmt vom Batikkleid seiner Kollegin abließ, das er gerade noch übergriffig in die Kamera gehalten und als bellizistische Öko-Camouflage-Uniform beschimpft hatte, die ihre Trägerin für jegliche Einschätzung zum Thema Moral sofort disqualifizieren würde.

Kirsten und ich stellten damals bei unseren allabendlichen Einschlafgesprächen besorgt fest, dass irgendetwas begonnen hatte, sich in unser Leben einzumischen, wobei uns nicht ganz klar war, mit welchem Ziel. Es war naturgemäß nur eine Frage der Zeit, bis die ersten Kommentare eine direkte Verbindung der »Phänomene«, wie auch wir sie nannten, mit den drei Worten DER WEISSE LÄRM herstellten. Unsere Eltern sprachen trotz der absoluten Gewaltlosigkeit ohne Verletzte oder Unfallfolgen sogar schon von »Anschlägen«. Eigentlich fand ich, dass das Ganze auch ein versteckter *prank* für die nächste Biennale sein konnte, ein Land-Art-Banksy sozusagen. Es gab zeitgleich aber auch politisch motivierte, natürlich anonyme Bekennerschreiben, die vor allem mit einer qualitativen Verschärfung der »Interventionen« drohten. So nannten sie die akustischen Aktionen. Und wenn die verschiedenartigen Forderungen (Tempolimit Autobahn, Abrüstung, EU-Ausstieg, Abschiebehaft für alle straffälligen Immigranten etc.) nicht in kürzester Zeit erfüllt würden, gäbe es noch mehr Rabatz. Das machte dann irgendwann auch mir Angst.

Das Innenministerium konnte zwar weder die Urheber der Schreiben noch die Quelle der Phänomene herausfinden, es war der Behörde aber angeblich gelungen, mit geheimdienstlichen Mitteln eine Verbindung zwischen beiden sicher auszuschließen. Weil es immer weiterging mit den seltsamen Vorgängen, kam der Wissenschaftsminister eines Bundeslandes auf die Idee, aus der Not eine Tugend zu machen und eine Initiative zur Schadensbegrenzung ins Leben zu rufen. Fand ich gut. Wenn *Der weiße Lärm* sich schon nicht in irgendeiner Form steuern ließ, so musste man eben versuchen, die Vorteile, die er uns brachte, zu nutzen, so der Gedankengang des gewitzten Politikers. Der wollte mit seiner Flucht nach vorn Gesetze um den *Weißen Lärm* herum entwickeln, um sein Auftreten mit einer rechtlichen Grundlage zu versehen. Wie immer ging es dieser Art von Machtmenschen aber vor allem darum, die zweifellos existierenden positiven Effekte auf die Gesellschaft politisch mitzunehmen, indem man sie aktiv in das Regierungsprogramm einbezog und als Verdienst der entsprechenden Minister ausgab.

Das ging meinen Eltern entschieden zu weit, und sie waren kurz davor, nicht nur die nächste Wahl, sondern auch politisches Fernsehen, am Ende sogar Politik an sich komplett zu boykottieren. Das ließ Kirsten und mich in der prekären Lage zurück, nicht nur informationstechnisch, sondern auch sozial zunehmend in Isolation zu geraten, vor allem in unserer unmittelbaren Nachbarschaft.

Unsere Eltern wurden uns wegen dieses verzweifelten einsamen Revoluzzergehabes immer peinlicher. Sie hatten auch kaum noch Freunde, die bereit waren, sich ihre teilweise abstrusen Weltaufstandspläne länger als über eine Tasse Tee anzuhören. Wenigstens in der Schule bekamen wir das eine oder andere mit.

Eine Kommission wurde einberufen, die zu gleichen Teilen aus Wissenschaftlern und Politikern bestand. Man suchte sich außerdem die besten Akustiker des Landes, die in einer Bestandsaufnahme alle unterschiedlichen Geräuscharten, die bis dato vorgekommen waren, versammelte. Wir hatten einen progressiven Physiklehrer, der das Thema parallel für seinen Grundkurs als Unterrichtsstoff entdeckte und etablierte. Die Pausenschmierereien an seiner Tafel zum »Verzeichnis der gängigen Darmwinde im Wandel der Zeiten« bügelte er mit stoischer Miene ab und verteilte Einträge. Weil ständig neue Störungen bekannt wurden, musste auch seine Liste permanent aktualisiert werden. Anders als die Politiker hatte der Lehrer die Ergebnisse des Kurses wenigstens nicht beim Gang vor die Presse zu präsentieren, um auch nur einigermaßen glaubwürdig zu klingen.

Die letzte Finte des *Weißen Lärms*, bevor die Politik sich offiziell dazu äußern konnte, war sein sicher folgenreichstes und umfangreichstes Werk. Kirsten und ich waren gerade auf Klassenfahrt, zum Glück in den Bergen und nicht an der See, als an einem Tag das gesamte Land erfasst wurde. Und zwar als gestalterischer Coup, bei dem die gewählte Form nicht nur wie minimalistisches Design der Funktion folgte, sondern identisch mit ihr war. Unsere Kunstlehrerin, die immer *form follows function* predigte, war völlig aus dem Häuschen und ließ uns später Schaubilder dazu anfertigen. Die Flutwelle dröhnte also akustisch den Bürgern des Landes von Nord nach Süd sukzessive um die Ohren, während sie sich zur gleichen Zeit in Wellenform ausbreitete, sodass im Nachhinein einhellig vom legendären *Weißer-Lärm-Tsunami* gesprochen wurde. Unsere besorgten Eltern beschworen uns per Telefon, die Fahrt privat zu verlängern und im Gebirge bei Verwandten zu bleiben. Die akustische Gewalt des Ereignisses war so täuschend echt, dass obendrein das Katastrophenwarnsystem ansprach und ausgelöst wurde. Selbst Menschen wie Oma und Opa, die nicht damit auf dem Mobiltelefon ausgestattet waren, wurden durch das furchterregende Rauschen in eine so grundlegende Panik versetzt, dass sie reflexhaft zu rennen begannen und hektisch nach Fluchtorten in größerer Höhe suchten. Oma musste von dem alten Mirabellenbaum in ihrem Garten geborgen werden. Opa kletterte auf einen wildfremden Balkon in der Nachbarschaft. Die nahezu taube Besitzerin hatte nichts mitbekommen und rief gleich die Polizei, weil sie ein unverfrorenes Sittlichkeitsdelikt vermutete. Andere erklommen das nächstgelegene Treppenhaus und fielen fast die Stufen hinauf. Und das an Orten ohne Gewässer in der Umgebung, wo dem gesunden Menschenverstand nach prinzipiell keinerlei Gefahr dieser Art zu erwarten gewesen wäre.

Der Weiße Lärm hatte es eben drauf. Wir fanden ihn super und freuten uns über die anarchistischen Haken, die er der Gesellschaft schlug. Mehrere Zeugen aus verschiedenen Gegenden des Landes berichteten in der Nachrichtensendung, die wir heimlich schauten, wenn die Eltern nicht zu Hause waren, sie hätten nicht nur Dröhnen der Brandung und spritzende Gischt in unmittelbarer Nähe gehört, sondern beim Näherkommen der Soundwelle die Aromen von salzigem Meerwasser in der Luft gerochen, was jedoch von dazu befragten Wissenschaftlern als durch Hysterie ausgelöste synästhetische Störung abgetan wurde. Das war nun komplett frech, weil wir es ja selbst geschnuppert hatten. »Riecht wie im Erlebnisbad Atlantis am Außenpool«, meinte ich zu Kirsten. Und sie sagte: »Feines Näschen, Karen.«

Richtig Angst bekamen wir, als sogar das lange nicht gebrauchte Wort *biological warfare* die Runde machte. Bei der Krisensitzung der Regierung nach der landesweiten Soundwelle brachte ausgerechnet die Tante von der Umweltpartei aus der Talkshow mit dem gebatikten Kampfkleid, das inzwischen ohne ihre Erlaubnis online zum It-Modell und Bestseller geworden war, in einer erhitzten Rede noch dazu den Begriff der »organischen Kriegsführung« ins Spiel. Das fand unser PoWi-Lehrer eine Aktuelle Stunde wert. Als erklärte Pazifistin entschuldigte sie sich natürlich sofort für die Verwendung des »K-Wortes«, etablierte dann aber eine Bezeichnung für den *Weißen Lärm*, die wir im Unterricht von der Tafel abschreiben und analysieren mussten. Für sie war es ein »immerhin zum Nachdenken anregender Versuch, neue und noch dazu völlig gewaltfreie Protestformen« zu finden, die ihrer Ansicht nach »wirkmächtig auf die katastrophalen Formen des Klimawandels aufmerksam machen«, indem »Katastrophenszenarien zwar nur akustisch, dafür aber umso eindringlicher als Warnung an die Gesellschaft durchgespielt« werden würden. Die Erde sprach also persönlich zu uns, und zwar laut und deutlich. Was aber auch nicht dazu führte, dass man sie irgendwie zur Verantwortung ziehen konnte.

Für den Fall, dass überhaupt von einer Art Urheberschaft für die Vorfälle auszugehen war, schien es ganz so, als solle damit vor allem bewiesen werden, was so geht, wenn man nur will. Eingedenk des logistischen Aufwands für eine solche Aktion war es auch nicht ganz unwahrscheinlich, dass eine Gruppe oder Bewegung dahinterstand. Kirsten und ich waren fest entschlossen, uns ihnen anzuschließen – nach dem Abi. Damit wollten wir allen Strebern in der Stufe zeigen, wo es langgeht und in welchen Dimensionen sie sich unsere eigenen zukünftigen »Interventionen« vorzustellen hatten. Weil die Debatte zum Thema sich zunehmend in eine ökologische Richtung bewegte, stand die Natur des Geräuschs selbst so sehr im Zentrum, dass alles, was von dem Auftreten des Geräuschs verdeckt oder gar ganz eliminiert wurde, zu Beginn kaum beachtet wurde.

Mein Lieblingsaspekt an der Geschichte, abgesehen von dem anarchischen Spaß daran, der Gesellschaft eins auszuwischen oder sie in Schrecken zu versetzen, war der *linguistic turn*. Was sich da mächtig gewaltig als Nebenkriegsschauplatz auftat, erregte besonders viel Aufmerksamkeit. »Wer hat uns den Lärm weiß gemacht?« So fragte der Leitartikel einer überregionalen Tageszeitung und bezeichnete das Phänomen als *chauvinistische Perfidie*, die sich als Öko-Terror tarnt, wobei ihr wahres Ansinnen nichts weiter sei als das letzte Aufbäumen der *white supremacy* »in Form der geheimen Installierung einer vierten, akustischen Staatsmacht als scheinbar organisches Organ«. Auch diesen Text analysierten wir, interessanterweise aber in Geschichte. Völlig absurd.

Die Unfähigkeit des Staates, den Urheber des Lärms dingfest zu machen, so der Autor, könne nichts anderes bedeuten, als dass der Staat selbst Urheber sei. Es könne ja nicht angehen, dass das Volk diese Verschiebung der Gewaltenteilung hinzunehmen habe. Revolution lag in der Luft. Allein die Folgerung des Artikels, man müsse dem Phänomen lediglich eine *wokere* Bezeichnung geben, um es aus den Fängen der politischen Vereinnahmung zu befreien, war schon wieder so abstrus, dass seine im Kern berechtigte Fragestellung kaum mehr jemand beachtete. Kirsten fragte mich, was die denn wollten, dem Lärm wäre es doch egal, wie man ihn bezeichnen würde, das ändere rein gar nichts an seiner Wirkmacht. Das Debattenfeuilleton zur These, das wir in Deutsch als Hausarbeit zu analysieren hatten, bejubelte vor allem das im Artikel postulierte Ziel der Befreiung des Begriffs von seinem »rassistischen« Adjektiv zu, ganz schlicht, DAS LÄRM, auch um ihm die dringend notwendige Neutralität zu verleihen, und das, wohlgemerkt, »um seine wahre Natur als WIEDERGEBURT DES URSCHREIS mit anderen Mitteln zu entfesseln«. Als Feier der Mutter Erde und Vorzeichen des Beginns einer neuen Hochkultur, die es sogar rein klanglich bereits mit den größten Leistungen der Menschheitsgeschichte aufnehmen könne: DIE GAIAS.

Daraus wurde allein schon deswegen nichts, weil die Guerilla-Graffiti-Aktivisten, die den Artikel als direkten Aufruf zum zivilen Ungehorsam verstanden hatten, mit dem nächtlichen Übermalen des »verhassten W-Wortes« nicht nachkamen. Spätestens im Morgengrauen waren ihre durchgestrichenen Wörter und die in Versalien gesprühten Korrekturen mit dem schrägen Urschrei-Nomen wieder verschwunden. Und an Wänden und Mauern im Land prangte erneut strahlend weiß die Formel in der zum Erkennungszeichen gewordenen Kinderschrift, die von vielen inzwischen unfreiwillig und mit einem nahezu fatalistischen Unterton in der Stimme vor sich hin gemurmelt wurde: Ach ja, *Der Weiße Lärm*. Es wurde immer unverständlicher, und Kirsten sagte zu mir bald: »Ich bin raus.«

Wie sich außerdem zeigte, bestand ein von vielen Mitmenschen insgeheim befürworteter Nebeneffekt des plakativen »Bandenkrieges« darin, dass gleichzeitig auch die anderen vorher weit verbreiteten Schmierereien komplett verschwunden waren. DER WEISSE LÄRM in Kinderschrift war jetzt neuerdings überhaupt nur noch für kurze Zeit zu sehen, wo immer das Phänomen stattfand, und verschwand danach wieder so mysteriös wie er aufgetaucht war. Ich sagte zu Kirsten: »Das ist wie meine Kindheit, die war auch irgendwann leider viel zu schnell verschwunden.«

Was genau die Geräuschlawinen alles unter sich begruben, war, wie gesagt, nicht gleich bemerkbar. Erst nach einiger Zeit zeichnete sich ab, welche Bereiche insbesondere von der »akustischen Zensur von ganz oben«, so unser PoWi-Lehrer, betroffen waren.

Wenn mich heute jemand fragt, würde ich sagen, ich habe es nicht gleich gemerkt, als MUSIK aus meinem Leben verschwand. Und das, obwohl sie immer eine zentrale Rolle darin gespielt hat. Vielleicht lag es auch daran, dass das Ganze eher langsam und nicht von einem Tag auf den anderen geschah, ansonsten wäre es mir sicher schneller aufgefallen.

Am Anfang kam es mir vor, als habe sich jemand *von ganz oben* etwas dabei gedacht, weil meine tiefen Gefühle für sie auf Dauer kaum gut für mich sein konnten. Ich war nicht mehr in der Lage, mir eine Existenz ohne sie vorzustellen. Sie war der Quell meiner Freude, wenn ich glücklich war. Und riss mich aus jeder noch so großen Traurigkeit heraus mit ihrer Energie, die ekstatische Momente der Selbstvergessenheit bescherte.

Von außen betrachtet trug mein Verhältnis trotz des positiven Einflusses gewiss Zeichen einer Abhängigkeit, die wohlmeinende Betrachter kaum kaltlassen konnte. Und zu dem Entschluss geführt haben mochte, die Sucht mit einem sanften Entzug therapieren zu wollen. Der Umstand, dass sie seither niemand in meiner Anwesenheit erwähnt hat, sprach ebenfalls dafür, dass ein Plan dahintersteckte. Oder war es doch nur Einbildung, weil der Mensch für alles, was ihm fehlt, immer einen Schuldigen ausfindig machen muss, dem er dann sein Elend anlasten kann, anstatt sich selbst zur Verantwortung zu ziehen?

Noch dazu war es ja möglich, dass ihr Verschwinden einfach nur eine absolut natürliche Entwicklung war, die man eben wie viele der Veränderungen im Leben zu akzeptieren hatte. Aber das führte vielleicht in die Irre, weil damals DER WEISSE LÄRM auftauchte, den ich zunächst gar nicht gleich mit ihr in Verbindung brachte, obwohl es von heute aus betrachtet ziemlich offensichtlich ist, dass die beiden etwas miteinander zu tun haben mussten. Es kann nur Absicht gewesen sein, es so aussehen zu lassen, als wäre all das nur eine weitere Stufe der Evolution, die schon immer voller Phänomene wie diesen war: dem natürlichen Auftauchen von Neuem, während anderes sich verabschiedete. Und das Neue ist *per se* präsenter als das, was es ersetzt.

Sie ist weg. Auch das klingt vertraut, gehört aber zu dem, was seither verschwunden ist. Und dafür von einem der wichtigsten Bestandteile unseres täglichen Lebens abgelöst wurde. Kann sich jemand vorstellen, dass es überhaupt einmal eine Zeit gab, in der wir ohne ihn waren?

Der Weiße Lärm. Die größte Errungenschaft unserer Epoche. Revolution der Akustik. Ende all unserer Missverständnisse, der Zwietracht der Menschen untereinander aus der Zeit davor, als wir noch mit den weißen Ohrstöpseln einsam durch die Gegend liefen, ständig im Gespräch mit anderen, die gar nicht in der Nähe waren. Oder beim Abhören von Nachrichten, Podcasts oder Radioprogrammen mit ihren endlosen Untermalungen der unmittelbaren Umgebung, mit der sie oft kaum etwas zu tun hatten, die nur von ihr abgelenkt haben, weil sie vorgaben, der *Soundtrack zum Leben* zu sein.

All diese verschiedenartigen Wegbereiter der Vereinzelung wurden bald zu Recht, wie ich meine, vom Ministerium für Unterhaltung als »Ursache des fatalen Vakuums an Präsenz« bezeichnet. Das Ministerium hatte sich »wegen der inhaltlichen Nähe« des Phänomens federführend angenommen und die anfangs einberufene Kommission abgelöst. Von der war, wie es hieß, um »Kontinuität zu gewährleisten«, als Experte lediglich der Akustiker und Diplom-Ingenieur Herr Alles beibehalten worden.

Wir fanden es irgendwann einfach uncool, Kopfhörer zu tragen, nicht nur, weil nichts mehr in ihnen ankam, was sie genau betrachtet relativ nutzlos machte. Sondern auch, weil wir alles um uns herum viel klarer und deutlicher ohne sie wahrnehmen konnten. Es fühlte sich an, als hätten uns vorher unsichtbare Wattepfropfen von der Außenwelt abgeschottet, und die wären nun eben entfernt worden. Wer existierte schon noch in der aktuellen Gegenwart, die ein hoffnungsloser Authentiker damals etwas pathetisch als »Echtzeit« bezeichnet hatte? Nun aber war alles kein Problem mehr, weil *Der Weiße Lärm* in der zweiten Stufe seiner Verbreitung mit dem wunderbaren Grundgeräusch zwar überall in der Öffentlichkeit, aber in der Tat kaum zu hören war. Weil er sich prinzipiell derart subtil Frequenzen und der Lautstärke unserer Umwelt anpasste, dass man ihn fast nicht mehr zu registrieren imstande war. Er musste ähnlich funktionieren wie jene sehr hohen Töne, die nur von manchen Tieren wahrgenommen werden können. Ein Regulativ, das alles, was wir früher über Bluetooth oder drahtlose Netze übermittelt bekamen, einfach schluckte, um es zu eliminieren. Das Ministerium für Unterhaltung bezeichnete es als »kuratiertes Hören«, das vorrangig dazu diene, lästige Nebengeräusche des Alltags zu filtern. Nur so konnte eine neue Reinheit die vorher herrschende »Geräuschvermüllung der Umwelt, die uns sprichwörtlich übers Ohr gehauen hat«, ersetzen. Man verglich den Prozess mit dem sublimen Reinigungsvorgang eines gigantischen Klärwerks, an dessen Ende ja auch für die Natur unschädliches Wasser stünde. Das fand ich mindestens anrüchig, hahaha. Das bessere Beispiel war meiner Meinung nach die völlig organische wie unmerkliche Luftfilterung, die von den Grüngürteln außerhalb der Städte und umliegenden Laubwäldern natürlich übernommen wurde. Ein sehr poetisch veranlagter Wissenschaftler in dem Bericht verglich den *Weißen Lärm* nicht nur wegen der Farbe sogar mit der reinigenden Funktion frisch gefallenen Schnees und der kristallklaren Luft, die sich mit diesem wohltuend ausbreite. Was für ein schönes Bild! Die meisten Leute waren trotzdem skeptisch und hatten einfach Angst davor, dass der *Weiße Lärm* ihrer Gesundheit schaden könnte, und das lag vor allem an seiner Unsichtbarkeit. Weil uns die Furcht vor Krebsgefahr allem Drahtlosen gegenüber tief in den Knochen steckt, war alles, was auch nur entfernt mit elektromagnetischen Feldern und Radiowellen zu tun haben könnte, Anlass zur Sorge.

DER WEISSE LÄRM war eben nicht sichtbar und schwer zu fassen, was auch seine Wirksamkeit nicht unbedingt glaubwürdiger machte und so für die Öffentlichkeitsarbeit, die ihn nun von offizieller Seite begleitete, zu einem Problem wurde, das »auf keinen Fall zur Dauerkrise werden« durfte, falls »dem größten Projekt der Jetztzeit« nicht vorzeitig das Aus drohen solle.

Wie hatte es noch Diplom-Ingenieur und Chefakustiker Herr Alles, wie immer mit Fliege, auf der Pressekonferenz des Ministeriums für Unterhaltung gesagt: »It's too big to fail. *Der Weiße Lärm* kann gar nicht scheitern.« Herr Alles war eben ein echter Clown.

Sämtliche Versuche, anschauliche Darstellungen und Animationen zu finden oder eigens zu produzieren, die dem wohltuenden Effekt gerecht werden konnten, blieben lange Zeit erfolglos. Es war doch klar, dass die Bilder sich ausbreitender Wellen Menschen Angst einjagen mussten, sie waren halt zu nah am Sound-Tsunami dran. Ich hatte keinerlei Angst vor ihm, sondern fühlte mich eher an zerklüftete Ränder des Meeres nach Rückzug der Flut erinnert, die ich als Kind immer begeistert wie vorgefertigte Fahrspuren ablief. Klangwellen hatten meinem Verständnis nach eine vollkommen organische Anmutung, da Umrisse und Formen entstanden, wie sie auch in der Natur als Wolken, Luftblasen oder Zellkörper vorkommen.

Es gab dazu eine Szene, die ich aus einer Reportage über die Jugendzeit meiner Eltern im Gedächtnis behalten hatte. Sie handelte von dem damals als tragisch empfundenen Ende der Radiozeit und dessen Ablösung durch Musikfilme. *Video killed the Radio Star* hieß der Film und zeigte die titelgebenden Videos, jedoch ohne Tonspur, wie es sich gehörte, weil die oft vom Sender in vorauseilendem Gehorsam weggelassen wurde. Die Szene zeigte eine pulverähnliche Substanz, die durch den Klang einer auf dem Rücken liegenden Lautsprecherbox in Bewegung geriet. Man sah weiße Körnchen, die unter Einfluss der Schwingungen auf dem Stoffbezug der Tief- und Hochtöner nervös zu hüpfen und zucken begannen, ein abgehackter Tanz der Elemente. Doch schon bald formierten sich aus dem flirrenden Pulver wie auf der unwirtlichen Oberfläche eines fremden Planeten wellenartige Verläufe. Ich stellte mir vor, dass die völlig natürliche Herkunft des *Weißen Lärms* ähnlich funktionierte wie der Wasserkreislauf eines wilden Gebirgsbachs, der aus dem Regen entsteht und in die Ebene fließt, wo er für Feuchtigkeit sorgt, die verdunstet und in die Luft aufsteigt und so wiederum zu Wolken wird, die im Gebirge abregnen.

»Alles, woraus *Der Weiße Lärm* besteht, ist verwandelte Natur, organischer Klang, den die Erde an anderer Stelle produziert hat und der mithilfe eines perfektionierten Transsubstantiationsverfahrens zur idealen Akustik wird, die überall zur Besänftigung unseres Gemüts und der Erquickung des Geistes dient.« So stand es in dem Faltblatt, das die Regierung, wahrscheinlich um die Bürger zu beruhigen, an alle Haushalte verschickt hatte. Zur Illustration der Wurfsendung diente eine fast kindliche Grafik, die aussah, als sei sie einem Kinderbuch aus der Reihe »Farbiges Wissen« entsprungen. Wo blaue Pfeilchen den Seewind am Tage symbolisierten, der von dem niedrigen Druck warmer, leichter Luft über dem sonnenerhitzten Strand angezogen wird. Und dann nachts, wenn der Sand sich abgekühlt hat, als Landwind in entgegengesetzter Richtung mit der gespeicherten Wärme des Tages wieder zur Meeresoberfläche hin weht.

So hatte ich von klein auf gelernt, warum der Wind immer vom tiefen Druck angezogen wird und wie dieser sich zum Hochdruckgebiet verhält. Das war natürlich in seiner gespielten Harmlosigkeit weit von dem Sound-Tsunami entfernt, der sich nicht so einfach in den Köpfen ausradieren ließ. *Der Weiße Lärm* griff aber auch hier wohltuend ein: Wann immer ein Gespräch darauf kam, war sofort das an einen Wolkenbruch gemahnende Plätschern im Umfeld der Sprechenden so massiv präsent, dass an ein Fortführen der Konversation einfach nicht zu denken war. Und über das reinigende Gewitter einer solchen Klangintervention verloren sich die heftigen Argumente bald oder lösten sich in Wohlgefallen auf.

Herr Alles, dessen randlose Nickelbrille seine Augen unheimlich vergrößerte, wenn er direkt in die Kamera sprach, um ein aufregendes Forschungsergebnis zu verkünden, hatte für den erstaunlichen Effekt, das Gemüt zu kühlen, nach dem ich mich hier im schalllosen STEREO-LABOR fast schon zu sehnen beginne, eine griffige Formel gefunden, die bald auch als Alternative zum ursprünglichen Wortlaut verwendet wurde: DER WEISE LÄRM.

5

Part Time Punks

Das Labor, in dem an meine Ohren nur der ungute Sound meines gepumpten Bluts dringt und sonst nichts, dafür in Stereo, sieht erschreckend aufgeräumt aus. Alles, was ich fühlen kann, ist dieser dumpf vertraute Herzschlag, der die Adern schwellen lässt und sie am Hals zum Klopfen bringt. Ich sehe mich wie im Bild einer Wärmekamera pulsieren, rote Ströme, die sich durch das Dunkelblau des Hintergrundes winden. Immerhin signalisiert das Außenstehenden eine Hirnaktivität, die vielleicht Rückschlüsse auf gewonnene Erkenntnis bieten mag. Was in diesem Labor an Experimenten auch stattfindet, es hinterlässt keine sichtbaren Spuren.

Doch als ich die Wand, die an das Entrée grenzen müsste, mit den Augen wie ein präziser Scanner abtaste, um den Türspion zu finden, kommt ganz kurz ein nervöses Rascheln von irgendwoher auf. Fast erleichtert stelle ich fest, dass ich in meiner Hosentasche noch das Papier stecken habe. Auf dem originellen Abrisszettel der Brüder aus der Mensa stehen nur zwei Sätze: *Sie haben soeben einen Zimmerschlüssel gefunden. Kommen Sie doch vorbei, um zu sehen, ob er passt.* Auf der Rückseite die Adresse mit Datum und Uhrzeit des Vorstellungsgesprächs, den zugewiesenen Slot sozusagen. Und *R. S. V. P. mit Namen erbeten.*

Ich versuche mich mit der Idee zu beruhigen, dass der zerknüllte Zettel in meiner Tasche die Ursache des Raschelns ist. Der Türspion ist tatsächlich auf Augenhöhe fast unsichtbar an der Spitze einer der Schaumstoffzacken integriert. *Findiges Kind*, höre ich Anna sagen, die das gern anbringt, wenn ich wieder mal ihren verlegten Bleistift aus den Tiefen ihrer Handtasche hervorzaubere. Ich drehe die Scheibe beiseite, um zu sehen, ob Kirsten vielleicht schon zur Tür herein ist, aber sofort fängt das unheimliche Geräusch wieder an. Mich durchfährt ein unkontrolliertes Zucken, weil es eindeutig von überallher kommt, nur nicht aus meiner Hosentasche.

Plötzlich habe ich außerdem das untrügliche Gefühl, nicht mehr allein in diesem dubiosen Raum zu sein. Er kommt mir inzwischen noch dazu eher wie eine Folterkammer vor, in der die Schaumstoffzacken jederzeit zu Teilen einer mörderischen Egge werden können, wie in der Strafkolonie. Wahrscheinlich sieht es auch nur so aus, als ob sie weich und formbar sind, in Wirklichkeit ist es jedoch brutal harter grauer Basaltstein, dessen scharfe Kanten mir grauenhafte Verletzungen beibringen können, wenn sie sich unausweichlich auf mich herabsenken. Um ganz schnell der bedrückenden Vorstellungswelt meiner Fantasie zu entfliehen, komme ich auf eine absurde Idee: Ich schließe die Augen, um dem Rascheln auf die Spur zu kommen. Flucht nach vorn, denke ich. Wie ein Medium, das mit ausgestreckten Armen in Trance auf einen Geist aus dem Totenreich zuschreitet, der sich mitten im Seancezimmer geschickt versteckt hat. In meinem Fall auch ganz praktisch, um nicht an Möbel zu stoßen.

Die gesteigerte Wahrnehmung, die durch den Tastsinn in Verbindung mit dem ausgeschalteten Sehen entsteht, verändert auch die Qualität des Geräuschs. Es klingt jetzt irgendwie verzweifelt, wie ein vom Licht angezogenes Insekt, das im Lampenschirm gefangen ist und den Weg nicht mehr zurück ins schützende Dunkel auf der anderen Seite findet. Zudem verkürzen sich die Abstände des Geräuschs immer mehr. Das arme Tier. Kämpft ums Überleben, aber sein starker Wille flackert nur noch müde auf, bevor es endgültig resigniert und sich in sein unausweichliches Schicksal fügt. »Dagegen«, sagt Oma immer, »ist ja doch kein Kraut gewachsen.«

Während ich gedanklich völlig wegdrifte, halte ich ein, weil ich körperlich direkt vor der Vitrine stehe. Wenn ich meinen Ohren trauen kann, kommt das Geraschel genau von hier. Also mache ich mal die Augen auf. Wie im Museum liegen drei Musikinstrumente hinter Glas: eine harzfarbene E-Gitarre mit vielen altmodischen Knöpfen und Reglern, eine rote Plastik-Klarinette und ein weißes Mini-Keyboard. Im unteren Teil der Vitrine ein schmales Regal, voll mit handbeschrifteten Kassetten. Der ganze Boden unten ist komplett aus Glas, wie ein Aquarium. Und siehe da: Der Ursprung des ominösen Geraschels ist ein schneeweißer Hase! Der müht sich gerade durch ein bizarres Papiergebirge, um zu den grün leuchtenden Salatblättern auf der anderen Seite zu kommen.

Irgendwie macht das alles keinen Sinn. Ich beginne langsam, an der geistigen Gesundheit von Lambert und Ezra zu zweifeln.

Ein elektrisches Sirren lässt mich aufzucken, als hätte ich nur vom Anschauen des Hasen schon einen Stromschlag bekommen. Ich merke aber, dass hier etwas anderes im Spiel sein muss. Es ist verstörend untermalt von Nebengeräuschen und unangenehm lautem Klopfen und klingt, als würde ich ein Mikrofon zu nah am Körper tragen, das lautstark meinen ungelenken Bewegungen folgt. Aber dann erkenne ich, dass es die Liveübertragung aus dem Flur sein muss, die jemand angeschaltet hat und gerade beginnt, ganz allein für mich.

»Ah, guten Tag, haben Sie einen Termin?«

Die antwortende Stimme ist ein paar Oktaven zu tief für meine Schwester, aber Kirsten ist immer für eine Überraschung gut. Man muss bei ihr generell wirklich auf alles gefasst sein, weil nie klar ist, was sie als Nächstes im Schilde führt. Eine Verkleidung als Mann, warum nicht?

»Ich bitte um Entschuldigung für den unangekündigten Besuch, aber es hat eine Beschwerde gegeben in der unmittelbaren Nachbarschaft, und wir müssen ihr nachgehen. Haben Sie kurz Zeit, dürfen wir eintreten?« Gut, das geht zu weit. Das ist nicht meine Kirsten. Es kommt mir, wie neuerdings gesagt wird, *russisch* vor, und ich gehe schnell zurück zum Türspion, um zu sehen, was hier abgeht.

»Aber bitte, treten Sie ein, wenn ich bitte kurz vorher Ihren Ausweis sehen dürfte?«

Das ist unverkennbar die sonore Lambertstimme, aber in der betont offiziellen Variante. Ich linse: Im Eingangsbereich stehen zwei junge Männer in der dunkelgrauen Uniform des Ordnungsamts. Die können sich neuerdings aus Zeitmangel kaum noch um Verstöße im Straßenverkehr kümmern, weil die Strafregelung im Umfeld des *Weißen Lärms*, so steht es wenigstens in der Zeitung, total komplex ist, mit Riesenpersonalaufwand. Vielleicht weiß Kirsten gar nichts von dem Zimmer und ist nur zufällig vorbeigekommen? Aber wovor wollte mich Anna dann warnen, weiß sie vielleicht mehr, als sie mir gesagt hat?

Plötzlich bekomme ich wegen etwas ganz anderem die viel größere Panik. Okay, ich bin hier im Stereolabor total gut versteckt und sicher. Aber was passiert, wenn Lambert und Ezra von den zwei Beamten mitgenommen werden und niemand sonst weiß, dass ich hier drin bin?

»Ah, das Ordnungsamt, also kommen Sie bitte näher, womit können wir dienen? Und lassen Sie sich bitte nicht von dem Aufbau irritieren, wir vermieten nämlich gerade ein Zimmer und erwarten eigentlich jeden Moment die nächste Interessentin.«

Die zwei Beamten antworten nicht, schauen sich dafür aber betont langsam und genau im Entrée um. Ich halte die Luft an, als einer der beiden qualvoll lange ausdruckslos auf die Garderobe starrt.

»Wird das Objekt hier möbliert angeboten, oder sind das alles Ihre eigenen Sachen?«

Ezra winkt die beiden Richtung Flur, also direkt neben mich.

»Ich kann Ihnen das Zimmer gerne einmal zeigen, wir haben die Möbel von den Vormietern übernommen, ein nettes Lehrerpaar, vielleicht bald im Ruhestand, die sich dementsprechend verkleinern wollten, wenn ich es richtig verstanden habe. Die Frau hatte eine seltsame Hautkrankheit und den Verdacht, dass es etwas mit der schweren Holzeinrichtung zu tun haben könnte. Deswegen hatten sie wohl keine Verwendung mehr dafür.«

Der andere Beamte mustert kritisch die Papiere auf dem Tisch und schüttelt irritiert den Kopf. »Darum geht es uns nicht. Die Sache ist die: Jemand hat zum wiederholten Mal etwas aus Ihrer Wohnung gehört, das ihm suspekt vorkam. Darf ich einmal Ihre Klingel ausprobieren?«

Oje, das geht nicht gut. Passt auch gar nicht zu den Brüdern und ihrem Perfektionswahn, so leichtsinnig zu sein. Jeder weiß, wie hellhörig diese Altbauwohnungen mit ihrem Parkett sind. Eigentlich nur eine Frage der Zeit, bis irgendein Hobby-Geheimdienstler auf Lambert und Ezra mit ihren rebellischen Praktiken aufmerksam wird. Typisch, dass so eine ernste Krise wie *Der Weiße Lärm* sofort dazu führt, dass überall Denunzianten auftauchen. Denen geht es ja nie um die Sache an sich, sondern nur darum, auf der »richtigen

Seite« zu stehen. Ich halte den Atem an, weil der Beamte vom Tisch zur Tür geht, wobei er einige der vollgekritzelten Papiere hochhält.

»Ist das die Art von Notizen, die Sie sich zu Ihren Kandidaten machen? Ich meine: ›*Hast du Humor, wenn du allein bist? Würdest du gerne ein absolutes Gedächtnis haben? Kann man willentlich entscheiden, etwas zu vergessen, oder geht das nur unbewusst, ohne dass wir es merken? Stell dir vor, du wärst nie geboren: Beunruhigt dich diese Vorstellung? Muss man davon ausgehen, dass der Stein denkt?*‹«

OMG denke ich, er steht genau vor der Tür, wie ich vorhin. In dem Moment dreht Lambert sich ruckartig um. Ich erschrecke, weil er nun genau in meine Richtung kuckt und dabei überbetont das rechte Auge zudrückt. Warum zwinkert er mir ausgerechnet jetzt zu? Der Beamte holt demonstrativ langsam mit dem Finger aus, als ob er gleich einen lang vermissten Beweis zum Vorschein zaubern wird. Er schüttelt seinen Kopf und lächelt dabei. »Sind das allen Ernstes die Fragen, die Sie Ihren Kandidaten stellen: ›*Gibt es Humor bei Tieren? Was wäre einfacher, wenn man Geld hätte? Oder wäre gar nichts einfacher, und man stellt es sich nur vor, wenn man kein Geld hat? Und können wir das überhaupt wissen? Gibt es Freundschaft mit der Natur? Ab wann im Leben fängt man an, Dinge mit sich selbst auszumachen, anstatt Menschen zu fragen, denen man vertraut? Gibt es sonst noch etwas, das ab diesem Zeitpunkt anders ist?*‹«

Er drückt die Klingel, doch anstelle der Beatles ertönt extrem laut ein gefährlich hohes Bitzeln. Der Beamte zuckt mit dem Finger zurück, als hätte er einen Stromschlag verpasst bekommen. Ich muss laut auflachen, halte mir aber sofort den Mund zu, weil ich Angst bekomme, dass die da draußen mich vielleicht trotzdem hören können.

»Soll das ein Witz sein? Ich glaube, Ihnen geht's zu gut,

ich meine …« Lambert macht ein betont besorgtes Gesicht zu mir und dreht sich dann wieder zu dem Beamten. »Oh, ich bitte um Verzeihung, wir haben bei uns im Haus leider ein paar richtig böse kleine Jungs, die immer ›Schelleklobbe‹, wie sie ihre fiesen Klingelstreiche nennen, spielen. Da habe ich die Türglocke hier an der Wohnung für die Racker kurzum mit einem Wagnerschen Hammer versehen, ist völlig ungefährlich, verfehlt aber nicht die Wirkung, wie Sie sehen.«

Der Beamte wedelt mit den Papieren: »Da werden sich Ihre Bewerber sicher freuen, wenn sie gleich so freundlich begrüßt werden. Jetzt verstehe ich auch Ihre komischen Fragen hier auf dem Blatt. ›*Stellst du lieber Fragen oder gibst du lieber Antworten? Kannst du jemandem etwas Nützliches beibringen, und wenn ja, was? Was würdest du als Erstes ansehen, wenn du unsichtbar wärst?*‹ Hier kommen meine Antworten: Ich frage, von Berufs wegen, und ich kann Ihnen gern etwas mehr Anstand beibringen, obwohl ich stark bezweifle, ob das bei jemandem wie Ihnen funktioniert. Und wenn ich unsichtbar wäre, würde ich Mäuschen spielen wollen bei einem Ihrer Vorstellungsgespräche, das schneiden Sie am besten gleich mit und machen ein Fernsehformat daraus. Nennen Sie es doch BLEIBE GESUCHT!«

Er ordnet die Papiere sorgfältig zu einem Stapel und legt sie wieder zurück auf den Tisch.

»Aber vergessen Sie ja nicht, mir Bescheid zu geben, wenn das was werden sollte, und reservieren Sie mir ein hübsches Sümmchen. Sonst sage ich meinen Kumpels auf dem Patentamt Bescheid, die verstehen im Übrigen weitaus weniger Spaß als ich.«

Sein Kollege ist schon fast aus der Tür, als er sich noch mal umdreht: »Für heute will ich die Sache gut sein lassen, aber nur, weil ich mir den Nachmittag nicht damit verderben will, jetzt extra nach der Ordnungswidrigkeit zu suchen, die Sie hier mit der Klingel am Start haben. Bauen Sie das Ding am besten gleich ab, sonst bekommen Sie beim nächsten Mal weitaus größeren Ärger mit mir!«

Die Tür fällt ins Schloss, und Ezra und Lambert beginnen wie auf Befehl mit einem stummen Tanz, den ich so nur von Schulze und Schultze aus *Tim und Struppi* kenne: Sie drehen sich mit eingehakten Armen im Kreis, dann wechseln sie die Richtung und haken sich erneut ein, und es geht weiter, nur andersherum. Dann lachen sie beide schallend, drehen sich dabei immer schneller vor und zurück und fallen schließlich zusammen hin. Genau wie ich letzte Woche auf dem GLEICHMUT-Festival.

Ezra schreit: »*Hijehijeh Karen, Hijehhijeh Karen, Hijehijehijeh. I said yeah!* Hast du das gesehen? Wir kommen gleich hinter, halte durch.«

Schon verschwinden sie aus meinem Blickfeld, und ich gehe zur Tür. Als sich die Wand zu drehen beginnt, stehe ich auf der anderen Seite wie in dieser Show, wenn die Kandidaten zum ersten Mal sehen, mit wem sie es zu tun haben. Aus Spaß tue ich völlig überrascht, als die beiden vor mir stehen. »Hey, ihr hier, hätte ich jetzt nicht erwartet, hahaha.«

Ezra nimmt mich als Erster in den Arm und drückt mich ganz fest, so wie jemand, den man total gut kennt und ewig nicht gesehen hat. Ich finde es nach all dem Drama voll in Ordnung und klopfe ihm auf den Rücken, als wäre ich es, die ihn beruhigen müsste, und nicht umgekehrt.

Lambert umarmt uns gleich beide zusammen, aber nur kurz, und bietet mir dann einen der Sessel an, während sich die Tür wie automatisch zu schließen beginnt.

»Ich glaube, wir sind dir mehr als eine Erklärung schuldig. Doch vor allem erst einmal: Respekt. Dass du es hier in der

Absorberkammer auf Anhieb so lange ausgehalten hast, ohne durchzudrehen, ist der Wahnsinn. Allein dafür hast du das Zimmer schon verdient. Wer hätte aber auch damit gerechnet, dass ausgerechnet in dem Moment das Ordnungsamt vor der Tür steht? Ganz ehrlich, hast du die beiden vielleicht vorher unten auf der Straße gesehen und einfach nicht gewusst, wie du uns warnen sollst?«

Ezra bückt sich zu dem Hasen und hält ihm seinen Zeigefinger vor die Nase: »Na, Pierre-Auguste, hast du dich etwa schon mit unserer neuen Mitbewohnerin angefreundet, darf ich euch einander offiziell vorstellen? Pierre-Auguste, Karen. Wir wissen noch nicht so viel von ihr, nur dass sie ein gutes Auge hat, sich mit Kleidung beziehungsweise deren Pflege auskennt und noch dazu einen fast unzerreißbaren Geduldsfaden besitzt. Karen, Pierre-Auguste. Der Hase, der angeblich von nichts weiß und doch alles im Blick hat. Lieblingsgericht: grüner Salat auf Esspapier. Wobei wir immer dachten, das Esspapier ist der Hit, aber schau mal: Er sieht das anders und betätigt sich damit eher als Landschaftsgärtner. Magst du Tiere?«

Ich lächele ihn an: »Nur wenn sie Humor haben. Ich hatte als Kind einen Hamster, der war garantiert Humorist. Er hieß Gustav und zog sich im Wohnzimmer meiner Eltern alle paar Wochen hinter das modulare Wandregal zurück. Und zwar bestimmt aus Spaß. Denn immer in dem Moment, wenn sie die ganze Nussholzanrichte komplett ausgeräumt hatten, um sie von der Wand abzurücken und ihn zu retten, kam er fiepend wieder zum Vorschein, als wäre nichts geschehen. Wenn das kein Zeichen von Humor ist. Habt ihr noch mehr so schöne Fragen über Tiere?«

Lambert steht vor der Vitrine, zieht eine Kassette aus dem Regal und steckt sie in den Rekorder.

»So, der Reihe nach. Jetzt kommt als Erstes die Antwort

auf die Frage von vorhin zu deinem Namen. Und keine Angst, dieser Raum hier ist, wie du vielleicht vorhin bemerkt hast, absolut schalldicht. Es dringt also kein Laut nach draußen, auch wenn wir so gut wie alles von drinnen aus hören können, dank der aktivierten Mikrofone. Bitte nicht erschrecken, ich gehe jetzt im Hinblick auf deine kleine Einlage mit den *Smiths* einfach mal davon aus, dass du eine von uns bist und nichts gegen Musik hast. Wer auch immer sich das ausgedacht hat mit diesem *Weißen Lärm*, hätte es mal schön dabei belassen sollen, wie es am Anfang war. Was für eine herrliche Stille, als der ganze Gesprächsmüll auf allen Kanälen und die nervigen Streitgespräche auf einmal tatsächlich verschwunden waren.«

Ezra deutet auf Pierre-Auguste: »Sie hätten sich einfach nur ein Beispiel an Meister Lampe hier nehmen sollen. Der hat auch jedes Mal, wenn Lambert und ich uns gefetzt haben, sofort wie eine Mimose reagiert, sein Salatbuffet nicht mehr angerührt und einfach vor sich hin verwelken lassen. Und das, bis wir uns wieder verstanden haben. Wenn wir aber unser Lieblingsstück von Aaron Copland, *Appalachian Spring*, einlegen, ist im Nu nur noch Esspapier übrig, und er geht wegen seinem schönen Fell völlig in dem von ihm selbst gestalteten Hintergrund auf.«

Lambert legt den Finger auf den Mund. »Psssst. Wir machen gleich mal die Probe aufs Exempel mit diesem Stück hier. Der große Fehler mit der unterdrückten Musik war meines Erachtens, dass das *Programm*, ich nenne es jetzt mal so, von wem auch immer, für den Fall, dass überhaupt ein Mensch dahinterstecken sollte, einfach nur mit einem falschen Algorithmus versehen wurde. Der hat dann auf seiner gnadenlosen Suche nach allem, was in irgendeiner Form Affekte auslöst, egal ob positiv oder negativ, auch irgendwann vor der Musik keinen Halt mehr gemacht. Der Algorithmus in seinem gedankenlosen Stupor, ich würde sogar sagen, in seiner übereifrigen Betriebsamkeit, ist ja leider nicht dazu in der Lage, die elementare Entscheidung zu treffen, was wirklich gut für uns ist und was nicht. Es muss ihnen entgangen sein, dass sich wegen der Musik kein Cortisol bildet, sondern Noradrenalin, das dem Stresshormon vielmehr als besänftigender Effekt ausdrücklich entgegenwirkt. Zu dumm, dass anscheinend keiner mehr irgendwas im Griff hat. Und umso besser, dass wir trotzdem oder gerade deswegen unser kleines STEREOLABOR hier haben, oder, KAREN?«

Aus dem Kassettenrekorder ertönt in sagenhafter Soundqualität ein spärlich mit Gitarre, Bass und Schlagzeug instrumentiertes Stück, das nur aus zwei Akkorden besteht, zwischen denen es hin- und hergeht. Es beginnt mit dem wunderbaren Satz *I just want some affection* und klingt super *rough* nach frühen Achtzigern – das Jahrzehnt, in dem ich musikalisch zu Hause bin, was dazu geführt hat, dass Kirsten mich konsequent damit aufzieht. »Du bist so letztes Jahrhundert, *Babe*. Ich fasse es nicht. Du verkommst mir noch zu so einer trübsinnigen Retro-Tante.«

Ich kann es kaum erwarten, ihr dieses fantastische Lied vorzuspielen, obwohl mir nicht klar ist, wie ich das anstellen soll. Außerhalb dieser magischen Kammer ist ja überall *Der Weiße Lärm*. Der Text des Stücks ist großartig, weil er nur beschreibt, nach was für einer Art Mädchen der Sänger sich sehnt: keine von der Hintertür, die auf einer billigen Straße ihr Sex-Ding durchzieht, sondern ein Tiger, der sich niederkniet mit der ganzen vornehmen Freundlichkeit der Japaner. Ich denke sofort an das Album »Tiger Milk« von *Belle & Sebastian*, bei denen es auch oft um Tiere geht wie meine Lieblingsgestalt, den hungrigen *Fox in the Snow*. Mir fällt ein, dass die Plattencover von *Belle & Sebastian* mindestens genauso gut in den Plastikhüllen aussehen würden. Aber nur für den unwahrscheinlichen Fall, dass die zwei je von den *Smiths* abrücken.

Das Lied wird immer besser: *I wish I heard voices / Wish I was a telephone / KAREN / yeah-yeah / Karen yeah-yeah / Karen yeah-yeah / Karen yeah-yeah yeah / I said yeah, oh Karen!* Ich laufe knallrot an. Ein Lied, in dem mein Name vorkommt!

»Wo habt ihr das denn her? Ich meine, ich bin fast gerührt. Von wem ist das überhaupt? Und deswegen habt ihr mich echt eingeladen?«

Ezra reicht mir die Hülle, die gar nicht so aussieht wie das, was ich höre. Giftgrüne Äste vor tiefblauem Himmel, in dessen Mitte wie ein blasslila Ufo der Name steht: »The Go-Betweens 1978–1990«.

»*Karen* war ihre erste Single. Schau nur, eine total seltene Tape-Compilation auf *Beggars Banquet*, wahrscheinlich neben *Rough Trade* das legendärste Independent Label aus England. Robert Forster ist einer unserer ganz großen Helden. Du wirst ihm noch öfter bei uns in der Wohnung begegnen. Er ist nämlich nicht nur ein grandioser Sänger und Gitarrist, sondern auch ein begnadeter Texter. Von ihm stammt die beste Abhandlung, die ich je zu Haaren gelesen habe. Hängt, wie sollte es anders sein, natürlich im Bad.«

Während er das sagt, kann ich ihm gar nicht richtig folgen, weil ich mitten im Text des Lieds bin. Es stellt sich nämlich heraus, dass Karen *very special* ist, weil sie an der Ausleihe der Bibliothek steht und dem Jungen dabei hilft, die Schriftsteller zu finden, die er sucht: von Hemingway über Brecht bis zu James Joyce, der sich, klar, auf »choice« reimt. Sie trifft immer die richtige Wahl für ihn, auch wenn oder vielleicht gerade weil sie weder Königin noch Engel ist, nur ein ganz einfaches Mädchen aus dem Dorf. Deswegen erklärt er sie zu seiner Göttin, die er verehrt. Weil sie in der Bücherei steht wie eine Nonne in der Kirche, aber eben seiner ganz persönlichen Kirche der Literatur. Ich finde das alles ultraromantisch. Dann steigert sich das Stück in eine Art Trommelfeuer, immer wieder singen sie Karen, und dann bähm! – Schluss.

Lambert drückt die Stopptaste, dreht sich zu mir um, baut sich offiziell, so ganz gerade Haltung, vor mir auf und macht dazu ein feierliches Gesicht: »Bevor nach diesem Meisterstück noch mehr Fragen aufkommen, falle ich jetzt am besten wie die Ordnungsbeamten gerade eben mit der Tür ins Haus. Du gehst wahrscheinlich immer noch davon aus, dass es hier um das schöne Zimmer geht, in dem wir vorhin so unschön gestört wurden mit diesem empörenden Drama. Dazu nur so viel: Falls du dir trotz diesem chaotischen Tohuwabohu immer noch vorstellen könntest, bei uns hier einzuziehen, hast du das Zimmer natürlich, Ezra hat es ja auch schon indirekt verkündet.«

Ich stehe sofort gehorsam auf, nehme ebenfalls eine gerade Haltung ein und schüttele ganz offiziell erst Lambert, dann Ezra mehrmals die Hand.

»Ja sicher, klar. Also danke, gerne.«

Ich hatte mir als Kind immer ausgemalt, wie verloren sich das anfühlen muss, auf der Bühne zu stehen, wenn man gerade einen Preis bekommt und nicht weiß, wohin mit sich. Auch wenn das damals nur ein Trick war, mit dem ich mich zu trösten versuchte: überhaupt nicht beneidenswert, so im Rampenlicht zu stehen. Völlig überflüssige Anmerkung: Ich war sowieso nie in der glücklichen Lage, das würde sich auch in absehbarer Zeit nicht ändern. Weg mit dem Gedanken!

Ich stehe also hier vor den beiden Jungs, schüttele den Kopf, weil ich es immer noch nicht glaube, und verbeuge mich dann wie vor einem Komitee, total peinliche Übersprunghandlung, aber vielleicht fällt das auch nur mir auf.

Lambert zeigt auf den Sessel, und ich setze mich wieder hin, wie in der Schule nach der falschen Antwort.

»Du musst wissen, dass wir natürlich schon damit gerechnet haben, dass irgendwer von den Spießer-Nachbarn im Haus früher oder später etwas mitbekommt von den, wie soll man sagen, nun ja, subversiven Aktivitäten, die wir hier veranstalten. Und das, obwohl wir uns, wie du ja gesehen hast, wirklich jede Mühe geben, das Ganze so gut es geht vor der Außenwelt geheim zu halten.«

Ich räuspere mich kurz. »Eine Zwischenfrage: Dieser Raum hier ist der absolute *safe space*, das habe ich schon verstanden. Aber wieso kann keiner der Nachbarn die Klingel von unten hören?«

Lambert lächelt gequält, und mir fällt bei dem Wort *safe* auf einmal Anna wieder ein. Ich kann sie ja schlecht da unten stehen lassen, aber genauso wenig hier hoch bitten.

»Die Fanfare für die einfache Seele, wie wir sie nennen, ist tatsächlich nur für heute aktiviert, weil wir wissen wollten, wer den Zusammenhang erkennen kann, wenn die nächste Kandidatin vor der Tür steht. Ist aber auch sonst nicht für die anderen zu hören. Davon später mehr.«

Mein Moment: »Ihr meint die Garderobe?«

Ezra beginnt ganz langsam und demonstrativ zu klatschen. »Pierre-Auguste, was habe ich gesagt?«

Lamberts Lächeln entzerrt sich, und er kneift konzentriert die Augen zusammen. »Bon. Nachdem wir nun wissen, dass du sogar Noten zu lesen imstande bist, darf ich es direkt verraten: Wir suchen zwar eine Mitbewohnerin, haben aber an dich vor allem einen Platz in unserer Band zu vergeben: Sängerin, am besten auch Keyboarderin, Gitarristin oder Harmonikaspielerin, je nachdem. Auch gerne alles zusammen.«

Er zeigt auf die Vitrine: »Die Instrumente liegen schon

bereit, du kannst, wie es gemeinhin in der Arbeitswelt heißt, sofort anfangen.«

Ich versuche, nicht zu stottern, weil mir das manchmal passiert, wenn ich ziemlich aufgeregt bin. »Aber ich kann nur ganz ordentlich Klavier spielen, sonst nichts. Von Mozart bis Chopin und Czerny, das war's auch schon. Also wenig Modernes. Ich weiß also nicht, ob ich euch überhaupt helfen kann.«

Lambert hebt beschwichtigend die Hände. »Darüber mach dir mal keine Sorgen. Bei uns sieht's nicht halb so gut aus, wir können gar nichts. Das Einzige, was wir deswegen bis jetzt haben, ist der Name unserer Band: PUNK.«

6

Boredom

Ich war auf einiges gefasst, nur nicht auf die Leere im Alltag, die sich nach dem Einsetzen des WEISSEN LÄRMS breitmachte. Ganz am Anfang war unser größter Spaß eine Art Spiel, zu erraten, was als Nächstes seinen Interventionen zum Opfer fallen würde. Weil vorher alle schon ordentlich durch die vorauseilend gehorsame Selbstkontrolle von *Cancel Culture* und dem ganzen Achtsamkeitswahn im sozialen Umgang miteinander extrem weichgespült waren, fiel manchen der Wegfall von Emotionsausbrüchen in der Öffentlichkeit gar nicht auf. Zumal die ganze *hate speech* zu Beginn wie gewohnt im Internet weiterging, wo die bösartigen anonymen Kommentare zum *Weißen Lärm* als »elfte biblische Plage, mit der keiner mehr gerechnet hat«, nicht abrissen. Bis auch die letzte Enklave des Wutbürgertums, die ja nur von der Dezibelstärke her lautlos war, zugemacht wurde. Und zwar, wie so oft beim WL, wie wir den *Weißen Lärm* bald abkürzten, mit technischer Eleganz: Die Kommentarfunktionen sämtlicher Internetseiten wurden dazu mit überdimensional großen Sounddateien geflutet, sodass an erster Stelle direkt nach dem eigentlichen Inhalt nur noch ein sehr schmaler Abspielbalken zu sehen war. Die Zeitungen nannten das später den »Quantensprung in der jungen Geschichte akustischer Machtdemonstrationen«. Plötzlich konnten die Drahtzieher hinter dem Lärm anscheinend

Elemente jenseits von Schall und Klang wie die Informatik nutzen, um den gewünschten Effekt zu erzielen: die Dominanz des Tons über das Sentiment. Wer den Pfeil der Datei drückte, hörte ausnahmsweise nicht Sturm, Donner, Wassermassen oder eine zu Tal rollende Lawine, sondern lustigerweise in der immer gleichen Länge von 700.000 Tagen, 16 Stunden, 25 Minuten und 34 Sekunden einfach nur die Stimme einer Nachtigall.

Damit hatte sich auch eine Wette, die wir in der Schule miteinander laufen hatten, erledigt. Wir setzten darauf, dass neben der Musik sicher auch bald sämtliche Stimmen der Tierwelt verschwinden würden, die ja oft viel schöner waren als unser menschliches Geträllere. Die Nachtigall, die wir vorher mit ihrem Schlagen nur hier und da in den Vorstädten an total ruhigen Abenden hören konnten, breitete sich wieder aus. Sie eroberte Industriegebiete und war sogar in der Innenstadt unterwegs. Es kam uns vor, als ob das Abspielen der Dateien eine Art Rufspiel unter den scheuen Vögeln ausgelöst hatte. Wie die niedlichen Amselmännchen, die im Frühling singend auf Brautschau ihr Revier markieren und dabei lautstark versuchen, ihre Konkurrenz zu übertönen.

Wegen der merklich heruntergefahrenen Alltagsgeräuschkulisse, wie wir fanden klar *therapeutisch abgedimmt*, breitete sich der Vogelgesang allgemein aus. Auf einer normalen Einkaufsstraße ohne viele Bäume in der Gegend klang es plötzlich selbst im hektischsten *Shopping Peak* wie in einer dieser eigens bespielten Wohlfühloasen zum *Chillen*, wo Naturgeräusche vom Band die Anwesenheit tatsächlicher organischer Umgebung ersetzten. Interessant, dass es tatsächlich völlig künstlich und unglaubwürdig klang, einfach, weil keiner mehr gewohnt war, wie sich das in echt anhörte.

Weil die Aktivität in den sozialen Medien mit dem geschickten Ausbremsen aller Konflikte und Provokationen extrem abgeflaut war, kamen längst vergessene Gesellschaftsspiele wieder in Mode. Unser größter Triumph war, dass wir mit unserem Freundeskreis selbst einen Trend ausgelöst hatten: DIE BÖSE FLÜSTERTÜTE, auch von einigen *bad Stille Post* genannt, diente dazu, all die unterdrückten Gefühle von Hass, Neid, Wut und Verachtung als ganz schlimmes Wort in das Ohr der Person neben einem zu flüstern, aber so leise, dass man so gut wie gar nichts mehr verstehen konnte. Sonst war alles wie bei der normalen STILLEN POST, nur dass am Schluss das neue Wort nicht nur gesagt, sondern szenisch gespielt werden musste. Die Lösungsvorschläge wurden schließlich auf einen Zettel geschrieben und mit dem Originalwort vom Anfang verglichen. Gewonnen hatte, wer das beste neue Schimpfwort erfunden hatte, das sich dann alle mit *Tattootinte* innen auf den Unterarm malten. Vor allem im Sommer begrüßten wir uns kurzärmelig, bevorzugt mit schützend vor den Kopf gehaltenem Arm und geballter Faust, aber vor allem, um das böse Flüsterwort zu zeigen: KNOCHENGEIGE stand dann da, HIRNLAUCH, DUMMFALL AFOFF oder WACKALARM, Haftbefehl-Tonfall wie OPFRAH, dazu oldschool Slang wie WETTZACK und VOLLPFOSTEN, aber auch kryptische Scherze wie KLOTURE und Gossenjargon wie BITCHKID waren echt beliebt. Wegen der komplizierteren Darstellung kamen mehrsilbige Worte wie ARSCHFLUGKÖRPER oder STABILITISSE eher selten vor.

Die Schutzgeste mit dem Arm und der geballten Faust als Begrüßungsritual war bald beliebter als das Spiel selbst. Wahrscheinlich weil sie für die meisten eine rebellische Haltung verkörperte, wie in den *glory days* von Klassenkampf und Studentenbewegung. Es gab aber auch eine viel lustigere Variante, bei der die Faust sich bei der Armdrehung zur Hand vor dem Mund entfaltete, wozu demonstratives Gähnen gezeigt wurde. Damit war dann halb ironisch alles gesagt, und der Untergrund-Effekt blieb beim YAWNE, ausgesprochen wie »Joa, Nee«, gewahrt.

Wie viele in meinem Bekanntenkreis hatte ich damals damit geliebäugelt, eines dieser trendigen Seminare zum Lippenlesen zu besuchen. Aber weil bestimmte Leute ihre Stimmbänder schon gar nicht mehr zum Einsatz brachten, wenn sie im Gespräch mal persönlich wurden, schien mir das Ganze nach reiflicher Überlegung hysterisch und lächerlich. Mit Aggros, die einfach nur verzweifelt auf der Suche nach einem neuen Ventil für ihre außer Kontrolle geratenen Emotionen waren, wollte ich nun wirklich nichts zu tun haben. Zumal die genauso unangenehm auffielen wie früher die Idioten mit ihren Ohrstöpseln, die wild gestikulierend auf der Straße liefen, während sie ihre Geschäfts- oder Privatprobleme viel zu laut wie eine schlechte Showeinlage der Welt um sie herum präsentierten. Oder, auch gut, ihr Telefon dazu flach mit drei Fingern an den Mund hielten wie eine Scheibe Brot, in die sie gleich herzhaft hineinbeißen würden.

Die Lippenleser-Fraktion lief umso heftiger grimassierend wie *arme Irre* in einem Stummfilm umher. Ihre voll gestörten Vorläufer hatten wir noch als EARPODSE gelabelt, die gruseligen Wiedergänger sahen mit ihrem grotesk verzerrten und übertriebenen Mienenspiel aus wie Marcel Marceau auf Crack. Insofern hatte Frau Alma Immer M.A. (*»Minus Aggression«*, wie wir wegen der Betonung des akademischen Grades zum Beispiel anfügten, oder, natürlich genial von Anna erfunden: *Mighty Aphrodite)*, vom Ministerium für Unterhaltung ganz recht. Wegen der anfangs ziemlich stark kritisierten Verschärfung der Gesetzeslage, die sie mit knapper Mehrheit inititiert hatte, mussten die Pantomime-

Kurse mit ihrer magnetischen Anziehungskraft für gestörtes Gesocks mit eher undefiniertem Gewaltpotenzial bald am Rande der Legalität operieren. Und zwar, weil sowohl keine neuen Lizenzen mehr erteilt als auch die alten mit begrenzter Laufzeit nicht mehr erneuert wurden.

Es war eigentlich nur eine Frage der Zeit, bis selbst die stumme Verwendung *aufgeladenen Wortguts* wie auf unseren *tinted* Unterarmen ins Visier der Ordnungshüter geriet. Aber das kam nur langsam voran, weil es die Staatsbeamten total überforderte, all den potenziellen Verstößen hinterherzurennen. Jede Gesetzesübertretung in der Grauzone, die nicht unmittelbar unter der Kontrolle des *Weißen Lärms* war, wurde aufgrund der komplizierten Rechtslage und der strikten Auflagen innerhalb der Beweisführung im Außendienst als grenzwertig gesehen und nicht nur wegen chronischem Personalmangel bald nur noch eingeschränkt verfolgt. Für die als »Borderline-Patrouille« verschrienen Streifen fanden sich keine Freiwilligen, und wenn, dann nicht gerade die talentiertesten Kräfte, sodass die Zweierteams nach dem Vieraugen-/Ohrenprinzip sich überwiegend aus verlorenen Seelen ohne jedes Karrierepotenzial zusammensetzten. Wenigstens waren die meisten völlig frei von Boshaftigkeit und machten sich eigentlich bei jeder Kontrolle über ihre eigene Arbeit lustig. »Ein gelungener Verstoß!«, so lachten sie oft, während sie das Schimpfwort auf einem unserer Unterarme akribisch durchbuchstabierten, »und warum Nettwix mit Doppel-T?«, und lapidar ihre Strafzettel ausstellten. Wahrscheinlich sammelten sie die Ordnungswidrigkeiten und tauschten sie später auf dem Revier aus wie seltene Anstecknadeln oder Sammelkarten.

Und wenn die Kontrolle an einer Ecke ohne OpenCam stattfand, wie sie der neuerdings ultrapopuläre Wetterkanal (wegen unverdächtiger Inhalte) namens WEATHERALL fast überall installiert hatte, drehten sie sich manchmal betont langsam dem anderen zu: »Obwohl, Eike, was für ein Verstoß war es eigentlich genau, hast du die Emoji-Tabelle dabei? Ich nicht. Na ja, wenn du weder was gesehen noch gehört hast, dann wollen wir mal Gnade vor Recht ergehen lassen. Wir drücken sozusagen zwei Augen zu und hauen uns zur Feier des Tages erst mal gepflegt aufs Ohr.«

Worauf die beiden einander gegenseitig wie einstudiert einen angedeuteten Klaps mit der rechten Hand hinter die Wangen gaben, leise kicherten und dann mit amüsiertem Kopfschütteln die Straße hinabschlenderten, sodass ein weiterer MfU-Zettel zerknüllt im nächsten Papierkorb landete.

Die Emoji-Tabelle stellte ich mir wie eine Erweiterung der schicken Animation vor, die bei der neuen Supershow jeden Samstagabend zur *Primetime* im Hintergrund mitlief. Wie eine Art Halo schwebten über den vier Kandidaten nämlich Hologramme, die entfernt an uralte Emojis erinnerten, weil es sich um vereinfachte Avatare handelte, die bei jedem Würfeln ihren Gesichtsausdruck veränderten, während die Teilnehmer ungerührt die Augenzahl anstarrten. Die Show hieß, das war der Hit, *Mensch ärgere dich nicht*, und eigentlich bestand die einzige Abwechslung darin, dass die Kandidaten das gesamte Spiel fortwährend gleichgültig kommentierten. »Ja, eine Vier, dann würde ich sagen, schlag meine einzige Figur auf dem Feld, die geht dann zurück zum Start. Sieht eigentlich auch besser aus, wenn die gelben alle wieder in einem Quadrat zusammenstehen wie am Anfang.« Worauf Grün, das gerade geschlagen hatte, ohne jede Häme antwortet: »Mit einer anderen Figur hätte ich auch gar nicht ziehen können, weil die zwei vorderen Plätze im Ziel schon voll sind.« Und Rot, das vorher noch gar keinen draußen hatte, beim Ausrollen auf die Sechs, ohne mit der Wimper zu zucken, nochmals würfelt (eine Drei) und die Felder dann gelangweilt vorwärtsgeht: »Eins, zwei und: drei. Blau ist dran.« Und so weiter und so fort. Hauptsache keine Regung zeigen.

Das Format schien besonders bei unserer Generation beliebt, weil wir sonst so gut wie sozial tot waren und uns extra für die Sendung zum gemeinsamen Abendessen bei Freunden zu Hause trafen wie früher unsere Eltern mit der Generation Tatort. Vielleicht war es die Wiederbegegnung mit *cuten* Symbolen in Form der Avatare, warum wir uns das total monotone Zweistunden-Spektakel antaten. Wie früher die infarktgefährlichen Wettformate wurde oft überzogen, wenn die Partie wider Erwarten doch noch nicht zu Ende war. Die Spannung, die durch die Projektion der Hologramme mit den vermuteten Gefühlsregungen der Spieler im Kontrast zu ihren Pokerfaces entstand, hielt nie lange an, weil sie unbewegt unter den elektronisch-emotionalen Über-Ichs vor sich hin brabbelten und dabei keine Miene verziehen durften. Einerseits war jedem ohnehin klar, wie man sich fühlt, wenn ein vormals guter Freund sich am Spieltisch in ein rachsüchtiges Monster, das nicht verlieren kann, verwandelt.

Wie schnell es um die Contenance schlecht stehen kann, weiß jeder, der schon mal Monopoly gespielt hat. Wenn die eigenen roten Hotels auf Turm- und Badstraße von allen nach dem Los gut gelaunt überwürfelt werden, man selbst aber in jeder Runde erneut fast zwanghaft auf den schon unbebaut maßlos überteuerten Grundstücken von Parkstraße und Schlossallee zum Stehen kommt und sein ganzes Bargeld dort abtreten darf.

Der vielleicht überraschendste Nebeneffekt des *Weißen Lärms* bestand darin, dass durch die übertönten negativen Affekte bald auch sämtliche Glücksgefühle wie Begeisterung und Euphorie verschwanden, aber nicht durch Interventionen, sondern ganz beiläufig und *en passant*. Als hätte jemand einen Regler heruntergedreht und damit der allgemeinen Gefühlsskala des Menschen ihre Extreme entzogen und die Enden gekappt, sodass, im Geräuschjargon gesprochen, nur noch Mitteltöne in einem begrenzten Spektrum überhaupt übrig geblieben waren. Irgendwie ahnte man schon, dass alles noch da war, aber halt in einen seltsam apathischen Ruhezustand versetzt. Ich musste an den Tachometer im Saab meines Vaters denken, der auch erst beim Überschreiten einer gewissen Geschwindigkeit das wahre Potenzial seines Turbos zu zeigen begann. Erst ab 120 Kilometern pro Stunde erschien wie von Geisterhand materialisiert der Rest des Runds mit dem tatsächlichen Spitzentempo, wobei ich mich nie sattsehen konnte an dem magischen Auftauchen der verheißungsvollen Skala aus dem Nichts.

Bei den Affekten war aber kein Turbo im Spiel, und alles blieb, wie Kirsten immer sagte »lauwarm punktgegart«, eine ihrer Lieblingsredewendungen. Irgendwann hatten wir einfach vergessen, wie sich das anfühlt, wahre Empfindungen zu haben. Und weil das so völlig nebenbei geschehen war, kam es mir vor, als ob gar kein aktives Zutun für dieses komplette Verschwinden von Hochgefühlen jeder Art nötig war. Anscheinend gab es einen tieferen Zusammenhang zwischen dem oft als toxisch, schlecht und teuflisch verpönten »dunklen« Sentiment und seinem engelsgleichen Gegenüber auf der Sonnenseite der Straße. Am Ende gab es das eine nur wegen dem anderen und umgekehrt.

Im selben Moment, da ich das denke, materialisiert sich leider unser *Shrink* mit diesem alles verstehenden und verzeihenden *Häuptlings*-Gesichtsausdruck, den ich an ihm zutiefst verachtete, was nur bedeuten kann, dass das so ganz sicher nicht stimmt. Doch auf einmal steht dieses Wort im Raum, und alles scheint möglich: PUNK.

So wie Lambert es im Stereolabor ausspricht, ist es für mich reine Lautmalerei. Laut wie das Peng!, das im Comic über der Pistole beim Schuss in gezackter Sprechblase explodiert. Und Malerei, auf deren unberührter Leinwand nur Gedanken sind, und das verhüllte Cover eines Albums, von dem noch keiner wissen kann, wie es klingt. Nur *dass* es super ist, steht völlig außer Frage, voll mit ZUKUNFTSMUSIK allerfeinster Art.

Die Gewalt dieser vier Buchstaben reißt mich augenblicklich aus der Bräsigkeit, in der ich mich (und wahrscheinlich die meisten anderen um mich herum auch) befinde. So rundum gut eingestellt und befriedet wir durchs Leben gleiten, wie medikamentiert an den Oberflächen entlang, oder *schmoof*, wie Anna immer präzisiert, wäre eigentlich von uns nicht mehr allzu viel zu erwarten.

Ich merke, wie sich meine Pupillen ohne jegliche Veränderung der Lichtquelle in der dämmrigen Atmosphäre weiten, mein Herz schlägt auf einmal schneller. Was sich auch wegen der künstlichen Helligkeit, die nun fast schmerzhaft meine Wahrnehmung flutet, anfühlt, als ob mir jemand übel etwas in den Tee getan hätte. Aber ich habe ja nichts getrunken, seit ich hier bin. Sofort fällt mir auf, dass ich seit einiger Zeit enormen Durst habe und das vielleicht die Ursache für mein gerade beginnendes Unwohlsein ist.

»Ich fühle mich so seltsam«, geht es mir durch den Kopf, aber ich komme nicht darauf, woher die Zeile stammt.

»Wenn der Name schon so dermaßen stimmt, kann mit der Band ja prinzipiell nichts mehr schiefgehen. Nur eine Frage, wenn ich darf: Was wollt ihr denn mit den Instrumenten hier für Musik machen?«

Ezra hebt vorsichtig die Melodica aus der Vitrine: »Akkurat. Und PUNK gefällt dir? Umso besser! Hier, Lambert spielt dir was vor darauf, mal sehen, ob du es erkennst.«

Die Melodie ist ganz *cute* und fast so einfach wie das Motiv von den Beatles an der Garderobe, aber wer sie einmal gehört und geliebt hat, erkennt sie sofort. »Erst die *Smiths* und jetzt *New Order*. Ihr scheint ja wirklich schwer in den Achtzigern unterwegs zu sein. Ist das Stück nicht auf diesem tollen Album mit dem Blumengemälde und der Pantoneskala am Rand?«

Lambert nickt mit diesem demonstrativ nach unten gestülpten Mund. »Na, du kennst dich in der Zeit aber auch ziemlich gut aus, was? *Your silent face* ist in der Tat wirklich zu schön. *Sound formed in a vacuum / May seem a waste of time / It's always been just the same / No hearing or breathing / No movement, no lyrics / Just nothing.* Du siehst in der Melodie förmlich das stille Gesicht, er muss ja wirklich ein hübsches Mädchen im Sinn gehabt haben.«

Ezra lächelt gedankenverloren, während er die kinderbuchrote Harmonika äußerst behutsam wieder in die Vitrine bettet. Es sieht aus, als würde er eine kleine Prinzessin, die nach ausgelassenem Herumtoben in seinen Armen eingeschlafen ist, vorsichtig zur Ruhe legen, um sie nicht unnötig aufzuwecken. Obwohl mich diese Art von Eigenschaften sonst herzlich wenig interessiert, denke ich bei mir, dass er bestimmt irgendwann später mal ein guter Vater sein wird. Wie peinlich, dass mir so was überhaupt in den Sinn kommt. Nur nicht schon wieder rot werden!

Zur Ablenkung zeige ich schnell auf das nächste Instrument: »Und das hier ist bestimmt auch ein klassisches Tool aus den *Eighties*, oder?« Lambert stellt sich demonstrativ direkt neben Ezra an die Vitrine: »Frag mal, wie recht du hast! Der Casio VL1 ist zwar nicht auf *Power, Corruption and Lies* von New Order zu hören, aber auf anderen genialen Alben. DIE WELT IST ALLES, WAS THE FALL IST, sage ich immer wieder zu jeder Gelegenheit und noch dazu allen, die es hören wollen oder nicht. Das hier erklingt zum Beispiel am Anfang von ›Fortress/Deer Park‹ auf *Hex Enduction Hour.*«

Er schaltet das Gerät an, und ein simpler Rhythmus beginnt, der mich an die frühen Atari-Computerspiele meiner Eltern erinnert, die Kirsten und ich auf einer unserer Expeditionen in alten Kisten vom Dachboden gefunden haben.

Nach dem Einsetzen des *Weißen Lärms* waren wir irgendwann dazu übergegangen, die Zeit mit solchen Aktionen totzuschlagen, weil uns so wahnsinnig langweilig war. Ich meine, nachdem erst das Interesse an den sozialen Medien mit den Interventionen und dem Wegfall von all den lustigen *Rants*, dem *Dissen* und *Bashen* gegen null ging und dann wie in der *Pandämonie* alle einfach zu Hause blieben, weil es so uncool war, was man in der Öffentlichkeit noch veranstalten konnte. Ich war auch vorher schon keine große Konzertgängerin, aber dass es das alles gar nicht mehr gab, war komplett trostlos.

Kirsten war damals in ihrer, wie sie gern sagt, wilden Jugend ganz anders als ich, sie ließ zum Beispiel keines der legendären Nachtkonzerte im *Cooky's* aus. Die gingen zum großen Ärger unserer Eltern und zulasten ihrer vorher beeindruckend guten Schulnoten ausgerechnet montags erst um 23 Uhr los und zogen sich je nach Gruppe bis weit in die Nacht. »Du zerstörst dir so gleich zu Beginn der Woche deinen Schlafrhythmus mit dieser dummen Ausgehgewohnheit«, hörte ich jeden Dienstagmorgen von Mama, wenn Kirsten wieder nicht aus dem Bett kam.

Weil wir damals noch unsere *Geschwisterverschwörung*

hochhielten (KK *wie* immer *für* immer) und keine von uns beiden einen Freund hatte, teilten wir uns das große Zimmer im Erdgeschoss, um bloß nicht auf derselben Etage wie die Eltern schlafen zu müssen. Kirsten durfte auch nur ins *Cooky's*, weil Nicole, die nebenan wohnte, ihre beste Freundin war und mit ihrem moosgrünen Karmann Ghia hin- und auch wieder zurückbrachte.

Nicole war total anders als wir, sie sagte bei jeder Gelegenheit: »Ich bin Modette, deswegen höre ich so was nicht. Ich bin Modette, deswegen trage ich so was nie. Ich bin Modette, deswegen könnt ihr beide erst mal allgemein froh sein, dass ich mich überhaupt mit euch abgebe.«

Sie trug ihre dunklen Locken entweder hochtoupiert oder als Welle seitwärts, dazu schicke Hemdkleider in Schwarz und Weiß. Am Anfang, als Nicole meine Schwester noch nicht als ihre »Nachwuchs-Modette« ausgewählt hatte, saßen wir oft beide nachmittags bei ihr, tranken Tee, übten Paffen und hörten ihre Musik. »Als *Scooter Girl*, ihr wisst ja, dass ich auch eine Lambretta in der Garage stehen habe, wenn ich ausnahmsweise mal keine Kids in der Gegend herumkutschieren muss und allein ausgehe, höre ich nur Ska und Northern Soul. Und meine eigene Band: Hier, schaut mal.«

Dann zog sie aus dem fast einmal ganz um ihr Zimmer herumlaufenden Plattenstapel ein wildes Comic-Cover mit vier gezeichneten Mädchen, auf dem groß MO-DETTES stand.

»So, und jetzt hört mal genau hin.« Wir glaubten ihr das wirklich, weil sie sich genau wie das Mädchen mit dem grünen Kleid links auf dem Cover einen weißen Wusch ins Haar gefärbt hatte. Aber wir waren eben auch total jung und beeindruckbar.

»Ihr habt doch hoffentlich keine Angst vor weißen Mäusen?«

Kirsten schrie kurz hysterisch auf.

»Hahaha, nein, nicht in echt. Als Lied.«

Das Stück, das sie uns vorspielte und dazu den Refrain mitsang, hieß »White Mice«, wie sie stolz verkündete: »*Don't be stupid, don't be limp / No girl likes to love a whimp / Dance and make fun, nicely done / Come and be my number one.*«

Bei den Mo-Dettes gab es lustigerweise ganz viel Weiß. Nicole spielte uns die »White Mouse Disco« vor, was einfach nur das gleiche Lied war, aber mit einem Disco-Bass wie bei »Atomic« von *Blondie*. Und an dem Tag, als sie uns zum ersten Mal an einem Joint ziehen lassen wollte, was ich erst verschämt ablehnte, dann aber den glühenden Spliff doch kurz in die Hand nahm und wenigstens so tat, als ob ich ziehen würde, aber nur um ihn anzupaffen und Kirsten weiterzugeben, spielte sie die Mo-Dettes-Version von »White Rabbit«.

»Ihr seid wirklich das masochistische Gegenteil von mir, Karen und Kirsten k.u.k hahaha. Habt ihr schon mal darüber nachgedacht, dass ihr genauso heißt wie diese Doppelmonarchie aus Ungarn und Österreich? Nur weiß ich immer nicht, wer von euch die Königin ist und wer Kaiserin? *Die eine Pille macht dich größer, und die andere Pille macht dich klein.* Das Original, das sie hier nachspielen, ist die berühmte Drogen-Hymne von Jefferson Airplane. Die hat Grace Slick angeblich auf einem Trip geschrieben, mit den ganzen Referenzen zu Lewis Carroll und seinem Wunderland. *Ask Alice when she's ten feet tall.* Hahaha.«

Nicht nur Nicoles schiefes Lachen machte mir von da an Angst, das ganze Stück baute sich unheilschwanger auf einer Art Marsch in Moll auf, der sich mit furchterregenden Halbtonschritten steigerte. Wer braucht noch Drogen, wenn die Musik einen schon so *druff* schickt?

Jetzt, da ich – warum bloß? – an Nicole denken muss, fällt mir erst auf, dass ich bei Lambert und Ezra vor genau so einem weißen Kaninchen sitze. Wahrscheinlich ist das auch wieder eine absurde Musikreferenz wie die Garderobe.

Kirsten und ich hatten damals beim Paffen wohl doch ein bisschen was abbekommen, jedenfalls war uns beiden, wie wir uns hinterher zu Hause gestanden, verstörend komisch gewesen, wobei uns noch dazu unauslöschlich die letzte Zeile im Kopf herum waberte: *Feed your head*.

»Kriegst du das auch nicht mehr aus dem Ohr?«, hatte ich sie ängstlich gefragt, und Kirsten hatte mit vor Sorge hochgezogenen Augenbrauen wie ein geständiges Schulkind genickt. *Fütter deinen Kopf.*

7

Jocko Homo

Meine erste große Liebe war ein Kopfmensch, ja, ein Philosoph, leider lange tot. Aber alles, was ich von ihm gelesen hatte, bestärkte mich in der Überzeugung, dass uns mehr miteinander verband als das traurige Los, leider in zwei zu weit voneinander entfernte Jahrhunderte hineingeboren worden zu sein. Das lag daran, dass wir trotz unseres Altersunterschieds ziemlich genau das Gleiche dachten. Er schrieb zum Beispiel irgendwo, dass das ganze Dasein ein großer Überlebenskampf sei, mit dem Ziel, aus der Not heraus eine Art gesicherte Existenz aufzubauen. Arthur, so hieß mein erster Freund, konnte das natürlich viel besser beschreiben als ich: *»Dass hinter der N o t h sogleich die L a n g e w e i l e liegt, welche sogar die klügeren Thiere befällt, ist eine Folge davon, dass das Leben keinen w a h r e n ä c h t e n G e h a l t hat sondern bloß durch Bedürfnis und Illusion in B e w e g u n g gehalten wird: sobald aber diese stockt, tritt die gänzliche Kahlheit und Leere des Daseyns zutage.«*

Geht's noch klarer und wahrer? Ich versuchte es Kirsten so zu erklären: »Wir schreiben uns Briefe in Gedanken, wobei meine an ihn ganz persönlich formuliert sind, er mir aber mit Stellen aus seinem Werk antwortet, die einfach perfekt dazu passen.«

Kirsten konnte es, wie erwartet, natürlich nicht fassen. Karen verliebt! Und wollte sofort wissen, wer *er* ist. Ich brachte es nicht über mein Herz, zu gestehen, dass es sich nicht um jemanden handelte, den ich tatsächlich an der Ausleihe in der Bibliothek kennengelernt hatte, sondern um das Ausgeliehene selbst.

»Hast du ein Bild von ihm, zeig mal!«

Am Anfang hatte ich es *nur* nicht geschafft, mit dem Telefon unauffällig ein Foto von ihm zu machen. Dann kam ich zum Glück auf die Idee, einfach einen Avatar von ihm zu erstellen, aber es existierte lediglich ein Gemälde von Arthur als jungem Mann, das ich schlecht verwenden konnte. Dazu sah es weder den wirklich schönen Porträts in Öl, die es von seiner Mutter und der Schwester gab, besonders ähnlich. Noch glich es den späteren Darstellungen, weil im Vergleich weder die Gesichtsform stimmte noch wichtige Details wie Lippen, Augen und Nase. Die großen Augen meines wie Lord Byron heroisch in die Ferne blickenden Geistesverwandten waren traurig eingefallen, seine leidenschaftlich durchbluteten Lippen zu einem schmalen Strich der Verbitterung geschrumpft. Die markante Kieferpartie wurde von einem grauen Backenbart überdeckt, der die stylishen Koteletten seiner Jugendjahre ersetzen musste, früher hieß das wohl total anrüchig *Favoris*. Von seiner dunklen Haarpracht, die vormals ungestüm in dünnen Locken das Gesicht wie eine Krone der Natur umspielte, waren später nur weißgraue Büschel wie bei Waldorf und Statler aus der Muppetshow übrig geblieben, ungeordnet nach allen Himmelsrichtungen abstehend. Allein das heldenhafte Grübchen am Kinn war ihm als Erkennungsmerkmal geblieben, *immerhinque*, wie Kirsten gerne sagte, um Unwissende mit ihrem Latein zu beeindrucken.

Am Ende blieb mir nichts anderes übrig, als die einzige Fotografie, die es von ihm gab, durch eines dieser immer wieder mal angesagten Verjüngungsprogramme zu jagen und zu schauen, was dabei herauskam. Leider zeigte die Aufnahme aus dem Jahr 1854 ihn als ziemlich alten Mann, noch dazu extrem griesgrämig. Ich tröstete mich mit dem Satz, den Mama uns in der Pubertät, wenn wir an jedem neuen Pickel verzweifelten, immer wiederholt hatte: *Ein schönes Gesicht entstellt nichts.*

Auf dem Original sah er aus wie ein mürrischer Kapitän im Ruhestand, dem das uferlose Entsetzen, das er auf allen sieben Weltmeeren schauen musste, unauslöschlich ins blasse Gesicht geschrieben stand. Bei dem Programm, das ich mit dem Porträt füttern wollte, musste man ein sogenanntes Zielalter eingeben, und ich tat einfach so, als wäre er zwei Jahre älter als ich. Von irgendwem hatte ich mal gehört, dass der ideale erste Freund für ein Mädchen dadurch genügend Erfahrung hat, um mit dem Drama der ersten Liebe gelassen umzugehen. Die gleichaltrigen Jungs waren mit sechzehn Jahren einfach noch in einer komplizierteren Entwicklungsstufe gefangen, die es ihnen generell nicht ermöglichte, ernsthafte Gefühle für ein Wesen außer sich selbst zu empfinden.

Das Computerprogramm war eines von diesen neuen Formaten, denen man bei der Arbeit zusehen konnte, während der Rechner die Daten neu sortierte. Er veranstaltete also genetisch eine Rolle rückwärts in Arthurs Leben, sodass ich Zeugin einer De-Evolution wurde. Wie ein amorphes Wesen mit eigenen existenziellen Nöten bewegte sich das Porträt unkontrolliert in alle möglichen Richtungen, was extrem unheimlich aussah, weil die Haut dabei den Formen nachgab, die unter ihrer Oberfläche in einem seltsam hektisch ausgeführten Kampf miteinander kollidierten. Die menschliche Hülle beulte sich immer wieder nach der einen oder anderen Seite aus. Man konnte die negativen

Wachstumsschmerzen, die einen solchen Prozess begleiteten, nur ahnen. Anders als beim Kind waren die Schmerzen aber nicht Ausdruck der Entwicklung, sondern mussten das Resultat einer monströsen Nervenreizung sein, die aus der Rücknahme von Verfall resultierte. Erstaunlich, wie weit die Technik gekommen war, dass der Eindruck entstand, man sei Zeuge einer völlig realistisch abgebildeten medizinischen Operation, die ein Mensch am lebendigen Leib erlebt. Und würde nicht einfach wie früher am Rechner mit Photoshop die kosmetische Oberflächenverjüngung einer Momentaufnahme beobachten, als ob ein bildender Künstler bei einem Werk letzte Hand anlegt. Nein, das hier erinnerte eher an die gruselige Verwandlung von Dr. Jekyll zu Mr. Hyde oder umgekehrt in einem der Schwarz-Weiß-Filme, die am Sonntagnachmittag als soundsovielte Wiederholung im Fernsehen liefen.

Wie brutal das gleich aussieht, dachte ich, wenn einmal im Leben plötzlich alles andersherum als sonst funktionieren muss. Was mich an dem Vorgang vor allem schockierte, war die Anmutung, dass hier am Ende nichts Menschliches mehr geschah. Ach, Arthur. Du findest eben immer die richtigen Worte. »*Was gewesen ist, das ist nicht mehr; ist ebenso wenig wie das, was nie gewesen ist. Aber Alles, was ist, ist im nächsten Augenblick schon gewesen. Daher hat vor der bedeutendsten Vergangenheit die unbedeutendste Gegenwart die Wirklichkeit voraus.*«

Das fertige Bild hatte bis auf das Grübchen rein gar nichts mit dem Gemälde gemein, was ich dem Programm nicht übel nahm, weil das Ergebnis so viel mehr nach Gegenwart aussah als das Porträt in Öl. Das Gesicht war kantiger geworden, was ihm guttat. Die grauen Haarbüschel hatten sich zu einer dunklen Tolle verjüngt, die Koteletten waren exakt geschnitten und fast modisch lang und spitz. Es erinnerte mich an jemand, den ich kannte, nur fiel mir nicht gleich ein, an wen. Jedenfalls sah der Avatar ziemlich echt aus, absolut *cute*, und ich konnte es kaum erwarten, ihn Kirsten zu zeigen. Aber zuerst musste ich eine neue Identität für Arthur anlegen, damit er mir mit seinem schicken Bild auch Nachrichten senden konnte. Ich kaufte mir einfach einen Chip zum Aufladen und legte die SIM-Karte in mein altes Ericsson-Klapptelefon. Schon konnte es losgehen. Seine erste Textnachricht musste sich natürlich philosophisch gewaschen haben, und ich suchte nach einem meiner Lieblingszitate.

»*Die Szenen unseres Lebens gleichen den Bildern in grobem Mosaik, welche in der Nähe keine Wirkung thun, sondern von denen man fern stehen muss, um sie schön zu finden. Daher heißt etwas Ersehntes erlangen, dahinter kommen, dass es eitel ist.*«

Kirsten lachte auf. »Na, der schreibt ja verkalkter als Opa redet. Mach doch mal das Bild groß. O. M. G. Jetzt sag nicht, dass der in echt genauso *swell* aussieht. Spinne ich komplett oder willst du mir allen Ernstes erzählen, dass du den deutschen Morrissey datest?«

Das Programm hatte ganze Arbeit geleistet, wie ich fand, und der Erfolg gab mir Mut, das Spiel mit Arthur noch ein wenig weiter zu treiben. »Weißt du, er hat keine Freunde außer mir, und wenn er aus der Schule zurück ist, verlässt er das Elternhaus nur, um mit seinem Pudel strawanzen zu gehen. Der gehört ihm ganz allein!«

Kirsten gab mir, wie sie das seit frühester Kindheit immer getan hatte, mit der flachen Hand einen heftigen Stups auf mein Sternum, als ob sie mich ungläubig wegstoßen wollte. Das wirkte ziemlich rau auf den ersten Blick, weil es eine Geste war, die man sonst eher bei Jungs erwarten würde, und sorgte, wenn jemand dabei war, der uns noch nicht so gut kannte, für große Irritation. Weil alle gleich dachten, sie würde es ernst meinen und jetzt richtig Streit mit mir anfangen. Aber sie machte diesen *Tomboy*-Move mit allen Leuten, die sie wirklich gernhatte, und eigentlich war es eine Auszeichnung, wenn sie sich endlich dazu durchrang, einen mit dieser persönlichen Form von Vertrautheit in ihren *inner circle* einzuladen.

»Ach komm. Darf ich vielleicht auch mal Dogsitter spielen oder wenigstens Mäuschen, und du sagst mir, wann ich euch wo auf einem eurer Spaziergänge *ganz zufällig* über den Weg laufen kann? Ich als deine ältere Schwester muss ihn selbstredend erst mal kennenlernen, bevor das mit euch weitergeht, ihr zwei Süßen.«

Das war typisch Kirsten und so charmant, dass ich unter normalen Umständen natürlich nichts dagegen sagen konnte. So, wie die Dinge lagen, musste ich aber unbedingt eine gute Ausrede finden, warum das *keine wirklich gute Idee* war und ich *ihn in diesem zarten Zustand ganz zu Beginn unserer möglichen Zweisamkeit* auf keinen Fall überrumpeln durfte, um *ihn nicht unnötig zu verschrecken oder ihm das Gefühl zu geben, ich müsste ihn jetzt offiziell meiner Familie vorstellen.* Weil ihn das ja *unnötig unter psychologischen Druck setzen würde, darüber nachzudenken, ob er jetzt eine Entscheidung für mich treffen musste,* statt von selber darauf kommen zu dürfen, *den nächsten Schritt in meine Richtung gehen zu wollen.*

Kurzum, es gelang mir, sie davon zu überzeugen, dass meine Vorsicht absolut berechtigt war. So hatte ich genug Zeit gewonnen, um meine Beziehung zu Arthur mit wohlgesetzten spitzen Kommentaren vor Kirsten hier und da als kompliziert, wenn nicht sogar problematisch erscheinen zu lassen.

»Verstehe, was du sagen willst, Karen. *It's complicated.* Wenn du aber ein offenes Ohr brauchst und ganz objektiv eine Speed-Analyse hören willst, sag Bescheid!« Das Absurde daran war die Tatsache, dass mit jedem neuen ausgedachten Detail (sein veganer Tick mit der Ablehnung allen Fleisches, »das muss er irgendwie mitbekommen haben, als du ihn mit den *Smiths* verglichen hast, neulich sagte er beim Abendbrot unvermittelt *Meat is murder* zu meinem völlig fleischlosen Hem-Burger«, letztlich auch der fleischlichen Lust an sich, die er als Grund für das Q u a s i - D a s e y n , das wir führen, identifiziert hatte, weswegen wir es beim platonischen Händchenhalten *zumindest für den Anfang* beließen) unser Verhältnis realer wurde, sodass ich bald selbst an all das zu glauben begann, was ich Kirsten von Montag bis Freitag aus dem Blauen vom Himmel herunter log.

Fast wartete ich schon wie sie auf seinen nächsten Text, um ihn im Hinblick auf unsere *Dating-Prognose* abzuklopfen, ich sehnte mich schmerzhaft nach seinem *wohlriechenden Atem, wenn wir uns aus Versehen gleichzeitig zu seinem Pudel hinuntergebeugt hatten, um ihn nach dem Auslauf im Park wieder anzuleinen*, diese, wie ich es für sie erfunden hatte, *ziemlich erotische Mischung aus frischem Brot und süßlich-alkoholischem Tabak*, mit der er mich regelmäßig um den Verstand brachte, wenn wir uns am Gartentor *schweren Herzens zu* verabschieden pflegten, indem wir uns drei hingehauchte Küsse auf die Wangen gaben.

Gerade durch den komplexen Ausbau des *Arthur-Narrativs* hatte meine Leidenschaft für seine Worte einen Grad der Verzauberung erreicht, den, so war ich mir sicher, kein tatsächlich existierender *Boyfriend* je in mir erwecken würde können. Deswegen gab ich mich auch lange mit dem Anschmachten des philosophischen Konstrukts zufrieden, das in meinen Augen perfekt dem Zweizeiler entsprach, mit dem ich mein erstes Notizbuch auf der letzten Seite gekrönt hatte: »*Ich bin der Mittelpunkt der Welt, und denke sie, wie's mir gefällt.*«

Was für ein Trost, den er meinen einsamen Stunden spendete, indem er mir einfach nur aus seinen Büchern zusprach, dass das, was einer i s t , sein Körper, der Charakter, die Intelligenz und seine Persönlichkeit, von nichts und niemandem je weggenommen werden konnte. Weil es unser Individuum bestimmt und ausmacht, was wir immer übrig haben, wenn uns alles, was flüchtig ist im Leben, längst verlassen hat: das, was die anderen über uns denken, was wir v o r s t e l l e n . Ehre, Ruhm und alles, was Rang und Namen hat. Was er davon hielt, von all der unsteten Währung, mit deren Hilfe wir in unserem Leben gehandelt und bewertet werden wie Vieh auf dem Markt, stellte ich mir zur Beruhigung immer abends vor dem Einschlafen vor, wenn ich wieder mal in der Schule aufgezogen wurde wegen meiner nervigen altklugen Wortmeldungen oder in der Pause auf dem Hof für meinen *Lieblingslook*, Doc-Martens-Stiefel zu Faltenrock und einem viel zu großen weißen Herrenhemd mit Spitzkragen und der Perlenkette von Mama.

In diesen Nächten allein in meinem Bett, bevor ich langsam in den ersten Traum rutschte, sah ich den Avatar von Arthur, wie er die Hand zu einer Faust geballt an seinen Mund führte, mir tief und verständnisvoll in die Augen sah, um sie dann ganz langsam, einen Finger nach dem anderen, zu einer imaginären Trompete aufzufächern. Mit der pustete er dann all den Ärger und die Schmach mit einem Mal weg und machte sie zu Schall und Rauch, so, wie sie es von Anfang an verdient hatten. Das Schönste an dieser verächtlichen Geste war die Nonchalance, in der er sie extra für mich inszenierte. Das vergänglichste Gut, was einer h a t , blieb zum Schluss als drittes Element unserer Existenz, wie Arthur sie sah, übrig.

Das war für mich von jeher ziemlich unwichtig. Einerseits, weil ich Besitz und Eigentum schon von klein auf als Konzept irreführend und unverständlich fand, und andererseits, meinem Seelenfreund folgend, einer gesunden Verachtung dafür frönte. Wie mein Hölderlin-Held (bei mir kurz: HÖLD) *Hyperion*, so toll: *»Ich habe nichts, wovon ich sagen möchte, es sei mein Eigen.«* Weil es so viel einfacher zu erreichen ist, etwas zu haben, als etwas zu s e y n . Wie wahr, *my love*. Genauso leicht verschwindet es auch wieder, wie die Chipstürme auf dem Roulettetisch nach einer Glückssträhne. Lange weg vor Anbruch des Tages.

Zu Ende gedacht, empfand ich den Standpunkt von Arthur als totale Anarchie. Denn man konnte sich einen Dreck scheren um die Meinung der anderen, die Gesellschaft und deren ödes Hamsterrad aus Geltungssucht und Besitz, das war ja alles total krankhaft. Ich hatte mich auch schon anstecken lassen, weil ich in der Schule unbedingt besser sein wollte als die anderen. Und warum war ich zu Tode betrübt, als Madame Framboisée mich nicht für das Vorspiel eingeteilt hatte, was kümmerten mich die blöden Kommentare der Jungs zu meinem Kleidungsstil? Alles, worauf es ankam, war, wer ich war und was ich wollte. Weil mir das NIE jemand streitig machen kann.

Deswegen bin ich natürlich sofort Feuer und Flamme für PUNK, auch wenn ich es Lambert und Ezra nicht gleich zeige. Schon in dem Wort blitzt ja das Versprechen auf, all das in die Tat umzusetzen, was Arthur mir in all den Jahren unseres innigen Vertrauens beigebracht hat.

Die Stimme von Lambert dringt ganz leise aus weiter Ferne an mein Ohr.

»Karen, hallo, hörst du mich?«

Ich schrecke auf und sehe in ein besorgtes Gesicht, das zu mir hinunterschaut auf den Sessel.

»Oh, das ist wohl die trockene Luft hier, was hast du gesagt?«

Auf einmal ist auch Ezra ganz nah, weil sein heller Tonfall direkt links neben mir auftaucht. Er muss schon eine ganze Weile neben mir gekniet haben, jedenfalls wippt er mit den Beinen hin und her, als müsse er dieses fiese Kribbeln loswerden, wenn einem die Extremitäten eingeschlafen sind. Warum bemerke ich ihn jetzt erst? Ist mir vollkommen schleierhaft.

»Wir waren uns eigentlich bei deinem Erschöpfungszustand fast sicher, dass wir dich nach dem Klingelstreich schlafend auf genau diesem ultrabequemen Sessel vorfinden würden. Aber offenbar war es dann doch der monotone Beat aus dem Casio, der dich endgültig zerlegt hat.«

Ezra muss wohl schon eine ganze Weile seine Arme auf meiner Lehne ausgebreitet haben, jedenfalls ruht sein Kinn darauf aus, und er legt die Stirn dazu in Falten.

»Aber richtig geschlafen hast du nicht, deine Augen waren sozusagen nur auf halbmast gestellt, während die Gedanken deutlich sichtbar ganz woanders hingewandert sind. Wohin genau? Lass uns doch teilhaben an deinen ersten Geistesblitzen zum großen Plan.«

Ich befürchte, dass ich irgendwie kurz weggetreten bin, will es aber unbedingt kaschieren.

»Da, da, da. Da kommt es her, wollte ich nur sagen. Bitte um Verständnis, ich musste kurz in meiner internen Audiothek, dem berüchtigten KGA, *Karens-Gedächtnis-Archiv*, herumstöbern, um das Lied ausfindig zu machen, das zu diesem Rhythmus gehört. *Trio* natürlich, wir sind ja auch ein Trio dann mit PUNK, oder habt ihr noch mehr Kandidaten im Visier? *Ich lieb dich nicht, du liebst mich nicht, aha.* Kannst du auch die Melodie dazu, Lambert?«

Er nimmt sich das Keyboard und schiebt an ein paar Reglern herum. »*Aha, aha, aha.* Also gerne noch mal von vorn. Der Rhythmus ist ziemlich klar *Rock-1*. Nur das Tempo haben wir nicht hundertprozentig herausgefunden; manchmal kommt es uns vor, als sei es *Minus 2*, aber wenn wir den Song gleichzeitig abspielen, läuft es uns gleich davon. Nur eine Stufe hoch ist aber schon zu schnell. Es ist zum Ausflippen. Manchmal habe ich den Eindruck, als hätten sie das extra so eingespielt, damit es so leicht keiner nachmachen kann. Die Geheimnistuerei geht weiter, weil Stephan Remmler im offiziellen Video die Melodie nur auf den zwei Tasten rechts oben spielt und nicht auf der Klaviatur. Hier, schau, das nennt sich »One Key Play« und funktioniert nur mit gespeicherten Stücken. Du siehst, alles gar nicht so einfach, wie es auf den ersten Blick aussieht. Ich vermute mal, es ist G-E-F-D-C-H, und dann ist das *Da Da Da* auf dem C. Hör mal hin.«

Es klingt ganz vertraut, wie im Original.

»Stimmt, genau so.«

Ich frage mich, ob einer auch das dritte und letzte Instrument aus der Vitrine spielen kann, diese schlehenfeuertropfharzfarbene Gitarre, und zeige auf das trotz der Kratzer und Gebrauchsspuren wie ein Museumsstück glänzend aufpolierte Prachtexemplar.

»Ist das eine Fender Stratocaster?«

Ezra schüttelt froh grinsend seinen Kopf. »Immer sehr nah dran, selbst wenn es mal nicht ganz stimmt. Wie recht du hast! Genau genommen eine Fender Strat Ultra, aber modifiziert mit KILL SWITCH. Hier, der Knopf. Mit dem kann man beim Spielen einen Akkord im Nu zum Schweigen bringen. Zack, aus, weg. Ein super Effekt, wenn man ein Stakkato hinbekommen will. Wenn du den Knopf loslässt, ist der Sound sofort wieder da. Die Gitarre soll Andy Gill von *Gang of Four* gehört haben. Der hat diese herrlich abgehackten Riffs gespielt, die er Jimi Hendrix, Dr. Feelgood und dem Ska abgelauscht hat. Wie sagt Miles Davis noch? *Es sind die Noten, die du nicht spielst, die den Unterschied machen.* Es heißt immer, drei Akkorde würden genügen, um ein Punk-Stück zu spielen. Ich glaube, das ist maßlos übertrieben. Zwei Drittel davon reichen aus. Hör mal hier, der fabulöse Anfang von *Natural's Not in It.* Das einzige Stück, das ich spielen kann, und zwar, aufgepasst, weil es nur zwei Akkorde hat. Haha. Nein, nicht zweimal H, sondern D und C. Gespielt D-C-D. Und zwar gleich neunmal hintereinanderweg am Anfang. Aber nur gut mit Verstärker, damit der Sound auch herrlich klar und aggressiv ist wie im Original, stabil aufgepimpt also.«

Er steckt ein Kabel in die Gitarre, sucht aus den Kassetten eine mit tiefrotem Rücken aus, legt sie ein und beginnt, dazu zu spielen. Das Lied haut mich gleich um. Ezra schlägt seine Akkorde harsch in die Saiten wie zwei Ausrufezeichen.

Plötzlich sehe ich alles, was ich höre, als Textnachricht: zwei auf den Kopf gestellte E-Gitarren neben einem Smiley. Emojis? Ausruf! Zeichen, was denn sonst? Und ich frage mich, warum die gleich ins Schwarze treffen, anders als alles, was herauskommt, wenn ich Musik in schöne Worte fassen will. Und ich erkenne: Klar, weil es ein Bild ist und kein Text. Der Text ist nur Teil des Bilds: Die Saiten der Gitarre, wildes Oszillieren, schwingen hin und her, vor und zurück. Ein animiertes Bild, aber dazu noch in 3-D. Und mir fällt auf: Genau *die* dritte Dimension ist es, die mir fehlt, wenn ich es gut beschreiben will. Weil es mir selbst in perfekten Sätzen nie gelingt, den himmlischen Effekt nur einmal zu erzielen, den Töne in mir auslösen. Gedichte, ja. Doch nur die allerbesten. Weil in denen automatisch alles gleich absolut nach Lied klingt.

We look before and after / And pine for what is not: / Our sincerest laughter / With some pain is fraught; / Our sweetest songs are those that tell of saddest thought. Shelley vor 200 Jahren: Ode an die Lerche, einfach so; und es klingt sofort todtraurig, wie ein Liebeslied von heute. Aber Percy Bysshe Shelley musste sich bestimmt auch nie ein neues WG-Zimmer suchen.

8

Ricky's Hand

Es ist der Himmel selbst, der sich in diesen zwei Akkorden perfekt offenbart, aber er gibt mir Migräne. Das liegt daran, dass die Sache trotz all meiner Begeisterung natürlich wie fast alles einen Haken hat.

»Sagt mal, wo soll PUNK eurer Meinung nach eigentlich stattfinden, also außerhalb der Absorberkammer? Ihr habt doch sicher schon mal von diesem interessanten Phänomen draußen gehört, weswegen ihr euch gerade um diese zwei unangekündigten Besucher in der Wohnung kümmern durftet. Ich meine, hallo, was ist mit …?«

Lambert zuckt zusammen und legt den Finger auf den Mund: »Pssst! Bitte sprich es auf gar keinen Fall aus. Das beschwört es nur unnötig herauf. Ezra und ich waren mal wegen ein paar Problemen zwischen uns bei einer lizenzierten Geistheilerin. Nichts Schlimmes, nur dass ich Ezras Stimme auf einmal ganz furchtbar fand und nicht mehr hören konnte, ohne aggressiv zu werden. Und wir wissen ja, wohin das in der Regel führt. Er wiederum war sich sicher, dass immer, wenn er in meiner unmittelbaren Nähe war, so ein extrem hohes elektronisches Sirren zu hören war, das für ihn klang wie ein Tinnitus ganz zu Beginn. Er hat mich nur noch Elektro-Mücke genannt und musste sich sogar wegen der Angst, die das Geräusch ihm machte, von mir fernhalten, um darüber nicht den Verstand zu verlieren. Stimmt doch, Ezra, oder? Madame Medusa, jetzt lach nicht, die hieß tatsächlich so, hat uns dann den Komplex der akustischen Energie so gut erklärt, dass wir ihn zum ersten Mal überhaupt verstanden haben. Es geht nämlich bei dem Bohei und den Direktiven des Ministeriums für Unterhaltung gar nicht, wie viele denken, um vorauseilenden Gehorsam den Interventionen gegenüber. Sondern eigentlich nur, wie hat es Alma Immer M.A. *Messias, Alte* neulich bei der Eröffnung des GLEICHMUT-Festivals formuliert, vor allem um positive und negative Vibes, und zwar nicht nur generell im *behaviour*, sondern auch da, wo sie als Echo bis in den Hallraum aller sprachlichen Ausdrücke und Worte hinein wahrgenommen werden können.«

Mir wird richtig schwummrig, es kann aber auch die trockene Luft oder mein immer größerer Durst sein.

»Was, ihr wart auch beim GLEICHMUT? Dann hätten wir uns ja da schon kennenlernen können. In welchem Bereich?«

Ezra sieht mich völlig entgeistert an, als hätte er gerade einen Geist gesehen.

»Du bist ja ganz bleich im Gesicht, ist alles okay?«

Dann nimmt er meine Hand, aber diesmal anders als bei der Begrüßung. Ein sorgfältiger und prüfender Händedruck, als ob er einer dieser Nativ-Doktoren wäre, denen für ihre Anamnese schon ein sogenannter haptischer Diagnosegriff genügt.

»Deine Hände sind eiskalt, und dein Blutdruck ist total niedrig, ich hol dir schnell was zu trinken. Unser Fehler, Lambert! Die Gute verdurstet uns ja sonst im Trockeneis, wie wir die ausgezeichnete Luft hier drin nennen.«

Lambert steht vor der Drehtür und betätigt den Mechanismus, um als Erster Richtung Küche zu rennen. »Obacht! BLEICHMUT-Alarm. Barkeeper on the run!«

In null Komma nichts ist er zurück mit einem großen Glas Wasser in der Hand.

»Hier, trink, aber nur in ganz kleinen Schlucken. Wir haben leider unseren gesamten Vorrat im Kühlschrank, und der ist seit Wochen zu kalt eingestellt. Bitte entschuldige, dass wir vorhin nicht gleich daran gedacht haben.«

Das Glas ist trotz der kurzen Strecke aus der Küche beschlagen, deswegen trinke ich vorsichtig nur ein klein wenig. Es schmeckt aber so gut und klar, als würde ich zum ersten Mal im Leben reines Wasser trinken dürfen. *Kaltes klares Wasser, Staudamm Abu Nasser* fällt mir ein Reim von Mama ein.

»Vorbild für das Klima hier drinnen ist La Paz in Bolivien während der trockenen Jahreszeit, also um die vierzehn Prozent Luftfeuchtigkeit. Das ist bei über 3600 Meter Höhe natürlich extrem. Aber wir haben herausgefunden, dass dadurch der Klang ganz ausgezeichnet ist. Was du da gerade durchmachst, könnte schlimmstenfalls die Mimikry einer Art Höhenkrankheit wegen des niedrigen Luftdrucks in der Absorberkammer sein. Durch den verringerten Sauerstoffgehalt im Blut verstärkt sich die Produktion roter Blutkörperchen, die ja den Sauerstoff transportieren, und das wiederum bewirkt eine Verdickung des Blutes, es fließt dann einfach nicht mehr so gut. Sorry!«

Wenigstens bestätigt das alles, was mir hier seit Beginn auffällt.

»Ich weiß, ihr hattet keine Zeit, mich vorzuwarnen, ich wollte ja unbedingt hier rein.«

Lambert kratzt sich am Kopf und zieht seine linke Augenbraue hoch. Ist das ein Tick? Jedenfalls macht er das in der kurzen Zeit, in der ich ihn kenne, verdächtig oft.

»Das kann ich so nicht stehen lassen: *Wir* waren auf die dumme Idee gekommen, *dich* hier rein zu sperren. Und das sogar noch ohne Wasser und Brot, ja, Ezra, ich weiß, null lustig. Du wolltest, wenn ich mich richtig erinnere, ganz weg hier aus der Wohnung. Würdest du uns vielleicht noch kurz der Vollständigkeit halber verraten, warum, bevor wir mit den Proben beginnen?«

O nein. Was tun, wenn es keine gute Wahrheit zu erzählen gibt und die einzige Alternative aus mehr oder weniger schlechten Lügen besteht?

»Habt ihr schon mal von den kleinen Geheimnissen im Leben einer Frau gehört, die zu ihr gehören, ja, einen Teil ihres Charmes erst ausmachen?«

Ich weiß, das klingt *lowkey cheesy*, aber ich muss vor allem Zeit gewinnen. Klar, dass die beiden denken, ich hätte unmittelbar etwas mit dem Besuch der grauen Herren zu tun. Mit etwas Intelligenz und Intuition lässt sich das aber relativ schnell ausschließen. Für diese Art von vertrackten Spitzelmanövern ist das Ministerium für Unterhaltung ja nicht gerade bekannt, eher für stumpf bürokratische Freizeit-Ermittler wie Eike und seine Kollegen.

Ezra nickt bedächtig und hebt beschwichtigend seine Hand Richtung Lambert.

»Karen hat da einen Punkt. Und ich finde Geheimnisse auch immer aufregend. Mir kam die ganze Szene vorhin ohnehin so vor wie der Anfang eines spannenden Films. Mädchen darf auf keinen Fall gesehen werden und wird in einem verborgenen Raum versteckt. Dann passiert etwas Unerwartetes. Und sei mir nicht böse, Karen, aber was für eine grandiose Pointe wäre es gewesen, wenn du bei unserer Rückkehr in das STEREOLABOR einfach verschwunden gewesen wärst. Mitsamt einem unserer geliebten Objekte hier. Dann hätten wir nur noch auf Pierre-Auguste als leider stummen Zeugen zählen können, und der Film hätte sich in eine veritable Verfolgungsjagd verwandelt.«

Lambert schaut Ezra staunend an und schüttelt den Kopf.

»Also, dafür, dass du nur Sachbücher liest, hast du wirklich eine erstaunlich blühende Fantasie, mein Lieber.«

Ezra schubst Lambert mit einem Stoß auf das Brustbein von sich weg, genau wie Kirsten das immer mit mir macht. Das kann doch beim besten Willen kein Zufall mehr sein. In Gedanken ordne ich uns natürlich gleich mal als Geschwister einander zu: Ezra/Kirsten und Lambert/Karen, wobei ich mit dem Prinzip direkter Entsprechung wegen meinem *crush* für Ezra gar nicht lang fackele und das Ganze sofort wieder auf den Kopf stelle. Schließlich ist Lambert nicht nur eindeutig der Ältere, sondern auch Tonangeber und Drahtzieher zugleich wie Kirsten. Obwohl beide bis auf K und N alle meine Buchstaben in ihrem Namen haben.

»Musst du so persönliche Sachen wie meine Lektüregewohnheiten ungefragt ausplaudern? Jetzt muss ich Karen erst mal erklären, warum ich trotzdem kein trockener Theorie-Langweiler bin, vielen Dank, Lambert!«

So niedlich, wie sich Ezra aufregt, kann es ihm ja nur wichtig sein, was ich über ihn denke.

»Jetzt mal halblang, wir haben wirklich anderes zu tun! Warum du Suhrkamp Taschenbuch Wissenschaft bist und ich Insel Bücherei, können wir später erklären, POSTPUNK sozusagen. Wir haben keine Zeit zu verlieren, wie du weißt, Karen aber noch nicht, also klär sie doch bitte mal schnell auf.«

Ezra lässt plakativ seinen Kopf hängen, um seine Kapitulation anzudeuten, und zeigt Richtung Tür.

»Dann würde ich vorschlagen, dass wir uns erst mal gemeinsam in der Küche stärken, nach all der Aufregung. Wie formulierte Andy Warhol treffend? *One's company, two's a crowd, and three's a party.* In diesem Sinne: LET'S HAVE A PARTY!«

Ich streichele Pierre-Auguste zum Abschied, bevor wir das Stereolabor verlassen.

»Bleibt der immer hier drin, oder sieht der zur Abwechslung auch mal das Tageslicht? Wenn ich einziehe, hätte ich gern regelmäßige Besuche von ihm, ist das okay? Er ist ja so flauschig, Wahnsinn. Und die Nase sieht aus, als ob er total gesund ist. Das muss wohl an eurer Diät liegen. Als ich hereinkam, war er gerade mit diesem irre grün leuchtenden Kopfsalat beschäftigt.«

Keine Antwort ist, wie es heißt, auch eine Antwort. Typisch Jungs. Kaum geht es irgendwie um Emotionen, kommt das große Schweigen. Dabei wollte ich doch nur ein Kompliment machen.

Die Küche ist geräumig, einladend hell mit Flügeltüren auf einen Balkon und erstaunlich aufgeräumt. Ein perfektes Vorführbild für COD, wie Lambert es vorhin gesagt hat, *compulsive obsessive disorder.* Was auch immer Annas *Besties* gesehen haben wollen von wegen versifft und so, muss in einer anderen Galaxie stattgefunden haben. Sicher haben sie sich einfach nur ihre Absage schön gelogen, so von wegen, da würde ich wirklich nie wohnen wollen, so eklig wie das *wahrscheinlich* ist. Ich bezweifle bei den Fragen eh stark, dass eine von ihnen es überhaupt vom Eingangsbereich bis in den Flur geschafft hat.

Um Himmels willen, ANNA! Die steht im schlimmsten Fall noch da unten, wo ich sie zuletzt mit Kirsten gesehen habe. Aber wie lang ist das jetzt her? Ich schaue auf meine Uhr. Schon fünf. Auweia. Wenn sie noch da ist, muss sie inzwischen furchtbar sauer auf mich sein.

»Ähem, ich weiß, ich bin noch nicht hier eingezogen und habe noch keinen Vertrag unterschrieben, aber darf ich trotzdem schon Besuch haben, also nur ganz kurz? Ach quatsch, vergesst, was ich gerade gesagt habe, ich muss nur dringend mal kurz vor die Tür, weil ich nicht sicher bin, ob ich mein Fahrrad abgeschlossen habe.«

Ezra begleitet mich gleich besorgt in den Flur.

»Oje, hoffentlich ist es noch da. Die Gegend ist eigentlich sicher, aber man weiß ja nie. Hier, nimm einfach meinen Schlüssel, dann musst du nicht klingeln.«

Das Steintreppenhaus hat einen sonderbaren Eigengeruch. Zuerst denke ich, es ist vielleicht nur das Reinigungsmittel für den Fußboden, aber je weiter ich nach unten komme, desto aufdringlicher wird das Aroma. Es erinnert mich an etwas, das ich als Kind gegen Bronchitis bekommen habe, so ein ätherisches Öl, das wie Eukalyptus und Minze zugleich riecht. Vom Erdgeschoss führt anscheinend eine Tür in den Keller, die jemand offen gelassen hat. Es brennt aber kein Licht, also mache ich sie zu und gehe auf die Straße.

Ich weiß nicht, ob es daran liegt, dass ich vorher so lange im Halbdunkel war, aber die Helligkeit blendet mich so brutal, dass ich meine Hand vor die Augen halten muss, um überhaupt etwas sehen zu können. Vielleicht stimmt auch etwas mit meinen Pupillen nicht, seit sie sich im *Stereolabor* so überraschend und spürbar verändert haben. Obwohl ich mich nur blinzelnd umschauen kann, ist deutlich zu erkennen, dass der ganze Straßenzug völlig leer und wie ausgestorben daliegt. Mein altes grünes Hollandrad ist natürlich noch da und steht brav vor der Lampe, an deren Pfahl ich es vorhin angeschlossen habe. Aber während das hier sonst eine viel befahrene Straße ist, die ich nur allzu gut von unseren Besuchen beim *Häuptling* kenne, gibt es nun weit und breit keine Anzeichen von Feierabendverkehr.

Als ich mein Fahrrad aufschließen will, um es wie von Ezra angeboten in den Hinterhof zu bringen, bemerke ich eine Nachricht, die auf dem Gepäckträger eingeklemmt steckt. Sie ist natürlich von Anna, was ich an ihrer krakeligen Kinderschrift erkenne, die sie selbst als SAUKLAUWEM bezeichnet. Auf der Oberseite steht *(good) Stille Post für Karen.* Ein ganzer Brief, das kann nur bedeuten, dass sie eine ganze Weile auf mich gewartet hat. Ich schaue noch mal auf meine Uhr und merke, dass es immer noch fünf ist und die Zeiger stillstehen. Ojemine.

»Hey, du süße *Darlingine,* bin mir sicher, du hast die Jungs um den kleinen Finger gewickelt und das Zimmer an Land gezogen, und alles ist gechillt, deswegen mache ich mich jetzt auf, wir sehen uns morgen in der Mensa. Irgendwann, du warst schon eine Weile oben, kam tatsächlich *Kirstenbürsten* vorbei, und ich dachte, o Gott, sie hat am Ende den Termin gleich nach dir. Ich habe versucht, in unser Gespräch unauffällig das *safeword* einzubauen und gleich mehrfach IRRE herumgebrüllt und gehofft, du hörst es. Dann hat sie natürlich dein Rad gesehen und mich gefragt, wo du bist. Aber auf mich ist Verlasso. Ich hab einfach nur gesagt, du holst dir gerade Unterlagen für Mathe I von einem Kommilitonen.

Sie wollte sogar wissen, wo, und ich so *big time* aufs Haus daneben gezeigt. Und dann sagt sie ungelogen, sie hat ein Bewerbungsgespräch hier. Ich total kreidebleich, aber in dem Moment kommen zwei Ordnungsbullen um die Ecke direkt auf uns zu, ich stottere mir in Gedanken schon was zusammen, so ›ZU LAUT‹, ich weiß, bitte, wir haben uns so lange nicht gesehen. Aber die beiden gehen einfach an uns vorbei und schnurstracks auf deine neue Heimat zu und klingeln: bei den Spackisten!

Kirsten hat dann halb beleidigt was vor sich hin gemurmelt, so von wegen, ach, da ist mir wohl die Staatsmacht persönlich zuvorgekommen, klang ohnehin irgendwie unseriös, patati, patata, du weißt ja, wie sie ist. Bisous, Bisous und Tschüss, weg ist sie. Ich jetzt richtig nervös, weil weiß ja, dass du da oben bist, deswegen warte ich, klar, erst mal ab, so potenzielle Fluchthilfe und so weiter. Aber gar nicht viel später materialisieren sich die zwei Graumänner schon wieder vor dem Haus, sprechen noch so 'n paar ziemlich mies gelaunte Zischlaute in ihr Diktafon, und weg sind sie.

Ich also AUFATMEN, und das war's, *Schatzienchen*, Kuss. Deine A.«

Auf Anna kann man eben zählen, sie lässt einen nie im Stich. Vielleicht ist es ja einfach nur noch später und deswegen kaum jemand auf der Straße. Jedenfalls schiebe ich das Rad in den Hof, stelle es neben ein weißes Peugeot-Rennrad, das nach Ezra aussieht, und gehe die zwei Stockwerke so selbstverständlich hoch, als würde ich schon ewig hier wohnen. Nur der seltsame Geruch steht immer noch in der Luft, und jetzt fällt mir wieder ein, was es ist. Oma hatte mir als Kind erklärt, warum CAMPHER eigentlich gut gegen fast alles ist. Sie hatte einen Kampferlorbeer im Garten, aus dessen Holz und Rinde sie in jedem Jahr nach dem Baumschnitt ihr eigenes ätherisches Öl herstellte. Es war in einer großen, alten braunen Flasche mit Totenkopf aufbewahrt, unter dem in altmodischen Buchstaben VORSICHT GIFT stand. Dadurch bekam das ohnehin sonderbar tolle Wort mit dem PH in der Mitte eine noch größere Faszination für mich. Das stechende Aroma mochte ich schon damals nicht, trotzdem ging ich immer wieder in die Abseite hinter ihrer Küche, wo das verschlossene Glasschränkchen stand, und bestaunte ehrfürchtig die Flasche. Vor allem die Tatsache, dass angeblich 20 Gramm davon bereits genügten, um einen erwachsenen Menschen umzubringen, ließ mich nicht mehr los.

Ob sie sich wirklich gut genug damit auskannte, um es als Medizin zu verabreichen, würde ich heute mal eher bezweifeln. Auf jeden Fall fiel es nicht unter die üblichen Hausmittel, mit denen man nichts falsch machen konnte. Warum es im Treppenhaus bei Ezra und Lambert offensichtlich zum Putzen benutzt wird, kann ich mir auch nicht erklären.

In der Wohnung riecht es jedenfalls viel besser als eben.

»Da bin ich wieder, Entwarnung: Rad war noch da. Soll ich den Schlüssel an die Garderobe hängen?«

Als ich die Wohnungstür zumache, fällt mir zum ersten Mal das GLEICHMUT-Poster auf der Rückseite auf.

»Ihr habt das Plakat mitgenommen und allen Ernstes aufgehängt? Das ist ja super *corny* von euch!«

Auf dem Bild ist eine Hängebrücke aus Bambus im Dschungel zu sehen, die über eine neblige Schlucht zu einem – ja, vielleicht war es tatsächlich so – Kampferbaum auf der anderen Seite des Abgrunds führt. Auf den Brettern der Brücke sind schwer leserlich die berühmten sieben Faktoren der LEBLANG-Initiative des Ministeriums für Unterhaltung eingeschnitzt. Sie steigern sich wie ein ganz gewöhnlicher Tag vom morgendlichen Erwachen aus einem Traum bis zum erfüllten Feierabendspaß: *Schlafen-Atmen-Bewegen-Ernähren-Verhalten-Entspannen-Sozialisieren.*

Die Idee ist wohl die: Auf dem Weg zum Gleichmut, der wie alle Sehnsuchtsziele vor und nach ihm natürlich auf der anderen Seite des Jordans auf einen wartet, da, wo das Gras eben grüner ist, müssen alle Leblang-Schritte, einer nach dem anderen, vollzogen werden, und zwar bewusst, sonst kommt keiner drüben heil an oder lebend wieder raus, je nachdem. Es kann eigentlich nur zwei gute Gründe geben, warum mir das Poster vorher noch nicht aufgefallen ist: Entweder ist mein geistiger Zustand absolut bedenklich, weil mir sonst solche Sachen immer als Erstes ins Auge stechen, oder die Brüder haben es gerade erst als Alibi aufgehängt, für den Fall, dass die grauen Typen noch mal wiederkommen und aus Boshaftigkeit die Integritätsfrage stellen.

Das Bild selbst wirkt auf mich ganz ähnlich wie in dem bizarren Moment am Eingang des Festivals, als ich es zum ersten Mal gesehen habe. Es kam mir vor einer Woche gleich irgendwoher bekannt vor, auch wenn es in der riesigen Ausführung cooler wirkte, als es eigentlich ist. Von einem Kunstfoto lässt sich ja nicht gerade sprechen, dafür ist es nicht ausgedacht genug, obwohl die Abwesenheit des Ausgedachten in der Gegenwart auch schon als Kunst verkauft werden kann.

Annas Reaktion auf solche Ideen ist immer dieselbe: total *sick!* Noch dazu ist es leicht schräg fotografiert, was einem das Gefühl gibt, dass man selbst zu weit auf der Brücke ist und gleich nach rechts wegkippt. Das ist der unangenehme Effekt, den das Bild hat, weshalb ich es für GLEICHMUT sofort schlecht gewählt fand. Aber es sollte vielleicht auch nicht das Ziel darstellen, sondern nur den durchaus wackligen Weg dahin. Noch was: Alles, was wichtig ist, ob Baum oder Brücke, findet auf der linken Seite statt, die Aufnahme selbst ist also aus dem Gleichgewicht geraten, ohne Balance. Oder ist das schon wieder ein Beweis für dieses lustige Zitat, dass *Symmetrie die Ästhetik des kleinen Mannes* ist. Unsere Kunstlehrerin hatte es uns als perfektes Beispiel dafür beigebracht, wie ein Zitat, das schwer zuzuordnen ist, sich im Laufe der Zeit komplett verselbstständigen kann. Am Anfang hieß es noch, Mies van der Rohe, dann gab es eine Variante, angeblich Picasso, bei dem es gleich die *Ästhetik der Dummen* ist, oder Dali, der sie den *Einfallslosen* zuordnete, bis zu Friedrich Hundertwasser und Schopenhauer, was ich mir nun überhaupt nicht vorstellen konnte, während D. T. Zimmermann, ein Dichter des 20. Jahrhunderts, über Symmetrien dramatisch befand: *Das sind die Nöte des kleinen Mannes.* Die Dschungelbrücke auf dem Poster ist in dieser Hinsicht über jeden Zweifel erhaben.

»Was hast du gesagt, alles okay mit dem Rad?«

Ezra ruft es aus der Küche und reißt mich aus meiner Träumerei vor dem Nebelbild. Als ich an dem Bewerbungstisch vorbeikomme, kucke ich noch mal schnell auf den Zettel mit den Fragen. Ich finde es erstaunlich, dass die beiden noch nicht aufgeräumt haben seit dem ungebetenen Besuch, für ihre Verhältnisse überraschend unbekümmert und nachlässig.

Die Fragen werden nach unten hin immer komplexer, und ich bin froh, um die Antworten herumgekommen zu sein: *Macht der Tod alles gleich oder verstärkt er das, was wir im Leben erreicht haben, und das, was wir erreichen wollten, aber nie erreicht haben? Ist die Sprache eine männliche Erfindung, die darauf beruht, dass Frauen immer zu tun hatten und keine Zeit hatten, ihre eigene Grammatik zu entwickeln? Gibt es ein Geschenk, das nichts mit dem Schenkenden zu tun hat, über den Akt des Schenkens hinaus?*

Da kann man sich fast schon sehnen nach den üblichen Fragen, die bei solchen Gesprächen aufkommen, am besten immer als Entscheidung: *Frühaufsteher oder Nachteule? Putzplan oder COD (Cleaning-on-demand)? Beatles oder Stones? Sprudlig oder still? Mensa oder Miracoli?*

Ich schiebe die Papiere wie automatisch zu einem Stapel zusammen, bevor sie mich noch beim Spicken erwischen, und gehe gut gelaunt in die Küche.

»Was riecht denn hier so gut? Bei euch im Treppenhaus stinkt es ja übel nach Kampfer, habt ihr das schon mal bemerkt? Und jemand war im Keller und hat die Tür offen gelassen.«

Lambert, der am Fenster steht, während Ezra am Herd herumhantiert, dreht sich launig kauend mit einer Schale Chips in der Hand zu mir um. »Hier, probier mal. Weißt du, wie Kichererbsen auf Holländisch heißen? KIKKERERWTEN! Ist das nicht toll? Aber Vorsicht, die Variante *Chennai Curry* ist mit Chiliflocken. Wie reimt das *Vampir Wochenende* so fein: *Dress yourself in bleeding Madras / Charm your way across the Khyber Pass.* Ich liebe indisches Essen, du auch? Aber bevor wir noch mehr Zeit verlieren, müssen wir dich schnell in unseren Plan einweihen. Wir haben dank deiner Bereitschaft, bei PUNK mitzumachen, endlich alles zusammen, was wir brauchen. Weil wir genau bis morgen Mittag um zwölf Uhr haben, unsere Band mit einem Hit fertig zum Auftritt zu machen, ist das Einzige, was uns leider im großen Rahmen fehlt: ZEIT.«

9

Kitchen Motors

Das erste Schlaginstrument meines Lebens war ein Schneebesen. Mit ihm malträtierte die *große Schwester* Kirsten Topfdeckel in allen Formaten aus der Küche von Oma so lang an der absoluten Schmerzgrenze, bis ihr ein Familienmitglied geduldig immer wieder von vorn das für Kinder relativ schwer verständliche Konzept der bürgerlichen Mittagsruhe von ein bis um drei Uhr erläuterte.

»Und ist es wirklich zu laut für die Nachbarn, wenn ich so mache (brutales Scheppern)?« »Ja, Kirsten, das ist viel zu laut.« Kurze Pause. »Und so, ist das auch noch zu laut (fieses blechernes Klappern)? »Ja, Kirsten, das ist auch nicht drin und immer noch weit über dem Pegel, der in der Mittagszeit erlaubt ist.« Und so weiter und so fort. Es kam mir schon als Kind so vor, dass sie eigentlich gar nicht mit den Sachen spielen, sondern nur austesten wollte, wie weit sie mit ALLEM gehen konnte. Ob es jetzt um Singen ging (Schreien), Tasteninstrumente (nicht Hammer-, sondern Hämmerklavier) oder Blasinstrumente (Eintonblockflöte bis zum Pustekollaps).

Gerade in unserer experimentellen Hochphase, die wir gnadenlos ausleben durften, weil wir ultraverständnisvolle Reformeltern hatten, müssen alle unsere Nachbarn viele schwere Stunden durchgemacht haben. Später haben wir erfahren, dass sie uns schon als Säuglinge im ersten Hochsommer nebeneinander in den schattigen Teil des Gartens gelegt und abwechselnd mit Beatles und Mozart vom Tonband beschallt haben, weil das angeblich wegen der allumfassenden Harmonien bei Wolfgang Amadeus und Lennon/McCartney ganz unmittelbar inspirierend wirke und die Bildung und Verknüpfung der wichtigsten Nervenzellen im Gehirn enorm fördern solle. Ach, wirklich? Wie heißt die beste Reaktion bei jeder guten Pressekonferenz: kein Kommentar.

Ich hatte parallel zu den hochwirksamen Trommelfellattacken aus dem Repertoire von Kirsten ein komplettes Set nachgebaut; Weihnachtskeksformen dienten mir als Triangel-Ersatz, ich trat in eine 25-Kilo-Waschmitteltonne als Bassdrum, Tambourine Marke Eigenbau aus Dimsum-Zylindern traktierte ich gnadenlos mit aus der Spielesammlung unserer Eltern geklauten Mahjong-Zählstöckchen. Selbst nur schwer zu imitierende Hochton-Elemente verstand ich unter geschickter Zuhilfenahme der Metallteile eines ausrangierten Passiersiebes in mein Set zu integrieren. Auch die häufig im Schweinerock als brachiales Rhythmusinstrument missbrauchte Kuhglocke war mit einem auf den Kopf gestellten Emailletopf nahezu täuschend echt wiederzugeben. Kurzum, das bürgerliche Konzept Hausmusik hatte bei uns einen kreativ etwas ins Abseits geratenen *Spin* bekommen, mit dem die Eltern nicht hundertprozentig glücklich waren. Und uns dann doch beim Klavierunterricht der Musikschule anmeldeten, mit den bekannten Folgen.

Vorher kam es noch zum finalen Eklat im Keller der Oma. Wir hatten die Waschmaschine als Instrument entdeckt, daher ihre gesamte Besteckschublade in die Trommel entleert und auf ECO 60 Grad 1200 Umdrehungen geschaltet. Die Erklärung, die wir uns für sie bereitgelegt hatten, kam uns logisch und nachvollziehbar vor. »Oma, du hast doch keinen Geschirrspüler und musst immer das ganze Geschirr mit deinen empfindlichen Händen im Abwaschbecken sauber machen. Da haben wir gedacht, wir probieren mal was aus, das dir das Leben erleichtert und die Hände schont.«

Am Anfang hörte sich alles auch gar nicht so schlimm an, es klang irgendwie hell und metallisch, fast wie ein im Galopp klirrendes Rentiergeschirr aus einem kitschigen Disney-Weihnachtsfilm. Kirsten und ich saßen vor dem Guckauge und starrten in die vom etwas zu üppig dosierten Waschmittel gräulich schäumende Brühe und das furiose Metallballett dahinter. Es hatte eine richtig meditative Wirkung, bis wir beide fast gleichzeitig hochschreckten, als zum ersten Mal nach den anfänglich noch zaghaften Umdrehungen die Trommel komplett anhielt und die ganze Besteckschublade höllisch laut scheppernd nach unten fiel. Wir versuchten sofort verzweifelt, den Schleudergang zu stoppen, aber das grimmig orange leuchtende Schloss auf der Anzeige blieb unerbittlich. Und von dem Krawall war anscheinend auch Oma unsanft aus ihrem Nachmittagsschlaf geweckt worden. Wir hörten die vertraut stapfenden Schritte bedrohlich die Kellertreppe abwärts rumpeln und stellten uns fast automatisch direkt nebeneinander vor die Waschmaschine, als ob alles noch gutzumachen wäre, wenn wir sie nur vollends hinter unseren Körpern verbergen konnten.

»Mädchen, was ist denn um Himmels willen in euch gefahren, das könnt ihr doch nicht machen, das geht doch nicht!«

Ihr Haar war vom Schlaf noch völlig derangiert, aber ihren starren Blick auf die Waschmaschine hinter unseren Rücken bekomme ich nicht mehr aus dem Kopf. Die noch müden Augen waren irgendwie eingefallen, als wäre in ihren Pupillen zwei Spiralen, die sich wie in einem Cartoon nach innen drehten, förmlich unter Hypnose. Der Blick dauerte vielleicht nur eine oder zwei Sekunden, war aber lang genug, um Oma von da an mit völlig anderen Augen zu sehen. Ein

Wesen, das eigentlich aus einer fremden und seltsam unbekannten Welt stammt und der unsrigen nur mittels ihrer sterblichen Hülle als geheimer Gast beiwohnt.

Im nächsten Moment war aber alles schon wieder normal, sie schüttelte wütend ihren Arm mit der Faust in der Luft und japste, sodass ich Angst bekam, sie bekäme einen Herzinfarkt und wir wären schuld daran. »Ich ziehe mich jetzt an und gehe fort. Und wenn ich zurückkomme, will ich, dass alles wieder ist wie vorher. Und nichts kaputtgegangen. Ich habe euch immer gewarnt. Jetzt habt ihr den Bogen endgültig überspannt. Macht ruhig so weiter, und ihr werdet sehen, dass bald die ersten Beschwerden kommen.« Und mit den letzten Worten drehte sie sich zur Treppe um und trampelte wütend wieder hoch.

Als ich Kirsten hinterher von meiner Vision erzählte, war sie sofort ganz aufgeregt. »Sage ich doch, Oma ist auch ein ALIEN. Sie sind überall! Ich kann sie fühlen, jetzt glaubst du mir vielleicht mal. Wir haben einen in der Familie. Wie toll ist das denn bitte!«

Ich nahm ihre glühenden Wangen in meine Hand und sah ihr direkt in die Augen. »Und was, wenn ich es bin? Ich war es doch, die sie plötzlich so gesehen hat. Und ich komme mir eigentlich schon ganz lange so vor, als ob ich nur zu Besuch hier bin und mit all den anderen eigentlich rein gar nichts zu tun habe. Außer mit dir natürlich, Sisterlieb.«

Kirsten hatte diesen intensiven Tiefblick drauf wie sonst niemand, es kam mir immer vor, als ob ihre Augen gar nicht grün wären, sondern viel dunkler. Ich schwöre, wenn ich dazu in der Lage wäre, es zu filmen, würde es aussehen wie ein irrer Werbespot für Kontaktlinsen, die sich je nach Laune von selbst verfärben. Das geht aber natürlich schlecht, weil ich den *gaze*, wie ich ihr schönes Starren nannte, nur ganz dicht vor ihr sehen konnte, so nah, dass ich schielen musste, um sie überhaupt halbwegs klar zu erkennen.

»Mir geht es ganz genauso, Schwesterschatz, das weißt du doch, und deswegen dürfen wir uns *nie* aus den Augen verlieren. Ich frage mich genauso, ob nicht du die ALIENINA unter uns bist. Das liegt aber daran, dass ich in Glücksmomenten eigentlich nicht mehr zwischen uns unterscheiden kann. Weil ich dann das Gefühl habe, dass du ich bist und ich du und wir beide in diesem Moment komplett aufhören zu existieren. Weißt du, was ich meine?«

Ich schüttelte mit zusammengepressten Lippen den Kopf und gab ihr einen Inuit-Nasenkuss. »Nein, weiß ich nicht. Zum Glück! *Smile.*«

Anna hat mich mal darauf angesprochen, wie es denn sein könne, dass sie Kirsten und mich, obwohl wir doch als Geschwister angeblich so unzertrennlich sind, nie zusammen gesehen hat. Und dann hat sie ihr eines Augenlid symbolisch tief heruntergezogen und den Kopf dazu schief gelegt. »Na, hast du mir was zu sagen, KARENINA?«

Und das Unheimliche daran war nicht, was sie damit aus mir herauslocken wollte, sondern dass Kirsten nach dem Kellerfiasko genau in dem gleichen Tonfall ALIENINA zu mir gesagt hatte und Anna mich nie vorher so genannt hat. Dabei war das zugleich die schönstdenkbare Verbindung unserer Namen.

»Okay, Anna, ich weiß nicht, ob das jetzt Absicht von dir war, aber du hast uns gerade in einem Roman vereinigt, und nicht in irgendeinem, sondern im allerbesten, das müssen wir feiern; auf TOLSTOIEVSKY!«

Und weil Anna eben Anna war, rannten wir die Straße runter zum nächsten *Wasserhäusi* und zischten erst mal einen Dosen-Äppler 0,0% auf unsere geliebte Frauenheroine. Und vergaßen im Nu ihren gerade noch szenisch untermalten Generalverdacht, ich und meine Zwillingsschwester hätten sozusagen ein ausgewachsenes Identitätsproblem.

Daher war der Moment vor Lamberts und Ezras Wohnung, als Kirsten leibhaftig vorbeikam, während Anna davon ausgehen musste, dass ich oben gerade dabei war, mein zukünftiges Zimmer klar zu machen, die beste Widerlegung aller Zweifel, die in Annas ratterndem Gehirn herumschwirrten. Der Umstand, dass ANNA/KARENINA zusammen unter den abgewetzten Hochschulbänken während der öden Einführungsvorlesungen ein fantastisches Buch lesen konnten, das genauso wie wir beide hieß, war für mich ungeschlagen der allertollste Moment des ganzen ersten Semesters.

Zusammen mit dem supererfolgreichen Vorstellungstermin hier, bei dem Anna ja auch ihre Finger mit im Spiel hat und der genau zu diesem Moment in der Küche führt, von dem ich auch deswegen will, dass er nie aufhört, weil er mich wie eines dieser *weirden* Déjà-vus an genau den Ort transportiert, den ich immer vor Augen habe, wenn ich diesen Satz aus meiner Jugend höre: *You'll always find me in the kitchen at parties.*

Vor allem bin ich daher nicht überrascht, dass unser erstes Gespräch zu PUNK nicht im STEREOLABOR mit seinem viel zu anstrengenden Hochandenklima an Fahrt aufnimmt, sondern in der sonst den kulinarischen Genüssen vorbehaltenen Welt der KÜCHE.

»Sagt mal, kennt ihr das, wenn ihr plötzlich einen Ort seht, den ihr aus einem Traum kennt oder den ihr euch bei irgendetwas immer vorgestellt habt, und auf einmal ist er einfach so da?«

Lambert öffnet die Tür des hohen Kühlschranks, zeigt stolz ins Innere.

»Das geht mir jedes Mal so, wenn das Licht hier drinnen angeht und den kostbaren wie köstlichen Inhalt unseres wertigsten Küchenmöbels offenbart. Mjammjammjam.«

Auf den Metallböden, alle im gleichen Abstand untereinander, liegen ausschließlich Flaschen, die mit dem Kopf nach hinten zeigen, sodass man ihr Label nicht erkennen kann. Dann zieht er eine Schublade unter den Flaschen auf, die anscheinend bis zum Rand voll mit abgepacktem Graved Lachs gefüllt ist.

»Sag bitte nicht, dass du keinen Fisch magst!«

Ezra, der die ganze Zeit irgendetwas auf der Marmorplatte neben dem Herd bearbeitet hat, dreht sich um und flüstert in fast kaum vernehmbarem Singsang: *»Ich heiße Superfantastisch, ich trinke Schampus mit Lachsfisch, ich heiße Superfantastisch.«*

Lambert zieht eine Flasche heraus.

»Unsere absolute Lieblingsdiät, die *Franz Ferdinand* für uns erfunden haben: Pol Roger und Graved Lachs mit Meerrettich, den Ezra gerade für uns frisch geraspelt hat. Für mich muss es unbedingt noch die Honig-Senf-Tunke dazu sein, damit der Genuss vollendet ist. Passend dazu möchte ich dich zu unserem spielerischsten Zeitvertreib einladen. Komm doch mal kurz her!«

Ich bemerke, dass der einzige Wandschmuck der Küche direkt neben dem Kühlschrank hängt: eine Zielscheibe aus zwei Ringen in Blau und Weiß mit einem roten Punkt in der Mitte, in dem drei Wurfpfeile stecken. »*Lady and Gentleman*, wir präsentieren nicht ohne Stolz: DARTS OF PLEASURE. *All mod cons*. Try your luck, Karen: the new leading voice of PUNK.«

Weil ich wie alle rebellischen Jugendlichen auch mal *Quadrophenia* gesehen und tagelang Kirsten bei jeder Gelegenheit meine Lieblingszeile aus *My Generation* ins Ohr geflüstert hatte, ob sie es wollte oder nicht (*I hope I die before I get old)*, erkenne ich natürlich das Motiv von meinem *The Who*-Badge vom Flohmarkt, der sich wie unter einem gigantischen Vergrößerungsglas in ein Darts-Set verwandelt hat. Sogar die Wurfpfeile sind schwarz und haben hinten das O und vorne die einfache Spitze.

»Das nenne ich mal eine gelungene – hattet ihr auch Grundkurs Rhetorik vor dem Abi? – Emphase! Oder ist das mein Stilmittel Nummer eins: Gemination? Also der Target-Kreis als Zielscheibe. Wie ein Blatt, auf dem ein Blatt tätowiert ist, genial! Wo habt ihr das denn her?«

Ich sehe keinerlei Veranlassung, den beiden von meiner Zwillingsschwester zu erzählen, die natürlich der wahre Grund für meine Zugehörigkeit zum *Circle de Gemeaux* ist, wie Madame Framboisée Kirsten und mich mit leicht abschätziger Miene bezeichnete, wenn wir wieder mal nicht genug geübt hatten. »C'est typique le-Cir-cle-de-Ge-meaux!«, wobei sie jede Silbe einzeln zischend wie eine zu hart gespielte Taste ausatmete.

Ich gehe zur Zielscheibe, zupfe einen Pfeil aus dem Schaumstoffrund, gehe ein paar Schritte zurück und winkele meinen rechten Arm so an, wie ich es von der einzigen anderen Dartsspielerin, die ich kenne, gelernt habe: Nicole, wer sonst? Die Modette kennt sich eben mit allem, was Mod war, am besten aus. Von ihr stammt auch das Geheimwissen, mit dem ich die Jungs zu beeindrucken beabsichtige.

Also nehme ich den Pfeil erst mal in die linke Hand und schüttele betont desinteressiert das rechte Handgelenk aus, als ob es gleich aus Übermüdung ganz vom Arm abfallen würde. Das habe ich mir ziemlich perfekt von Nicole abgeschaut, und auch bei Lambert und Ezra verfehlt die Geste ihre Wirkung nicht.

Ezra, der eben noch die Meerrettichflocken mit einem polierten Messer vom Schneidebrett in eine weiße Porzellanschale auf dem Küchentisch gekratzt hat, schaut mich mit halb offenem Mund an. Und Lambert folgt den Bewegungen meiner Hand simultan nickend.

»Wo hast du das denn gelernt?«

Ich höre auf und nehme den Pfeil in die geschüttelte Hand.

»Eigentlich von einer Freundin. Die hat das aber nur äußerst widerwillig gemacht, wenn sie ausnahmsweise nicht wie sonst ihre Hände in einem Waschbecken mit warmem Wasser badete wie der Pianist Glenn Gould vor jedem Konzert. Ich trage übrigens nur wegen ihm mein weißes Hemd an den Ärmeln immer hochgekrempelt, also wie kurz vor dem Bad.«

Lambert grinst. »Sieh mal einer an, da haben wir uns ja jemanden geangelt, was? Du bist ja noch verrückter als wir, Karen. Und ich dachte, das geht gar nicht. Wie sympathisch!«

Zum Zielen kneife ich mein rechtes Auge zu und halte den Pfeil fest zwischen Daumen und Zeigefinger. Nach ein paar Hin- und Herbewegungen schleudere ich ihn blitzschnell los und – treffe tatsächlich fast genau mitten ins rote Rund.

Ezra dreht seinen Kopf leicht nach unten, schnalzt ein paar mal mit der Zunge und pfeift mir dann anerkennend zu: »Wow, this kid's a natural.«

Und Lambert nickt: »I think you're an athlete.«

Mein Einsatz: »Wisst ihr, wo die Mods ihre Trikolore ursprünglich herhatten, und warum sie überhaupt TARGET heißt?«

Ich warte ab, ob irgendwo auf den verdutzten Gesichtsausdrücken Zeichen einer Geistesregung zu entdecken sind.

Negativ. Dann mache ich weiter. »Also, es ist nicht umsonst eine Target-Trikolore, weil sie ursprünglich aus Frankreich kommt. Nur mit Blau statt Rot in der Mitte. Die Franzosen haben nämlich im Ersten Weltkrieg aus Versehen oft ihre eigenen Flugzeuge vom Himmel geholt. Und jetzt kommt schon die Ironie, oder das Paradox. Damit das nicht mehr passiert, haben sie eine Zielscheibe mit den Nationalfarben auf den Flugzeugbauch gemalt, damit sie besser von ihren Landsleuten erkannt werden können und eben nicht abgeschossen werden. Das wiederum hat sich als Nächstes die Royal Air Force abgeguckt, die das gleiche Problem mit den Deutschen hatte. Weil die Reichskriegsflagge aber dem Union Jack von fern zu ähnlich sah und es weiter zu Verwechslungen kam, haben die Briten sich ein zweites Mal bei den Franzosen bedient. Nur dass sie den Kreispunkt gleich ganz übernahmen, aber mit anderer Farbreihung und dem roten Punkt in der Mitte. Das Ganze ist also eine Zielscheibe zum Nicht-abgeschossen-Werden. Ironie oder Paradox, was meint ihr?«

Lambert zieht den Pfeil aus der roten Mitte und wiegt ihn bedächtig in der Hand.

»Aber wenn du mir den Einschub erlaubst: Irgendetwas scheint mir hier nicht ganz stimmig zu sein. Es mag ja sein, dass die Briten und Franzosen nicht mehr durch die eigenen Truppen vom Himmel geholt wurden. Aber den Deutschen müssten sie mit dieser Zielscheibe in Nationalfarben doch sozusagen eine Steilvorlage zum Abschuss geliefert haben, die daher letztlich ihre ursprüngliche formale Zweckbestimmung am Schluss wider Erwarten erfüllt hat.«

Ezra nickt langsam, als sei er nicht ganz überzeugt.

»Ich kenne mich mit Krieg zum Glück ja so gut wie gar nicht aus. Aber irgendwelche schlauen Offiziere haben die Schraube doch bestimmt noch eins weitergedreht und wiederum ihre deutschen Flugzeuge mit der gleichen Zielscheibe bemalt, um unerkannt hinter die gegnerischen Linien zu fliegen, ohne abgeschossen zu werden. Sozusagen Meta-Camouflage am Werk.«

Mir fällt zum Glück noch eine rhetorische Möglichkeit ein.

»Das wäre dann doppelte Verneinung, oder? Ich finde jedenfalls, dass wir mit dieser Frage eigentlich schon mitten in dem von euch geforderten Hit sind. Warum machen wir unser Lied nicht über diese Zielscheibe? Da ist doch alles drin: Nationen, Symbole, fließende Grenzen und Farben, Missverständnis, Krieg, Tod, Zeichen, Europa, Moderne, Mode, Mods, Jugendkultur. Das ist doch schon total PUNK. Und die Geschichte ist noch nicht mal zu Ende. Irgendwie findet das Symbol dann über den Umweg Jasper Johns zu diesem britischen Art-Director und Popkünstler Peter Blake, der für die *Beatles* das Sgt.-Peppers-Albumcover gemacht hat. Blake wiederum hat *The Who* auf der Suche nach einem schlagkräftigen Symbol angeblich davon überzeugt, das Target, das sie in England auch RAF Roundel nennen, einfach zu ihrem Erkennungszeichen zu machen. Und schon war die Zielscheibe wieder im Mittelpunkt eines Krieges, diesmal der Subkulturen. Mods gegen den Rest der Welt.«

Ezra deutet auf die Porzellanschale: »Karen, ungelogen, wenn mir nicht schon dieses als schnöder deutscher Meerrettich getarntes, schon wieder diese *Camouflage*, also jenes heimtückische Wasabi-Derivat hier, die Tränen in die Augen getrieben hätte, dann würde ich jetzt vor Glück weinen. Was für grandiose Ideen du hast!«

Dann kommt mir als i-Tüpfelchen noch eine Textzeile in den Sinn: »Und am coolsten wäre dann, alles, was TARGET bedeutet, lässig zu verschweigen und einfach nur eine Zeile zu singen, die aber immer wieder. Ich denke da an mein Lieblingszitat von Andy Warhol: »*I like to shoot and show, but people want cuts.*«

Lambert öffnet den Kühlschrank, greift nach einer Lage Graved Lachs und bringt eine Flasche Champagner zum Vorschein.

»Höchste Zeit für einen SNACK. Und wir müssen unbedingt auf unser neues Bandmitglied anstoßen, auch wenn es anscheinend schon mitten beim Komponieren ist. Ezra, holst du die Gläser aus dem Schrank? Ich habe jetzt wahnsinnigen Durst auf einen Schluck perlenden Lebenssaft.«

Was, die wollen jetzt mit dem Trinken anfangen?

»Aber maximal ein Glas, sonst bin ich in Kürze zu gar nichts mehr zu gebrauchen. Außer vielleicht als Zielscheibe eures Spotts. Hahaha!« Ezra platziert drei kostbar geschliffene Sektschalen auf dem Tisch in der Mitte der Küche und rückt den für mich bestimmten Stuhl zurecht wie Kellner in vornehmen Restaurants es tun.

»Wenn Sie sich setzen mögen, Misses Karen, wir bleiben mit dem Aperitif einfach gleich geografisch in der von ihnen erwähnten Gegend. Es gibt den favorisierten Champagner von Queen Elisabeth II: Pol Roger. Cheers, *my dear!*«

Lambert hebt ebenfalls sein Glas zu einem Toast. »*Rose lipped maiden, light foot lads.* Cheers, darling. We're so happy to have you.«

Das Glas Champagner ist perfekt gekühlt. Es schmeckt besser als alles, was ich in meinem Leben je getrunken habe. Ezra steckt in der Zwischenzeit Weißbrotscheiben in den Toaster, sodass ich zum ersten Mal die Gelegenheit habe, mich etwas näher umzusehen. Nichts liegt herum, alles ist in rechten Winkeln zueinander angeordnet: das eingeschlagene Brot, ein Päckchen Kaffee mit dem Wappen des angesagten

Traditionsrösters um die Ecke, H-Milch im Karton und ein Stapel Schokoladentafeln.

»Ihr seid ja wirklich so *neat*, wie ihr vorhin gesagt habt. Glückwunsch, meine Oma wäre begeistert.«

Die Küchengeräte sind alle aus poliertem Stahl, die Schränke weiß und sauber. Wie kann man in einer so aufgeräumten Umgebung an PUNK denken? Es geht doch um Anarchie, Chaos, Rebellion, Subversion. Also alles, wovon wir uns gleich zu Beginn des GLEICHMUT-Festivals im *Gemeinsam-Gemurmel* kollektiv abwenden sollten, unter der nebligen Dschungelbrücke, die überall war, als wären wir auf einer seltsamen hängenden Insel, die nur durch diese wackelige Bambusbrücke mit dem Rest der Welt verbunden ist. Dieser Reinfall, der sich Festival nannte. Vielleicht lag es auch nur am Wetter, wir hatten wirklich großes Pech. Noch einen Tag vorher hieß es Sonne pur, ein Hochdruckgebiet baue sich auf, alle drei Festivaltage lang herrlich milde Temperaturen, fast schon sommerlich laue Nächte. Dann kam der Nebel aus dem Flusstal hochgekrochen und wurde so zäh, dass es Sichtweite unter 50 Metern gab, die dazu führte, dass man ständig in der klammen Kälte Leute, mit denen man auf dem Festival unterwegs war, verlor und nicht wiederfand. Die ganze *Togetherness* entpuppte sich als Schimäre und banale Worthülse der Veranstalter, die Schwierigkeiten hatten, ihre Panels auch nur zur Hälfte mit Teilnehmern zu füllen. Dabei hatte man die Location für die Zeltstadt extra so ausgewählt, dass sie, wie die Ankündigung verhieß, AM GRÜNEN RAND DER WELT stand und kein Ort in der Gegend lag, der nah genug hätte sein können, um von dort aus zum Festival zu pendeln. Man wollte verlässliche Zahlen, um alle Veranstaltungen zu füllen.

Aber selbst von weit her angereiste *Feiermeier*, die das Festival lediglich als eine der vielen Stationen auf ihrem nomadischen Jahresplan aus (natürlich nicht vom Ministerium genehmigten) *Erfahrungshorizonten* am Rande der Illegalität mitnahmen, boykottierten alle Einladungen und erschienen nicht mal zur allseits beliebten kostenlosen *Nahrungsaufnahme* im Zentrum der Zeltstadt jeden Abend. Kurzum, es zeichnete sich bereits am ersten Tag ab, dass das *Ministerium für Unterhaltung* die Geschichte als schwerwiegenden Rückschlag für den dadurch erhofften Durchbruch bei der Begeisterung für die wohltuenden Auswirkungen des WEISSEN LÄRMS verbuchen musste. Die beunruhigenden Geschichten über platt gestochene Reifen, Benzindiebstahl und Wildschaden an Motorleitungen bei frustrierten Gästen, die schon dabei waren, vorzeitig ihre Camper-Zelte abzubauen, um nach Hause zu fahren, wurden von der Festivalleitung übereifrig als böswillige Verschwörungstheorien abgetan.

»Wart ihr auf dem GLEICHMUT auch bei diesem legendären *Positivity Whisper* gleich zu Beginn?«

Lambert zuckt zusammen, als ich das Wort in dem weichgespülten Tonfall ausspreche, der auf dem Festival unbedingt dazugehörte.

»Auweia, na klar waren wir da, du also auch?«

Das Superevent des ersten Tages lud alle Teilnehmer ein, selbst auf die Hauptbühne zu kommen, wo kurz zuvor das *Gemurmel* mit Alma Immer M.A. (*Mutter Aller*) zu Ende gegangen war, die am Schluss ihrer Rede erst mal ordentlich die Werbetrommel für den *Whisper* gerührt hatte. Es handelte sich um ein neues Format, das sich das Ministerium für Unterhaltung ausgedacht hatte, um *unsere zuvor leider maßgeblich durch die sozialen Medien in große Isolation gestürzte Gesellschaft aus ihrer leidvollen Vereinzelung zu erlösen und neue Wege des Zusammenfühlens zu entdecken, gegen die fundamentale Einsamkeit der Berührungslosen.*

Ich konnte mich von Anfang an nicht von dem Verdacht befreien, dass hier jemand zum Verräter geworden war und ausgerechnet unser Top-Untergrundspiel BAD STILLE POST an die offiziellen Stellen weitergegeben hatte. Dort wurde es dann in seine grauenhafte Schwundstufe verwandelt, den *Whisper*. Für den man mit beiden Händen zum Ohr seines Nachbarn geht und durch den so entstandenen Schalltrichter *Gute Worte* für seinen Nächsten findet, alles, was uns gefällt, wie großartig wir seine Existenz empfinden und so weiter.

Beim *Positivity Whisper* sollte ein WÖRTERBUCH DES ERFREULICHEN entstehen, indem alles Geflüsterte, dem Alphabet folgend, ausschließlich positive Wortkreationen aneinanderreihte. Weil es irre voll war auf der Bühne, war die Chance relativ groß, dass ich die beiden trotz ihrer exzentrischen Erscheinung übersehen haben konnte. Ich hatte mich ohnehin schnell davongemacht, weil viele Teilnehmer die körperliche Nähe einfach nur übel ausnutzten. Es waren natürlich vor allem die Jungs, wie mir Kirsten später bestätigte, aber auch Mädchen hatten beim Flüstern an meinen Ohrläppchen zu knabbern begonnen, während ihre Hände sich auf Abwegen in meinen Nacken unters T-Shirt verirrten. Wer kann sich da noch auf gute Worte konzentrieren?

Als ich irgendwann spürte, wie Fingerspitzen anfingen, vollkommen übergriffig meine Kopfhaut zu massieren, hatte ich genug. Igitt!

Ich flüchtete, weil es gut klang, zu dem Panel *Poesie ohne Tonspur* nebenan. Aber den Zettel mit meinem Satz, den ich mir direkt hinterher aufgeschrieben habe, trage ich seitdem wie eine Trophäe immer bei mir im Portemonnaie:

Angeregt Befreit Chillen: Dankbar Enthusiastisch Feiere Gut Heiter Ich Jetzt Königlich Liebevoll Motiviert Neuen Optimismus: Ruhige Seele, Tapfer Übermütiges Vergnügen Warmer Zuversicht.

Als ich es Kirsten zum ersten Mal vorlas, schaute sie mich mit zusammengepressten Lippen an, als ob sie ein Lachen nur schwer unterdrücken könne. Man muss wissen, dass sie als Kritikerin sehr streng ist und kein gutes Haar an schlechten Dingen lässt. Dann aber sagte sie in ihrer typisch kaltschnäuzigen Art: »Wenn ich nicht wüsste, was es ist, wäre mein allererster Gedanke Richtung Kühlschrankgedicht gegangen. Also dieses Magnetscrabble für Langweiler-WGs, aber versteh mich nicht falsch. Denn das ist eigentlich der versteckte Kunstbeweis, weil keiner mehr merkt, dass du das ABC einfach so wegbuchstabierst, ohne dass es irgendwie auffällt. Ich wusste gar nichts von deiner poetischen Ader, für mich klingt es auf den zweiten Blick nicht nur kolossal lustig, sondern auch irgendwie erhaben, aus einer anderen Zeit. Wie diese fehlende Tonspur auf dem anderen Workshop. Nur eins musst du mir verraten: Seit wann ist ICH außerhalb von mir bei irgendjemand positiv, hahaha.«

Ich konnte mir nicht vorstellen, dass Lambert und Ezra ihre Sätze wie ich am Ende des Whispers abgegeben hatten, um an der Positivity-Tombola teilzunehmen, deren Gewinner erst am Ende von GLEICHMUT gezogen werden sollten, als ich mich schon längst mit Kirsten aus dem Staub gemacht hatte. Deswegen haben wir auch nie erfahren, ob ich nicht vielleicht doch den Hauptpreis bei der Tombola gezogen hatte.

»Sagt mal, wenn ihr auch bei diesem WHISPER wart, hätte ich jetzt genau zwei Fragen an euch: a) Seid ihr da auch so schräg beim Flüstern angemacht worden?, und b) Habt ihr mitbekommen, wer bei der Tombola am Schluss gewonnen hat mit diesem Alphabetomat?«

Ezra belegt in aller Seelenruhe gleichmäßig die dreieckigen Toasthälften erst mit Lachs, bestreicht sie dann mit Honigsenf und entfernt am Schluss behutsam die Ränder mit einer scharfen Klinge. Dann schichtet er eine manierliche Pyramide und streut mit einem kleinen Löffel zur Krönung seine Meerrettichflocken auf die fertigen Sandwiches.

»Wohl bekomm's, lasst es euch schmecken! Und Karen, wie recht du hast mit dem Whisper. Man hatte uns auch schon vor dem Festival gewarnt, dass sich da jede Menge *Touchyfeelies* herumtreiben würden, aber was dann tatsächlich da abging, war fast *borderline cringe*. Wie kann man nur so penetrant sein und dabei nicht mal merken, wie man seinen Mitmenschen zu nahe tritt. Wir haben sie alle gehasst, oder, Lambert? Die *Feiermeier* mit ihrem doofen Lachkautabak und dem Bohei dazu, als ob es noch irgendjemand auf der Welt geben würde, der nicht sofort die typischen Kiefermalmbewegungen erkennt, mit denen sie *abgespaced* und völlig *losgelöst* unansprechbar in irgendeiner Ecke stehen, bevor sie einige Minuten später abrupt wie aus dem Nichts auf dich zustürzen und *full speed* loslabern mit einer dieser hysterischen Lachsalven. Idioten allesamt, nicht wahr? Das ist doch irgendwie Catweazle zwei null, oder? Wobei Catweazle mit seiner Kröte KÜHLWALDA ja wirklich genial war, also eigentlich kein Vergleich. Ich nehme es sofort zurück.«

Lambert reicht gebügelte Servietten herum und tupft vorsichtig Lippen und Mundwinkel ab, bevor er seine Schale Champagner in einem Zug leert.

»Die beste Methode besteht darin, das erste Glas ganz schnell zu leeren, wenn es noch beschlägt von der Kälte des *Bubbly*, und sich dann gleich hinterher ein zweites zu genehmigen. Das trinkt man aber keineswegs viel langsamer. Der erste Schluck ist für den köstlichen Geschmack und das Aroma des perlenden Lebenssafts. Der zweite wird schon wieder sauber hinuntergestürzt. Das macht Laune!«

Lambert kommt in Fahrt, eine interessante Entwicklung, denke ich. Ob das jetzt gut oder schlecht ist für alles, was wir hier in kürzester Zeit auf die Beine zu stellen haben?

»Das Wort, das mich bei eurer Ankündigung am meisten schockiert hat, war *Auftritt*. Könnt ihr mal sagen, wie ich mir das vorzustellen habe? Ich meine, offiziell gibt es doch überhaupt keine Musik mehr, und dann auch noch PUNK? Wenn ich mich hier umschaue, sehe ich auf Anhieb nichts, was ich damit auch nur entfernt in Verbindung bringen würde.«

Ezra lacht wie befreit, als habe er schon lange auf die Frage gewartet. Dann zieht er eine Schublade auf und holt eine Art Stabmixer hervor, dessen Stecker er in der Dosenleiste über dem Brotbord anschließt.

Lambert nimmt aus dem Kühlfach einen Sack mit Eiswürfeln und schüttet den Inhalt in einen anscheinend extra für diesen Zweck schon bereitstehenden Glasshaker. Dazu drückt mir Ezra einen Doppelquirl in die Hand und bedeutet mir, ich möge ihn in die Luft halten.

Wie auf Kommando springen alle drei Küchengeräte an, weil Ezra den orangefarbenen Einschaltknopf für die Steckdosen drückt. Ein Wahnsinnslärm beginnt, dessen Unterton aus dem Zerschredderungskratzen der Eiswürfel besteht, darüber der jaulende Motor und das Geklingel der gegeneinander schwingenden Quirlgabeln, während Ezra den Stabmixer durch Veränderung seiner Drehgeschwindigkeit immer wieder aufheulen lässt wie einen hochgetunten Motor. Dazu aktiviert Lambert bei der Waschmaschine neben ihm das Schleuderprogramm, worauf sie dramatisch mit einem dröhnenden Rumpeln zu wackeln beginnt, als stünde sie nicht ganz gerade auf dem Küchenboden. Simultan dazu zerkleinert er Kaffeebohnen in einer heiser röchelnden Mahlmaschine. Ezra muss in der Zwischenzeit einen Föhn aus dem Bad geholt haben, den er auf die höchste Stufe gedreht von seinem Ohr weghält wie ein Telefon, aus dem ihn jemand zu laut anbrüllt.

Lambert schreit mir über den Tisch zu, als würde er so die Szene nun lautmalerisch und als darstellendes Spiel illustrieren: »Hörst du es jetzt? PUNK!«

10

Money

Die Idee, dass Dinge verschwinden können, macht mir Angst. Das ist schon seit meiner frühen Kindheit so.

Am Anfang hatte ich selbstverständlich meine Schwester in Verdacht, weil die auf alles, was ich besaß, immer ein Auge geworfen hat. Unsere Eltern wollten von klein auf diesen oft gemachten Fehler vermeiden, Zwillinge gleich anzuziehen, ihre Haare genauso zu schneiden und ihnen auch noch dieselben Spielsachen zu geben, weil dadurch, wie sie dachten, natürlich nur Verwechslungen aufkamen und keiner mehr sagen konnte, was zu wem gehört. Neid und Missgunst, so ging ihr Gedanke, würden noch schlimmer werden, als wenn wir einfach eigene Sachen hatten, die ganz unmissverständlich uns allein gehörten. Außerdem müssen wir uns am Anfang irre ähnlich gesehen haben, sodass sich die Entscheidung fast von selbst ergeben hat, uns eben über Frisur und Klamotten hinaus auch mit Spielsachen unterscheiden zu wollen.

Obwohl sie sowohl Kirsten und mir versicherten, dass sie uns immer sofort als diejenige erkannt haben, die sie oder ich war, kam uns, sobald wir ernsthaft zu denken begonnen hatten, natürlich fast zwangsläufig der Verdacht, dass wir von den beiden fortlaufend verwechselt wurden. Das wiederum führte zu der alles entscheidenden Frage, was uns denn wirklich voneinander unterscheide beziehungsweise im Wesenskern ausmache, wobei am Ende der von Kirsten und mir entwickelten THEORIE UNSERES SELBST das verstörende Paradox stand, dass wir nicht mit Sicherheit sagen konnten oder wussten, was wir wirklich unser Eigen nennen durften.

Das führte automatisch zu der schlimmen Befürchtung, im Grunde für unsere Existenz keinerlei Beweis erbringen zu können, der über die erleichternde Entdeckung von Gemeinsamkeiten, also Dingen, die uns verbinden statt zu trennen, hinausging. Was uns, über das alte Sprichwort *cogito ergo sum* von Descartes hinaus zu einer neuen Definition, einem Beleg für unser Dasein führte, der zwar nur zwischen uns existierte, aber dafür von uns beiden ohne Einschränkung akzeptiert wurde: Ich verstehe dich, also bin ich.

Den Umstand, dass wir damit das Denken durch das Verstehen ersetzt hatten, analysierte der *Häuptling* später als *philosophischen Coup*. Und sah darin den Beweis, dass Kirsten und ich *zu Höherem berufen waren* und dereinst einen *entscheidenden Auftritt im öffentlichen Leben* haben würden, der uns als *Teil eines größeren Werks* endgültig *unverrückbar zu Akteuren des gesellschaftlichen Diskurses* machte, allerdings ohne ihn aktiv beeinflussen zu können. Weil wir *zu diesem Zeitpunkt selbst schon Figuren in einem abstrakten Spiel* geworden seien, von dem wir nichts wissen konnten, weil es letztlich von *jemand anderem eigens für uns erdacht worden war.*

Auch das musste man sich, wie das meiste, was er uns mitzuteilen hatte, erst mal auf der Zunge zergehen lassen. Er meinte, wir wären *damit einen Schritt weitergegangen als Descartes*, weil Denken an sich, so der *Häuptling*, noch gar nichts Besonderes sei. Das könne ja jeder, wie in diesem blöden Mantra mit dem gedankenlosen Denken. Aber wirkliches Verstehen, das sei es, was uns erst zu Menschen machen würde, Geisteswesen, wie er es definierte. Die ihre *intellektuelle Kapazität zu nutzen wissen, um zur Erkenntnis zu gelangen.*

Interessant, wie mir bei der Geschichte erstmals auffiel. Eigentlich hatte ich wahrscheinlich in den paar Therapiestunden fast mehr gelernt als in der Schule, wenn man es genau nahm. Aber nur, wenn er sich vermeintlich in seiner Suada, dem *Non Stop Ecstatic Dancing*, wie er seine *Gedankenausflüge, an denen ihr zwei nur deswegen meine Zuhörerinnen seid, weil ich euch auf den Geschmack bringen will, sie von alleine machen zu wollen*, einmal genannt hatte, von uns beiden wegbewegte. Und früher oder später auf Sachen kam, mit denen wir nichts zu tun haben konnten.

Auch die Geschichte mit dem Verstehen hatte er einfach nicht gepeilt, wie Kirsten und ich uns direkt hinterher kichernd austauschten, da wir ja nur vom uns *gegenseitig* Verstehen geredet hatten. Nichts von wegen Erkenntnis, eher so *I feel you* oder *I hear you*, oder, wie er es in Anführungszeichen als »den neuesten Doofjargon der Jetztzeit« bezeichnete. »Da bin ich ganz bei dir.« Igitt, *again*. Das war übergriffig mit Worten.

Aber ich würde natürlich alles tun, um Kirsten nicht zu verlieren, weil mir alles andere, was aus meinem Leben verschwand, schon genug Angst machte. Es fing mit kleinen Sachen an, bei denen der Verlust kaum sofort auffiel, weil sie nicht ständig sichtbar herumlagen. Mein erster Tisch war zum Beispiel anders als der von Kirsten von unseren Eltern nicht grün, sondern knallrot lackiert worden und hatte eine Schublade, die noch dazu klemmte, weil beide zwar handwerklich völlig unbegabt, aber aus Rebellion gegen alles Gekaufte zu totalen Selbstmachern geworden waren und einfach zu viel Farbe aufgetragen hatten. Natürlich zählte daran vor allem die liebevolle Geste, Kirsten und mich *zu unserem eigenen Vorteil* dazu zu erziehen, uns voneinander unterscheiden zu wollen.

In dieser kleinen, weil verklemmt, zum Tresor gewordenen Schublade sammelte ich alles, was mir hoch und heilig war. Die blonde Locke, die als einziger Beweis für meine schönen langen Haare übrig geblieben war, als meine Mama mir, natürlich auch mit eigener Hand, weil gut genug und billig, die Haare abgeschnitten hatte. Anders als Kirsten, die ihre stolz weiterwachsen lassen durfte. Wer wollte als Kind schon so einen blöden modernen Kurzhaarschnitt, der wegen meiner Kopfform schlimm nach Kochtopf aussah.

Liebesbriefe von Arthurs frühem Gegenspieler Tim, dem Bruder von Nicole nebenan, der bei den Pfadfindern war und mir jeden Tag in den Sommerferien aus Camp WAVERLEY eine Postkarte mit süßen Zeichnungen aus seinem Lageralltag geschrieben hatte, die er, damit die anderen auf keinen Fall lesen konnten, welche meiner Hautpartien er am meisten vermisste, in extra dicken Umschlägen verschickte.

Meine ganzen Charm-Bänder, Zauberringe und der blassrosa Lippenstift, den ich bei Nicoles Eltern im Garten gefunden hatte und mit dem Tim und ich uns gegenseitig das Gesicht wie Indianer auf dem Kriegspfad angemalt hatten. Getrocknete Blätter lagen da genauso wie brüchig gewordene Kaugummis, Jeans-Aufnäher mit einer Erdbeere als E-Gitarre, eine Mozart-Spieluhr, abgefahrene Jahrmarktabrisskarten und alte Zwillings-Horoskope.

Das Schrecklichste am Verschwinden dieser unzähligen kleinen Sachen aber war, dass ich nie ein Inventar über sie geführt hatte und daher gar nicht gleich merkte, *wenn* etwas fehlte: Meistens wusste ich noch nicht einmal, *was* nicht mehr da war. Es war zum Verrücktwerden, was mir durch den Verdacht, der zwangsläufig auf Kirsten fiel, zusätzlich Schmerzen bereitete.

Die Lösung für das Problem fand ich eines Tages überraschend, weil das Wetter umschlug und die Lade deswegen stärker klemmte als sonst: Ich ließ sie von dem Tag an einfach zu. Und nahm mir vor, erst frühestens in einem Jahr wieder nachzuschauen. Weil alles, was ich darin fand, dann seinen Charakter verändert hatte und, wie ich hoffte, so sehr in Vergessenheit geraten war, dass ich es als *fresh* empfinden konnte wie eine Freundin, die man eine Weile nicht mehr gesehen hat. Von da an liebte ich alles vorwiegend, weil es endlich wieder da war, oder so.

Das fällt mir alles schlagartig ein, als ich den Wohlgeruch in der Wohnung endlich identifiziere. Die Wiederbegegnung mit einem total vertrauten Etwas.

»Und, wie hat dir unsere kleine Hommage an das *Rooftop Concert* von den Beatles gefallen?«

Die ausdrehende Waschtrommel gibt ein immer langsameres Wimmern von sich, bis auf einmal himmlische Ruhe herrscht. Ich fühle mich fast wie betäubt, als habe jemand aus Versehen die versteckte Tür ins Stereolabor offen gelassen und die exklusive Akustik verbreite sich wie plötzlich aufkommender Seenebel über die gesamte Wohnung.

»Bestens! Aber verratet mir doch mal bitte, wie ihr es geschafft habt, dass DER WEISSE LÄRM selbst hier in der Küche allem Anschein nach keine Macht hat. Ich meine, wenn ihr das Ganze im Stereolabor veranstaltet hättet, würde ich mich kaum wundern, das ist ja komplett schallisoliert und sicher. Aber bei so einem ohrenbetäubenden 1-a-Aggro-Rabatz würden normalerweise nicht nur alle Nachbarn Sturm klingeln, sondern auch eine schlaue Intervention von oben dem Ganzen *ratzfatz* ein Ende bereitet. Oder?«

Lambert reibt sich mit hochgezogenen Augenbrauen und einem extrem verschmitzten Lächeln im Gesicht die Hände.

»Ja, haha, Karen, richtig erkannt. In jeder Nullachtfünfzehn-Bude wäre jetzt dieses wunderbare Rauschen zu hören, wie es früher im Fernsehen nach Sendeschluss kam. Das Wort allein ist der Wahnsinn, oder? Sendeschluss! Wer wünscht sich das nicht zurück in unserem Dauersperrfeuer guter Worte und Gedanken überall auf der Straße und im Fernsehen. Als die Hochtöner noch nicht als Verdachtsfall potenzieller Negativität galten, ist im Netz, bevor es ganz zusammengebrochen ist, als Intervention ja ab und zu das wunderbare alte Testbild über den Satellit Kopernikus mit seinem 1-Kilohertz-Ton und der Farbtreppe über der bizarren Kompassuhr aufgetaucht, das dem Rauschen vorausging. Diesem herrlich monotonen Sound eines epochalen Sturzregens auf Asphalt, den wir nur in windstillen Sommernächten aus einer sich auflösenden Gewitterwolke als wahrhaftes Geschenk des Himmels bekommen. Ich habe ja, als die Musik in Gefahr geriet, unmittelbar angefangen, ein umfangreiches Akustikarchiv mit der ganzen Vielfalt natürlicher und künstlicher Geräusche aufzubauen, um so eine Parallelwelt eigener Interventionen zu gestalten. Ezra und ich dachten gleich: Moment mal, *das* können wir doch auch, und vielleicht sogar noch besser. Wir wollten also mit unserem eigenen Gerummse am Start sein, wenn DER WEISSE LÄRM zu uns kommt, um im wörtlichen Sinn als Radaubrüder Paroli zu bieten. Mein Onkel Georg aus Wien sagt übrigens BAHÖ dazu, das ist viel spaßiger als alles, was ich gehört habe, sozusagen das ungezogene Anagramm-Kind von BOHEI. Hahaha. Aber zurück zu deiner Frage. Ich studiere ja, wie du noch nicht wissen kannst, Elektrotechnik im soundsovielten Semester, ich habe aufgegeben, mitzuzählen, jedenfalls schon viel zu lange. Nicht genug, um einen Abschluss anzustreben, aber ausreichend für ein paar praktische Sperenzchen, die uns das störungsfreie Leben, eigentlich entstörungsfrei, ermöglichen, das wir alle verdient haben. Du besonders! TARGET, ich liebe es. Und habe den Satz von Andy Warhol vorhin sofort mitgeschnitten, wie du ihn so nonchalant dahin genuschelt hast. Hier, hör mal hin!«

Lambert zieht ein kleines Diktiergerät aus der Tasche, das tatsächlich analog mit Minikassetten zu funktionieren scheint. Jedenfalls spult er kurz zurück und drückt dann den Abspielknopf, wobei sofort ein rotes Lämpchen aufleuchtet. Ich erinnere mich vage, dass das eher das Zeichen für den Anfang einer Aufnahme ist, damit man nicht aus Versehen vergisst, den geplanten Mitschnitt zu beginnen. Aber wie aus einer anderen Galaxie, unendlich weit weg und doch ganz nah, höre ich glasklar und deutlich meine Stimme den vertrauten Satz sagen: »I like to shoot and show, but people want cuts.«

Zum ersten Mal merke ich, dass mein Schulenglisch vom Tonfall her ziemlich britisch und präzise ist. Sicher auch, weil ich in dem Moment total aufgeregt bin und Lampenfieber vor den beiden habe, wie sie meine Idee finden werden. Ob ich es mir lediglich einbilde, weil Lambert seinen österreichischen Onkel erwähnt hat, oder es tatsächlich stimmt, kann ich nicht genau sagen. Aber für mein Ohr klingt es, weil ich gern cool sein will und die Silben daher leicht verschleife, fast nach Falco.

»Oh, das bin ich. Interessant. Meint ihr das wirklich ernst mit der Sängerin?« Ezra nimmt Lambert das Gerät vorsichtig aus der Hand.

»Darf ich mal?«

Und er spult wieder kurz zurück, schaltet es an, Ezra selbst spricht gerade *weinen, was für grandiose Ideen du hast.*

»Schrecklich, meine Stimme. Die konnte ich vom Band noch nie ertragen!«

Dann spult er während des Abspielens vor, was ein hysterisch sich überschlagendes Piepsstimmengebrabbel erklingen lässt, und landet wieder bei mir: I like to shoot and show, but people want cuts.

»Also, noch mal von vorn: Das ist ganz ausgezeichnet und entspricht völlig der Idee, die wir von unserer *Leadstimme* haben. Beiläufig und gleichzeitig auf den Punkt, hinreißend nachlässig und im selben Moment genau und schon jetzt exakt in der richtigen Rhythmisierung. Eine Art unprätentiöser Sprechgesang, der zu allem Überfluss sogar noch klingt wie ein großes Wort, gelassen ausgesprochen, was wollen wir mehr? Für mich ist das fast schon der *final take*, ein Sample, mit dem wir sofort beginnen können zu arbeiten. Was meint ihr?«

Mir geht das alles zu hopplahopp. Natürlich ist der Satz ganz gut, aber reicht das wirklich schon?

»Ich freue mich ja, dass ihr das so seht, aber ist das echt gut, nur ein Satz? Okay, die Umstände, in denen er gefallen ist, passen halbwegs zu dem, was ich unter PUNK verstehe. Warhol will am liebsten einfach nur mit seiner Kamera aufzeichnen, was passiert. Er überlässt dem Geschehen selbst den *Flow* und will genau das zeigen, ohne Eingriff, den Ablauf des Lebens. Und das den Leuten zeigen, *shoot and show.* Alltag total, ganz wie zu Beginn der Moderne. Bewusstseinsstrom. Wir haben ein ganzes Jahr im Englisch-Leistungskurs nichts anderes gemacht. *Ulysses* von James Jocye, *To the Lighthouse* von Virginia Woolf und Samuel Beckett, *Watt, Molloy, Neue Texte über das Nichts.* Aber Warhols Leute sahen das anders. Die wollten eben alles *curated*, Schnitte, Lenkung, und am Ende steht dann doch wie sonst die Komposition. Das ist fast schon wieder *Mainstream* dann. Den lehnt Punk ab, weil der ist falsch, wie das *Establishment.* Und dass er selbst die Kamera hält, ist DIY, *Do it Yourself.* Also ist der Satz schon sehr gut in seiner Aussage. Auch wenn er sich damit vor allem selbst in den Mittelpunkt stellt und *people* auf die andere Seite bannt. Schnitt! Sind es nur seine Leute oder Leute allgemein, die es vorziehen, die Wirklichkeit appetitlich angerichtet serviert zu bekommen? Und da wir gerade beim Appetit sind, was ist das für ein toller Duft hier überall in der Wohnung? Ich habe eine Ahnung, weil ich ihn aus meiner Kindheit kenne. Ist es nicht ein Kaugummi?«

Ezra schnippt aufgeregt mit den Fingern.

»Yes. *Wer könnte mich aus meinen Träumen von John, Paul und Ringo mit Keenan Wynn (oder George) wecken?*«

Lambert reibt sich fröhlich die Hände.

»*I've got good news. That gum you like is going to come back in style.*«

Kirsten hatte mich damals auf *Twin Peaks* gebracht, also kann ich mit dem Zitat was anfangen. Dass sie es selbst auch nur von Nicole hatte, war typisch für unsere Lieferkette des coolen Geheimwissens. Der steppende Zwerg hatte es in seinem üblichen Kauderwelsch mit diesem Beatles-Trick, also rückwärts gesprochen und vorwärts abgespielt, FBI-Agent Dale Cooper im unheimlichen Red Room verraten, wo das Geschehen wie eine gespenstische Traumwelt in Rätseln vorausgesagt wird. Bei der Szene geht es ja sogar, wenn ich es noch richtig im Kopf habe, um den Schlüssel zu Laura Palmers Mörder.

»Meint ihr, David Lynch hat echt an *Wrigley's Spearmint Chewing Gum* gedacht? Und wie habt ihr es bitte geschafft, genau dieses Aroma hier überall hinzuzaubern?«

Lambert greift nach einem kleinen weißen Objekt auf dem Regal und hält es mir stolz entgegen.

»Schau mal, ich war ja noch nicht ganz fertig damit, dir die spezielle Akustik zu erklären, die ich entwickelt habe. Also nur kurz so viel: Du weißt doch bestimmt, was ein faradayscher Käfig ist und was er bei einem Gewitter mit dem Blitz macht. Genau das ist mir hier mit dem WEISSEN LÄRM gelungen. Und als angenehme Nebenwirkung dieser Umleitung haben wir festgestellt, dass in die gesamte Wohnung, bei geschlossenen Fenstern versteht sich, keinerlei Geräusch hereinkommt und auch keines nach außen dringt. Deswegen war ich so überrascht, dass die Ordnungshüter meinten, es hätte Beschwerden gegeben. Ich vermute ja, es hat auf diesem unsäglichen GLEICHMUT einen *leak* gegeben, von den Leuten, die uns zu dem Bewerb eingeladen haben, von wegen *top secret*. Oh, das muss ich auch noch erklären. Aber *first things first:* das Schöne.«

Er hält mir das wohlgeformte weiße Objekt ans Ohr, und ich zucke zurück, weil ich instinktiv in dem hohen elektronischen Sirren eine Mücke zu erkennen meine und unkontrolliert um mich schlage.

»Mach das weg!«, schreie ich ihn an, was mir natürlich sofort unendlich peinlich ist. Ich benehme mich ja gerade so, als hätte ein fieser Typ mir einen Scherzartikel untergejubelt und würde sich mit seinen *buddies* kaputtlachen, weil die künstliche Glitschkröte in meinem Ausschnitt verschwunden ist oder ein motorisierter Krabbelkäfer wild durch mein Haar pflügt.

»Tut mir leid, wir waren ja bei der Vorstellung nicht ganz bis zu meinen Macken gekommen. Mückenpanik. Ganz schlimm. Bin auch Jägerin, will sagen, wenn ich nachts in der Dunkelheit dieses miese Sirren am Ohr höre wie gerade eben, drehe ich total durch. Mache sofort das Licht an und kann nicht eher wieder einschlafen, bis ich das fiese Miststück mit der flachen Hand an der Wand erwischt habe. Wer als Mückenmännchen wiedergeboren wird, hat definitiv höhere Überlebenschancen, weil nur weibliche Exemplare gnadenlos zustechen.«

Ezra schaut mich mit einem seltsam irren Blick an, den ich vorher noch nicht an ihm gesehen habe. Als ob mein Bekenntnis ihn in eine Art Trancezustand versetzt und aus unserer Welt in ein paralleles Universum ohne Lambert und mich gejagt hat, das nun absolute Aufmerksamkeit von ihm erfordert.

Kurz denke ich an den Kelleromablick, aber obwohl es in dieselbe Kinderkreiselrichtung geht, sehe ich, wie sich Ezra seine Wiedergeburt in eine männliche Mücke vorzustellen beginnt. Das ist so gruselig, dass ich, was nicht oft vorkommt, mich selbst aus dieser Denkfalle herausreißen muss. Und zwar mit der sanften Gewalt einer spontanen Umarmung.

Ezra weiß natürlich nicht, wie ihm geschieht, aber ich begleite meine Tat mit diesem kalifornischen Mantra, das mir sofort dazu einfällt.

»RANDOM KINDNESS AND SENSELESS ACTS OF BEAUTY.«

Dann löse ich mich wieder von ihm und packe ihn freundschaftlich an beiden Schultern, damit das Ganze nicht in Richtung der üblen *Touchyfeelies* auf GLEICHMUT geht. Ich schaue ihm in die Augen, die zum Glück eindeutig wieder bei uns sind.

Kirsten. Ich. Die Aliens. Es durchzuckt mich kurz, dann drücke ich den Gedanken wieder weg wie einen üblen Anklopfer mit der Kennung »Anonym«.

Lambert, der die Szene mit distanziertem Wohlwollen beobachtet, räuspert sich, als wäre er gerade erst in die Küche gekommen und wolle uns auf seine Anwesenheit aufmerksam machen. Dann reicht er mir das weiße Objekt sehr vorsichtig herüber, als würde er befürchten, ich könne es ihm jederzeit wieder wie in einem Anfall plötzlich aus der Hand schlagen.

»Also, wo waren wir gerade stehen geblieben? Genau, der

Aromadiffusor. Jetzt, da du weißt, wie er klingt, musst du dich nicht mehr erschrecken. Schau doch lieber mal, wie entzückend dich das runde Weißlicht mit dem dicken Augenbrauenbalken darüber anblinzelt. Es hat ja auch Grund zur Freude, weil es für den ästhetischen Wohlgeruch verantwortlich ist, den du exakt bestimmt hast: Spearmint 2.0. sozusagen. Wenn du den Aromaschlitz ganz nah zwischen Lippen und Nase hältst, spürst du den feinen kühlen Duftzug, der ausströmt, und kannst ihn sogar besonders gut riechen. Wir nennen die kleine Helferin DUFTSONDE, weil sie so eine Weltraumschiff-Aura um sich verbreitet, wo immer wir sie aufstellen. Wir haben genau vierzehn Stück davon, frag nicht, warum. Die Zahl schien perfekt. Sie stehen überall in der Wohnung. Wir können nicht mehr ohne sie.«

Weil mir das überraschend emotionale Geständnis von Lambert wegen des getriebenen Tonfalls fast fanatisch vorkommt, als weihe er mich damit ungefragt in irgendeine exotische Gymnastik ein, wende ich mich wieder Ezra zu, obwohl mir gerade zum ersten Mal, seit ich sie kenne, beide gleichzeitig Angst einjagen.

»Wo habt ihr diesen völlig nostalgischen Duft aufgetrieben, gibt es den irgendwo zu kaufen?«

Ezra deutet auf Lambert.

»Ob du es glaubst oder nicht, das hat er tatsächlich selbst zusammengebraut, aus Begeisterung für seinen Lieblingskaugummi. Die Rohstoffe, also die einzelnen ätherischen Öle, mit denen er das papierne Duftmodul im Inneren beträufelt, kauft er bei einem kleinen Karma-Laden unten im Handwerkerviertel. Wie gehen da für fast alles hin, auch wenn die Produktbeschreibungen nerven, die total nach dem GLEICHMUT-Credo klingen. Indische *Pfefferminze Mentha piperita* ist natürlich Herz der Kreation, im Neusprech aber: *hält die geistige und seelische Konzentration und Aufnahmefähigkeit aufrecht und lindert Frustration und aufgebrachte Emotionen.* Dazu ergänzen wir aus Sri Lanka die stimulierende *Citronella Cymbopogon nardus* sauer-frisch, reinigend und erhebend, das hilft ja bekanntlich auch gegen deine verhassten Mücken, für das Ministerium *Fördergabe für eine positive Existenzeinstellung, die Klarheit in die Last des Lebens bringt.* Die entscheidende Note Süßigkeit stiftet *Bergamotte Citrus bergamia* aus Italien, die, halt dich fest, *es dem Individuum erlaubt, sich zu entspannen, aufgestaute Emotionen loszulassen und positiv in die Zukunft zu blicken.* Ein Wahnsinn, das alles. Um schlussendlich den Gummi im Kaugummi nicht unter den Tisch fallen zu lassen, haben wir den australischen *Teebaum Melaleuca alternifolia* an Bord, auch wenn er *die Reizbarkeit und alltägliche Verspannungen lindert, neblige Trägheit beseitigt, um Gefühle der Unsicherheit zu zerstreuen und so eine beruhigende Sicht auf das Leben zu finden.* Am Ende liegt natürlich alles in Lamberts Geheimformel, wie viele Tropfen der einzelnen Elemente er mit der Pipette auf die saugfähigen runden Papieroblaten im Inneren kombiniert, um zur frappierenden Verwechslungsähnlichkeit mit dem Original zu gelangen, das ja eigentlich gar kein Duft ist, sondern Aroma eines Nahrungsmittels. Dessen markante Zickzack-Perforierung auf den einzelnen Kaugummistreifen genauso aussieht wie der Boden des Redroom in *Twin Peaks.* Ich bin mir, je länger ich darüber nachdenke, fast sicher, dass Lynch *Wrigleys Spearmint Chewing Gum* im Sinn hatte.«

Ezra schraubt die DUFTSONDE seitlich auf und hält mir die von ihm beschriebene Papieroblate unter die Nase, die marmoriert durchfeuchtet ist.

»Riecht genau wie eine frische, ungeöffnete Packung, oder?«

Obwohl ich lange keine mehr in der Hand gehalten habe,

sehe ich sie mit dem inhalierten ätherischen Öl sofort vor mir. Das dünne Metallpapier, die Schrift, deren Rot mich absurderweise an Ketchup erinnert, und das Symbol auf jedem einzeln verpackten Kaugummi.

»Findet ihr nicht auch, dass der Pfeil auf der Packung genauso aussieht wie der auf eurer Targetscheibe von *The Who?* Das liebe ich in der Vintage-Werbung, wenn die gut gelaunten Lachleute und Nettmenschen mit diesen riesigen Kaugummi-Boxen wie Tennisschläger oder Gitarren unter dem Arm durch die Gegend springen. Genau genommen war das damals ja total DADA und PUNK, diese überdimensionalen Süßigkeitenschachteln.«

Lambert springt vor Freude in die Luft, klickt akrobatisch seine Sohlen zusammen und landet sicher wieder auf dem Küchenboden.

»GUM IT. Da hätten wir doch schon das nächste Stück für unser Debut: Wir könnten es ja als Hommage an dieses famose Stück von Fad Gadget einfach WRIGLEY'S HAND nennen. Kennst du *Rickys Hand*? Da spielen übrigens wie hier vorhin Küchenmaschinen als Instrumente mit. Am besten, wir hören es später kristallklar in Vollstereo im Labor, aber zurück zum Debut. Jetzt, da wir dich endlich an Bord haben, können wir anfangen, über unseren Look nachzudenken. Hast du schon eine Idee zur Kleidung? Weil wir am Anfang so unsicher waren, ob wir alles richtig hinbekommen mit PUNK, also mit Geld, Erfolg, und dem ganzen Rock'n'Roll-Schwindel, damit wir es auch als echtes *Punkalbum* bezeichnen können, kam für das Ding nur ein Name infrage: ALBUM.«

11

Public Image

Mein Kleiderschrank hält wenig Überraschungen parat. Weil ich schon ohne jede Vorahnung, irgendwann als Sängerin bei einer Punkband einzusteigen, in Uniform herumgelaufen bin, gibt es bei mir nur Fächer und Schubladen mit denselben Sachen. Ein Fach besteht aus perfekt selbst gebügelten weißen Hemden, die ich etwas zu groß und mit teilweise abenteuerlich spitzen und langen Krägen aus der Herrenabteilung meiner Lieblingsboutique für Secondhandklamotten hole. Im STOFFWECHSEL finde ich auch die besten Faltenröcke in Dunkelblau und Schwarz, die bei mir an der Kleiderstange hängen. In den drei riesigen Schubladen der Kommode liegen Pullunder mit V-Ausschnitt in Moosgrün, Schwarzblau und Bordeauxrot. Daneben finden sich Kniestrümpfe mit Argylemuster. Das ist der einzige Teil meiner Garderobe, in dem ich mir schrille Farben gönne, in allen Tartanfarbkombinationen. Meine langärmeligen Wollpullover in Schwarz, Beige und Grau haben alle einen Crewneck und liegen ordentlich gefaltet wie in einem Laden übereinander. Das Fach neben den Hemden ist für University-Sweatshirts aus Amerika in Asphaltgrau, Hellblau und Grasgrün, die ich aber nur zu Hause trage, wenn ich es mir mit Tee und dem Buch, das ich gerade lese, im Bett gemütlich mache. Alle T-Shirts und amerikanischen Boxershorts liegen in der Schublade direkt bei der Unterwäsche.

Weil ich seit dem glücklichen Moment, da meine Mama aufhörte, sich um meine Frisur zu kümmern, meine Haare immer lang und ordentlich mit streng halb links gezogenem Seitenscheitel getragen habe, hänselt mich Kirsten immer mit einem ihrer fiesesten Begriffe: SCHULMÄDCHENREPORTERIN. »Wenn du so weitermachst, landest du noch beim Film, aber im falschen. Hahaha. Karen, ehrlich. Du hast diese Idee The Rebel Schoolgirl, so von wegen einerseits DocMartens und andererseits Collegeloafers, aber für mich bist und bleibst du süße kleine Schwester mit großen Mädcheninternatsträumen.«

Kirsten, die wegen ihrer extrem dünnen Beine früh angefangen hatte, Röhrenhosen, manchmal aus Leder, mit extra weiten Blusen zu kombinieren, war bei jeder Party, auf der wir gemeinsam auftauchten, sofort von den coolsten Jungs umringt, die nur darauf aus waren, sie zum Lachen zu bringen, weil sie dabei so kokett ihre Schultern schüttelte. Ich wusste immer schon vorher, wie mein Abend enden würde. Erst in der Küche bei den Freundinnen helfen, dann die Volleulen versorgen, die den Punsch nicht vertrugen und sich im Bad eingeschlossen hatten. Die dritte und letzte Stufe war erwartungsgemäß der Bodensatz an ultrablassen Langweilern, die bei mir »zum Reden« aufschlugen, weil sie vorher beim Tanzen von den Alpha Girls brutal verlacht wurden.

Deswegen war Kirsten diejenige, die bei Michelle Gurevich auf der Tanzfläche, bei diesem Lied, das nur aus Gitarre und dieser verruchten Stimme besteht, völlig zu Recht mitsingen konnte *I'm a Party Girl*, während alle durchdrehten mit ihren Verrenkungen und ausflippten neben ihr.

Yes, I'm a party girl / Do a twirl / See my eyes, throw a glance / Can't you see I'm a natural / Life of a party girl, funny girl / Make you laugh want me bad / Now I feel so much better /

I used to cry / But now I don't have the time / I used to be so fragile / But now I'm so wild.

Obwohl ich ohne jeden Zweifel angenommen hatte, dass ich von uns beiden die Verletzlichere war, die Kompliziertere und sich selbst immer nur im Weg stehende Schattenschwester, die beim Überleben dringend auf die Hilfe der Lichtgestalt neben ihr angewiesen war, musste *ich* am Ende der meisten Partys *sie* nach Hause bringen, wenn sie es wieder übertrieben hatte. Wie früher mit dem Schneebesen in der Küche von Oma auf Topfdeckeln trommelte sie nun mit den Händen in Clubs auf die ausgebeulten Metallplatten der Tanzfläche, wenn ich sie wegziehen wollte aus der Menge, weil sie schon drüber war und nicht mehr merkte, wie sie an den Jungs kleben blieb. Aus Protest ließ sie sich einfach abwärts auf den Boden sinken, als ob sie das Bewusstsein verloren hätte, weil sie einfach nicht gehen wollte, nie wollte sie gehen.

Ich war es, die ihr meinen Parka draußen auf dem Parkplatz über die zitternden Schultern legte und ihr Zähneklappern hörte, das im Freien schlagartig einsetzte mit der Erkenntnis, etwas kolossal falsch gemacht zu haben. Ich war es, die ihr versicherte, dass *alles wirklich nicht so schlimm* sei, *im Grunde gar nichts passiert* und all die selbstmitleidige *Reue völlig umsonst.* Ich war es, die ihr in dieser *Seitenlage des Lebens* ihre Selbstzweifel ausredete und sie am nächsten Tag mit *Coffee and TV* wieder aufpäppelte.

Und ausgerechnet dieser damals tragisch von Kirsten vollgeheulte, mit Lippenstift, Mascara und Make-up-Resten verschmierte waldgrüne Helmut-Lang-Parka mit den Gummilaschen am Ärmel ist es, der nun, weil ich ihn zufällig beim Vorstellungsgespräch anhabe, zum zentralen Bestandteil meines ersten improvisierten *Bühnenlooks* werden wird.

Aber für welche Bühne denn überhaupt, schießt es mir durch den Kopf. Die letzte Bühne, die ich vor einer Woche fluchtartig verlassen hatte, war diese eigens für GLEICHMUT entworfene kreisrunde Drehbühne, die sie wie ein billiges Jahrmarktkarussell für den Positivity Whisper *im Tempo eines gemächlichen Ländlers in Gang gesetzt* hatten, *um die Schwingungen der Erdbewegung selbst mimetisch erfahrbar zu machen und diesen positiven Grundschwung bei der Wortfindung in den Ohren der anderen wie einen internen Thule-Boost mitnehmen zu können*. Als ich absprang, wäre ich fast gestürzt, ich vermutete, irgendeiner von den immer häufiger auftauchenden Fanatikern habe die zuletzt verlautbarte Idee des GROSSEN ZYKLISCHEN OKAYS missverstanden und verwirklichen wollen, Techniker bestochen und dann auf eigene Faust das Tempo unmerklich immer schneller werden lassen.

Am Schluss, so hatte ich gehört, gaben viele wegen des Drehwurms auf, und der Whisper wurde verfrüht beendet, auch weil sich bei der Leitung spontane Beschwerden häuften, es *sei mit dem ursprünglichen Konzept völlig unvereinbar, wenn neben der äußeren Balance auch das innere Gleichgewicht gefährdet, ja förmlich außer Kraft gesetzt werde*.

»Wart ihr eigentlich bei dem Festival auch noch auf der Drehbühne, als die heimlich sabotiert wurde?«

Lambert macht das Küchenlicht an, so eine alte runde Milchglaslampe, und mir fällt auf, wie dunkel es draußen inzwischen schon geworden ist. »Das ist der Punkt: Wir waren schon länger weg, als das losging. Aber der Typ, der uns auch am Morgen vorm Einlass diesen selbst auflösenden Flyer mit Treffpunkt, Uhrzeit und dem Wort Bewerb gegeben hat, wurde mitten im Gespräch plötzlich fahrig und supernervös, bekam Schweiß auf der Stirn und sah sich immer wieder hektisch um, obwohl da, wo wir standen, absolut niemand zu sehen war. Es war an der Nachbildung der Weltesche Yggdrasil, die erst am Ende des Festivals bespielt werden sollte. Jedenfalls war er gerade dabei zu erklären, worum es überhaupt geht. Also, dass er im Auftrag des Ministeriums für Unterhaltung unterwegs wäre als *Kreativscout*, also HR sozusagen, auf der Suche nach möglichen Kandidaten für den Beginn der sogenannten *Zukunftsmusik*. Weil es wegen wachsender Probleme mit der Akzeptanz Lockerungen geben werde in Bezug auf die Musik, gehe es ganz konkret um eine Auslese der Besten. Und wir beide, Ezra und ich, würden verrückt genug aussehen, um die Musik, wie sie nun gesucht werde, perfekt zu repräsentieren. An dieser Stelle wird es bizarr. Denn er sagte wörtlich, es spiele überhaupt keine Rolle, ob wir einen *background* mit Musik hätten, ein gutes *Narrativ* würde auch schon reichen, wenn wir uns was ausdenken könnten. *Weil die Leute immer nur glauben, was sie auch sehen*, so sagte er immer leiser, *müsst ihr vor allem ihr Verlangen visuell befriedigen*. Das setzt uns natürlich auch optisch etwas unter Druck, aber ich bin mir sicher, dass wir es mit dir zusammen problemlos schaffen werden. Wir haben uns vorhin im Flur bei deiner Vorstellung auf dem Papier gegenseitig Notizen geschrieben, weil uns gleich dein guter Stil aufgefallen ist. Wie heißt es noch in einem meiner vielen kanonischen Lieblingstitel: Come as you are. Du könntest nämlich genau so wie du bist direkt zum Fototermin und auf die Bühne, Chapeau!«

Mein Look für das Vorstellungsgespräch ist zugegeben etwas mehr *preppy* als sonst, um nicht zu sehr nach der von Kirsten verspotteten Schuluniform auszusehen. Aber am Ende kommt bei mir halt doch immer das Gleiche heraus, wie würde Anna jetzt sagen: GRINS.

Der grün karierte Faltenrock lässt sich einfach zu gut mit

meiner blassrosa Kurzarmbluse kombinieren, deren weißer Rundkragen unter einem wollweißen *vintage* Cricketpullunder hervorragt. Dazu habe ich ausnahmsweise einfarbig dunkelblau gerippte Kniestrümpfe und mein eines Paar nachtblaue Tassle-Loafers kombiniert. Ich höre Kirstens Stimme vor meinem inneren Ohr: *Du siehst aber heute artig aus, meine Liebe. Gehst du jetzt zu allem Überfluss auch noch in die Benimmklasse von Frau Dr. Fuchs?*

Was für ein Zufall, dass Kirsten tatsächlich nach mir dran gewesen wäre. Was, wenn sie durch irgendwen davon Bescheid bekommen und sich deswegen so schick gemacht hat? Anna war vorher im Bild, aber wer noch? Wem hatte ich sonst noch davon erzählt? Ich gehe schnell im Kopf alle meine Kontakte durch, Fehlanzeige.

Auf GLEICHMUT hatte ich keiner Seele was gesagt, obwohl man ja nie wusste, was der fermentiert riechende Begrüßungsdrink auf dem Allnighter am ersten Abend so ausrichten würde. Angeblich alkoholfrei wie alles, aber wie der Mix sich nun zusammen mit dem tonlosen Atmen und Kreisen auf der Bewegungsfläche auf das dadurch schon reichlich abgespacete Gehirn auswirkt? Keine Ahnung. Das war überhaupt der größte Witz, dass Tanzen, Musik, Rauchen und Alkohol nicht mehr gingen, aber dieses Krypto-Substitut aus Kreisen, Atmen, Kautabak und Machakefir kein Problem war. Nur weil es weder gut laut war noch böse Affekte hervorrief.

Auch das *Lipsynching* war näher betrachtet ja immer noch ein geräuschfreies Schlupfloch für übelste Beschimpfungen und freche Anmache jeder Art, das war auf dem Festival wieder mehr als deutlich geworden. Ich musste mir die ekligsten *Zungen-Emojis* von überall herumstreunenden Klemmbacken anschauen, mir wurden stumme Blicke mit total obszönen Mundverrenkungen zugeworfen, die grammatikalisch nicht mal richtig Sinn ergaben. Manchmal wünschte ich mir, nicht mal die Einführung in das Lippenleseseminar angeschaut zu haben, weil man dann wenigstens begründet und ohne jede Neugier wegschauen konnte, wenn sich wieder mal aus einem entgegenkommenden Mund ein schweinisches Epigramm zu formen begann.

Mein unheimlichstes Erlebnis war aber nicht die Schwindelohnmacht beim Allnighter, für die ich mich sofort hasste, weil Anna und ich uns vorher gegenseitig hoch und heilig geschworen hatten, diesen Derwisch-Irrsinn einfach nicht mehr mitzumachen. Gut, alles stand ja angeblich unter dem guten Vorzeichen des GROSSEN ZYKLISCHEN OKAYS, aber davon wurde ich meinen Drehwurm auch nicht wieder los.

Nein, der verstörendste Moment der gesamten drei Tage war die verhuschte Begegnung mit einem Gesicht, das mir beklemmend bekannt vorkam, ohne dass ich sagen konnte, woher. Aber das Ganze war am Morgen nach dem Allnighter, als ich gerade erst wieder stehen konnte, ohne zur Seite wegzukippen wegen dem *Torkelino* nach meinem Kollaps. Jedenfalls stand ich im aufkommenden Nebel in der Schlange für die Frühstücksbar, die hier, klar, FROHKOST genannt wurde. Und weil man sich erst mal für all die verschiedenen Bons anstellen musste, um sie an der entsprechenden Theke für kalte oder warme Speisen und Getränke im Zelt nebenan einzulösen, war am Rande der Schlange ein ständiges Kommen und Gehen. Ich war gerade dabei, zu überlegen, ob ich den ziemlich flauen Tag nun mit Blaubeerporridge oder Grünkohltempura beginnen sollte, als von ein paar Leuten weiter vorn ein fast bösartiges Zischeln zu hören war. Offensichtlich handelte es sich um einen der neuesten Trends, seine Unzufriedenheit mit bei geöffneten Lippen im Mund hin- und herbewegter Spucke zum Ausdruck zu bringen. Meistens wurde das so entstandene Geräusch ziemlich zeitnah vom WEISSEN LÄRM übertönt, aber wer es geschickt machte und immer wieder unterbrach, sodass ein bestimmter Zeitraum nicht überschritten wurde, konnte seinen unflätigen feuchten Sprachausdruck relativ ungestört in die Länge ziehen. Es waren deswegen schon Gerüchte aufgekommen, die aktuellen Schwierigkeiten lägen nicht nur in der abnehmenden Akzeptanz in der Bevölkerung begründet, sondern auch an der Materialermüdung bei den Interventionen. Die hatten sich, was ihren Ruf anbetraf, kaum von den Gerüchten erholt, es handele sich beim WEISSEN LÄRM um nichts weiter als eine wild gewordene, vergessene AIKI-Einheit. Das war wegen des schlechten Ansehens aller Phänomene, die auch nur entfernt etwas mit künstlicher Intelligenz zu tun hatten, für eine so wirkmächtige Instanz des öffentlichen Lebens absolut fatal. Sei es der überbordende Nonsens, der durch KI verbreitet wurde, oder die gravierenden Fehler, die trotz der irrsinnigen Datenmengen, die ihrer Software am Ende zur Verfügung standen, immer noch passierten.

Es bestand also Anlass zur Behauptung, das gesamte Gewicht der Welt laste am Schluss auf ihren Algorithmen, aber folgenlos für das Ergebnis ihrer Kreationen. Deswegen wurden neuerdings, in Abwandlung des vertrauten Schimpf- und Koseworts ALKI, diejenigen, die wie Suchtknochen an den Produkten oder ihren einst hoch gehandelten Start-up-Arbeitsplätzen aus der guten alten IT-Zeit hingen, nur noch schlicht und einfach AIKI genannt. Vielleicht war so ein AIKI auch der Auslöser für den Mundspucke-Kampf vor mir in der Reihe, jedenfalls endete der wortlose Tumult mit einem umso wortreicheren Satz, der auch in MENSCH ÄRGERE DICH NICHT als perfektes Schlusswort hätte fallen können: »Auch wenn ich lediglich meinen Machakefir mit laktosefreier Hafermilch Fairtrade zertifiziert haben wollte, so bin ich es doch von meinem menschlichen Nutzen her nicht wert, von Ihnen einen Bon für die FROHKOST-Theke auch nur angeboten zu bekommen.«

Im selben Moment murmelte eine groß gewachsene Frau direkt hinter mir zum wiederholten Mal eine völlig mysteriöse Kombination aus Zahlen. Als ich mich aus Neugier zu ihr umdrehte, erschrak sie aber gar nicht, lächelte mich nur selbstbewusst an und wiederholte die Zahlen noch mal, als müsse sie sich die Abfolge unbedingt merken, weil von ihrer Erinnerung viel für sie abhing und sie sich auf keinen Fall einen Zahlendreher erlauben könne. Es klang in der Monotonie betont wie ein Mantra: Neunundvierzig achtzig. Fünfundvierzig sieben. Als ich sie mir etwas genauer ansah, fiel mir auf, dass sie nicht nur eine sehr natürliche Schönheit ausstrahlte, sondern dazu eine außerweltliche Aura umgab, fast ein Heiligenschein.

Als ich mich wieder herumdrehte, ging gerade der junge Mann an mir vorbei, der kurz zuvor diese dubiose Auseinandersetzung mit der Frau an der Bonausgabe gehabt hatte. Und obwohl er mir nur für den Bruchteil einer Sekunde direkt in die Augen sah, traf mich sein Blick so tief in meiner Seele, dass ich fast aufgeschrien hätte. Er war einerseits so vertraut, als würden wir uns schon ein ganzes Leben lang so anstarren. Aus der unzertrennlichen Nähe, die das bedeutete, könnte man durchaus das Versprechen ableiten, für immer einander zugetan zu bleiben, komme, was da wolle. Andererseits blitzte inmitten dieses fast schon übermenschlichen Vertrauens eine unfassbar teilnahmslose Gleichgültigkeit auf, die mit absoluter Kälte all das, was ich eben noch gesehen und empfunden hatte, wieder in Luft auflöste und einen bitter schalen Nachgeschmack hinterließ. Bevor ich dazu kam, in seinem fremden Gesicht nach Hinweisen auf die Herkunft meiner vertrauten Gefühle zu suchen und ihn genauer zu mustern, hatte er sich wieder von mir abgewandt, ruckartig, als hätte auch er ein Gespenst gesehen. Er verschwand, den Kragen seines nachtblauen Peacoats hochschlagend, im Nebel, der immer dichter um uns aufzog.

Die innere Leere, die sich unmittelbar nach der Begegnung mit dem vertrauten Fremden in mir ausbreitete, hatte nichts mehr mit meinem elenden Katerzustand nach dem Allnighter zu tun.

Es war das Unheimliche schlechthin, das mein gesamtes Wesen erfasst hatte, und ein trostloses Staunen über das Rätsel der Existenz an sich blieb zurück, das ich seither nicht mehr loswerde.

Auch das charmante Kompliment von Lambert und Ezra über meine Kleidung, sosehr ich mich darüber freue, kann darüber nicht hinwegtäuschen.

»Wie schön, dass ihr das so seht. Aber das reicht vielleicht nicht ganz, wenn wir als Band eine Art *total look* haben wollen, um, wie hat es dieser *Kreativscout* gesagt, das *visuelle Verlangen* des Publikums zu befriedigen. Also ist das echt eine semi-offizielle Veranstaltung, zu der ihr da eingeladen wurdet? Oder muss ich doch noch etwas wissen, was ihr mir bis jetzt vorenthalten habt?«

Lambert wirft Ezra einen besonders fragenden Blick zu.

»Ezra, willst du?«

Er rutscht etwas verlegen auf dem Küchenstuhl herum, steht dann direkt auf und beginnt, das Geschirr unseres kleinen *Snacks* in die Geschirrspülmaschine zu räumen, während er sich gedehnt räuspert.

»Nicht wirklich. Aber keinesfalls, weil es viel mehr zu sagen gibt, sondern eher, weil das Gegenteil der Fall ist. Wir wüssten auch gern mehr. Aber unsere Nachforschungen sind nicht so ergiebig gewesen. Wir kennen ein paar Leute im Ministerium, aber allesamt untere Ränge, die weder etwas sagen oder schreiben noch etwas bejahen oder verneinen. Alles, was wir von denen bekommen, ist das berühmte *Teeth-sucking*, also diese eingeatmete Luft durch die Schneidezähne, die eigentlich nur Zeichen genereller, aber wenig zielgerichteter Skepsis ist. Aber selbst das ist ein Novum, das Lambert und ich als völlig unzuverlässige Bestätigung unserer zentralen Frage an die verdeckten Freunde deuten. Wäre es möglich, dass es diesen Bewerb als Teil einer Aktion namens *Zukunftsmusik* gibt? Ich meine, wir denken jetzt schon so lange an PUNK herum, dass es einfach zu dumm wäre, nicht wenigstens so zu tun, als gäbe es eine Chance. Von der aber keiner weiß, wo sie hinführt, selbst wenn sie wahr wäre, also trotzdem, Prinzip Dennoch oder Prinzip Hoffnung, ganz egal, wie man es nennt, wir sind, wie es heißt, zu allen Schandtaten bereit. Oder wir sind eben sogar besonders *ready to go*, weil es möglicherweise ganz ins Nichts oder in den Abgrund führt, das Schlimmstdenkbarste, Gefängnis, Tod, was weiß ich, *play to win*. Und vor allem keine Frage, weil du jetzt noch dabei bist, was alles sofort richtig macht und das gute Zeichen schlechthin ist. Und dass wir noch dazu parallel auf GLEICHMUT waren, wo wir von der Sache gehört haben. Undundund. Was wollte ich sagen? Was musst du wissen? Es gibt nicht nur einen Auftritt, einen Song, einen Plattenvertrag, sondern außerdem HUNDERTTAUSEND EURONEN!«

12

Mirage

PUNK ist, zur richtigen Zeit am richtigen Ort zu sein.

Lambert geht also nach Ezras Plädoyer einfach raus in den Flur, und kommt in meinem Parka in die Küche zurück, der ihm ausgezeichnet steht. Dann baut er sich vor uns auf, nimmt die Target-Scheibe von der Wand und beginnt, darauf wild Luftgitarre zu spielen, dazu springt er auf und ab, was zwar nicht hundertprozentig nach Original POGO aussieht, aber wegen seiner offenbar angeborenen Eleganz, mit der er sich auf dem Küchenparkett austobt, mindestens wie die charmante Baz-Luhrmann-Interpretation eines Dead-Kennedys-Konzertes.

Er skandiert atemlos in abgehackten Silben »I-LIKE-TO-SHOOT-AND-SHOW-BUT-PEO-PLE-WANT-CUTS!«.

Und ich bin hin und weg, einfach zu schön.

Ezra schaut mich mit befremdet-begeistertem Blick von der Seite an.

»Du scheinst in meinem *großen* Bruder eine Seite zum Vorschein zu bringen, die selbst mir bis jetzt unbekannt geblieben ist, oder soll ich besser sagen eine SAITE zum Klingen gebracht zu haben. Hahaha!«

Lambert landet nach seinem letzten Sprung gebückt mit einem gegrätschten Schritt, hält die Scheibe in die Luft, als wolle er sie zertrümmern, und bleibt wie eingefroren stehen.

Ezra beginnt wieder mit seinem Klatschen.

»Lambert, Respekt. Ist das nicht das Cover von *London Calling?* Ich wusste gar nichts von deinen ENTERTAINMENT-Qualitäten. In dir schlummern ja völlig unerkannte Talente. Wir können uns, wenn es mit PUNK nicht klappt, zur Not immer noch in THE PARKAS umbenennen.«

Seit ich wieder oben in der Wohnung bin, habe ich noch kein einziges Mal auf die Uhr gesehen. Es kommt mir vor, als habe Lambert mit seinem magischen Mechanismus nicht nur akustisch eine temporär autonome Zone geschaffen, sondern ganz nebenbei auch den Zeithaushalt aller Individuen, die sich in ihr aufhalten, von der Außenwelt abgeschnitten beziehungsweise von ihr unabhängig gemacht.

Meine alte TIMEX *Field Trip* ist ein Pfadfinder-Sondermodell, das mir Tim nach seinem finalen Camp-Waverly-Trip als *Rover* geschenkt hat, bevor er unvermittelt Schluss machte aus Gründen, die ich leider oder zum Glück bis heute nicht verstehe. Die Begriffe *Abstand, Auslandsaufenthalt* und *Perspektivlosigkeit* spielten darin nur vordergründig eine wichtige Rolle. Ich vermutete gleich ein anderes Mädchen, es war das Jahr vor dem Abitur, Kirsten und ich befanden uns in der schwierigsten Phase als Schwestern, und ich beförderte sie unsanft in den Kreis der Hauptverdächtigen. Meine hartnäckigen Ermittlungen führten aber ins Nichts, Tim war tatsächlich, ohne sich zu verabschieden, für ein Gastjahr nach Amerika verschwunden, wie mir Nicole achselzuckend erklärte. Und ich war in gewisser Hinsicht sogar erleichtert, dass damit wenigstens mein Verhältnis zu Schwesterschatz wieder *overground* war, und verbuchte Tim als erste große Enttäuschung meines Lebens.

Arthur und meine unerschütterliche Liebe zu ihm war

vor derart trostlosen Niederungen der Existenz zum Glück gefeit. Die TIM-EX, wie ich meine Uhr von da an bezeichnete, war ein Musterstück an gelungenem Design. Mit ihrem sandfarbenen Stoffarmband und dem dunkleren Titangehäuse sah sie auf den ersten Blick fast aus wie ein Kompass, der mit seiner Nadel neben den Zeigern über dem Zifferblatt in moosgrün-metallic dafür sorgte, dass ich mich überall *einnorden* konnte. Die anderen kleinen Gimmicks, die man neben ablesbaren Zeit- und Klimazonen aus dem schicken Chronografen ausklappen konnte, hatten fast schon das Format eines Schweizermessers. Es gab Zahnstocher, Dosen- wie Flaschenöffner, Pinzette und Lupe, die zwar alle erst in einem brillant ausgedachten Mechanismus aus der Uhr herausgefaltet und neu zusammengesteckt werden mussten, um sie zu benutzen, aber der Vorführeffekt war trotzdem jedes Mal ein einziges UH und AH. Wann immer ich die Uhr jemandem erklärte, der sie noch nie gesehen hatte, kam ich mir vor wie Q, der James Bond stolz sein allerneuestes Gadget zeigt.

Die Uhrzeit auf dem zusätzlich wie ein Nachtsichtgerät anklickbaren LED-Hologramm zeigt nach wie vor 17:00 Uhr. Die Küchenuhr am Herd hingegen 21:21. Das Zeitfenster, das uns noch bleibt, um das Projekt PUNK erfolgreich auf die Bühne zu bringen, wird immer kleiner.

»Was ist denn mit Stück und Auftritt eigentlich gemeint? Ist das wie bei einem Vorspielwettbewerb, bei dem erst alle Kandidaten auftreten und dann *backstage* warten müssen, bis alle dran waren und die Jury ihre Entscheidung fällt? Wissen wir, wer da drin sitzt?«

Lambert zieht den Parka aus und hängt ihn mir respektvoll und fürsorglich zugleich über die Schultern, ohne zu wissen, was für ein vertracktes *Reenactment* er da gerade veranstaltet.

»Wie hat Rafael noch gesagt, mein einziger Studienfreund von Belang, der sich gleich in der Einführungsvorlesung als allen anderen voraus positioniert hat, indem er die entscheidende Frage zum kirchhoffschen Satz gestellt hat: Ob dieser sich nicht auch gerade an der Veranstaltung selbst beweisen ließe, als Lehrermüdungsmodell, bei dem die innere Energie (der Studenten) durch den Mangel an äußerer Arbeit (des Dozenten) zwangsläufig schwinden würde?

Dieser frühe Rebell jedenfalls, den ich leider aus den Augen verloren habe, seit ich kaum noch an der Uni bin, hat immer, wenn wir in einer schlecht beleuchteten Bar zusammensaßen und irgendwelchen Unsinn ausbaldowert haben und ich auf die Uhr wies, weil es schon wieder viel zu spät geworden war, gesagt – ›Lambert, hör genau hin: Zeit IST. Und hat keinerlei Bedeutung darüber hinaus.‹ Ich vermisse ihn wirklich. Auch ein perfekter Kandidat für PUNK.«

Ezra nimmt die Target-Scheibe vom Tisch und hängt sie wieder an die Wand, aber nicht einfach so. Er rückt sie so lange hin und her, bis ihr Scheitelpunkt exakt über dem Nagel liegt. Dann besieht er sie sich noch einmal betont kritisch mit dem Kinn zwischen den Fingern, als stelle er einen angestrengt reflektierenden Museumsbesucher vor einem komplexen Kunstwerk dar, und dreht sich wieder zu uns hin.

»Wie sagt die Philosophie: Wir wissen, dass wir nichts wissen. Schon die Umstände, wie wir von der Sache erfahren haben, sind mehr als fragwürdig. Es fühlte sich an wie ein Untergrund-Casting, und das war es ja irgendwie auch. Total illegal und fadenscheinig. Von wegen die Besten. Das war doch nur Eigenlob, weil sie es sind, die auswählen, wen sie für ihre Propaganda anzuheuern haben, damit es so ein typisches Elite-Ding vom MfU wird. Aber ich finde trotzdem, wir sollten das Spiel mitspielen. Wie Lambert gesagt hat, wir haben ja nichts zu verlieren. Wir schlagen sie mit ihren eigenen Waffen, indem wir all das machen, was auf keinen Fall von uns erwartet wird. Sie dürfen nie wissen, was als Nächstes kommt. Wo fangen wir an? Wir brauchen auf jeden Fall einen Look und ein gutes Foto für das viel zitierte Narrativ. Am besten ein Foto wie ein Ausrufezeichen. Hast du eine Idee, Karen?«

Meine Ideen für so ein Projekt erfordern in der Regel eine Monster-Organisation. Aber ich will sie wenigstens nicht unerwähnt lassen.

»Wie hat ein Schaffner es neulich in einem maßlos verspäteten Zug gesagt? ›Ich habe leider keine interessanten Anschlusszüge anzubieten.‹ Das, finde ich, sollte unser Credo sein. Einfach so tun, als ob man etwas Wichtiges sagt oder dabei ist, es zu sagen, und dann so einen herrlichen Unsinn produzieren. Es geht also um die Idee *interessanter Anschlusszug*. Überhaupt kann man das Wort *interessant* gar nicht oft genug sagen. Wobei man es am besten total blasiert ausspricht, mit diesem irre gelangweilten Unterton.

Ein Freund von mir ist früher immer wie Lambert mit so einem Diktiergerät durch die Gegend gelaufen, vor allem auf Partys musste er es unbedingt dabeihaben, und ließ das Band fast nonstop mitlaufen. TAPE AND SHOW gewissermaßen, wobei er es, wenn ich mich richtig erinnere, nie jemandem vorgespielt hat, nur sich selbst vielleicht spätnachts, wenn er wieder allein zu Hause war. Der Trick bestand darin, das Diktiergerät ähnlich wie es die Polaroid-Kamera mal eine Weile war, selbst zum zentralen Element der Party zu machen. Und so weitaus mehr wurde als der übliche ironische Dokumentierungswahn, mit gezückter Augenbraue kommentiert. Jeder wartete nur noch darauf, endlich an der Reihe zu sein, etwas in das Mikrofon sprechen zu dürfen. Was auch wieder nach hinten losgehen konnte, weil so die einstmals neutral protokollierte Suada der Party-DNA zum kuratierten Nachteulengespräch mit Auflaberfaktor EGO100 werden konnte. Henrik, so hieß der Freund, leitete zum Beispiel mit irgendwelchen absurden Fragen Kurzgespräche ein. ›Und, wie geht's dir jetzt‹, fragte er als Highlight zum Beispiel den völlig verstrahlten Garderobenboy in der AMORBAR, der dann pflichtschuldig und zur Seite wegrutschend ins Gerät nuschelte: ›Ja, blöde.‹ Deswegen war es am besten, wenn über dem allgemeinen Gesprächspegel nur hin und wieder seine eigenen brillanten *Notes to self* zu hören waren. Mein Favorit: DER SEKT FLIESST IN STRÖMEN, ES IST GANZ INTERESSANT. So etwas schwebt mir auch für PUNK vor.«

Lamberts Gesicht hellt sich auf.

»Ah, ich verstehe. Ein frisches Glas Pol Roger gefällig? Ich bin mir sicher, das bringt uns auf die richtigen Ideen. Ich gebe zu, dass die authentischere Diät für unseren guten Zweck Kuchen und Bier wäre, aber das schaffe ich leider in diesem Leben nicht mehr. Mir geht es um das Anarchistische, die Haltung und keineswegs um die ästhetische Umsetzung von *Suburbia*. Obwohl es da ja diese geniale Hymne von den *Members* gibt: ›The Sound of the Suburbs‹, was auch schon fast ART PUNK war. Die sahen auch gar nicht aus wie Punks, sondern trugen Föhnfrisur und Batik-Anzüge. Also wirklich supergut. Cheers!«

Jetzt ist es mir im Prinzip auch schon egal, was aus diesem Abend noch groß produktiv wird und ich nehme mir wie von Lambert empfohlen gleich zwei Schalen. Stürze die erste nach dem Anstoßen herunter, als wäre es Wodka, und wechsele bei der zweiten in den Genussmodus.

»Okay, Jungs. Hier ist meine Idee.«

Noch während ich es sage, weiß ich, dass das jetzt so ein Wickie-Moment ist, wenn er sich kurz an der Nase reibt und die dringend benötigte Geistessternschnuppe vom Himmel fällt.

»Wenn wir jetzt tonnenweise Zeit hätten, würde ich ohne Zweifel *from scratch* anfangen und mir Skizzen zu unseren *Outfits* machen. Damit wir alle so eine Art Uniform haben können wie DEVO oder KRAFTWERK. Die silbernen Glitzeranzüge zu den leuchtroten Lego-Blumentöpfen, mit denen Devo auf *Freedom of Choice* den Besitzer ihres Albums anstarren, wären meine erste und wichtigste Referenz. Maximaler Wahnsinn in der Anmutung. Minimaler Aufwand. Wir könnten zu diesem Zweck Mode-Evergreens wie Anorak oder Dufflecoat nehmen und daraus einen *new look* basteln. Mit Chelsea Boots, Clarks Wallabees, Tassle Loafers, T-Shirts als Farbakzent darunter. Deko mit Badges zum Finish. Boyscout Undergroud reloaded sozusagen. Vielleicht auch irgendwelche Helme. Es gab für die *Haçienda*, meinen epischen Lieblings-Club in Manchester, mal ein super Logo in Knallgelb mit schwarzen Streifen und einem Mann, der sich die Ohren zuhält, ›Use hearing protection‹ stand groß und breit darunter. Sein Cartoon-Gesicht war lustig verwackelt, als nütze nichts mehr gegen Soundgewitter und wackelnde Wände. Hahaha. So ein Bauarbeitermodell wie auf diesem Plakat wäre auch ganz praktisch, wenn wir vor Publikum spielen und die ersten Flaschen fliegen. Aber das bekommen wir alles bis morgen nicht mehr hin. Lasst uns das doch trotzdem als unsere persönliche *Zukunftsmusik* im Kopf behalten, falls wir eine Chance über den *Bewerb* hinaus bekommen sollten. Vorschlag zur Güte: Wir bleiben einfach gerade mal so, wie wir jetzt sind, und konzentrieren uns auf das geforderte Foto, solange wir noch halbwegs präsentabel ausschauen. Und ja, ich weiß, das kann total nach hinten losgehen, wenn wir schon nur in Alltagssachen zu sehen sind, brauchen wir einfach ein gigantisches PUNK-Motiv. Ich habe schon eine Idee. Aber die verlangt etwas Mut, Spontaneität und einen Wäschetrockner. Wie ich sehe, habt ihr zum Glück einen hier in der Küche stehen. Und ich hoffe, euer Bad ist ordentlich verfliest. GRINS.«

Lambert geht betont langsam zu dem Trockner über der Waschmaschine in der Ecke und öffnet mit einem orangefarbenen Druckknopf die Tür, um mit der Hand ins Innere zu deuten: »At her *Satanic Majesties Request*: Let's see what happens!«

Zum Glück hatte ich mir sofort am ersten GLEICHMUT-Tag auf dem ANMF (Alte Neue Medien Flohmarkt) vom *Ministerium für Unterhaltung* eine Retro-Mini-Polaroid gezogen, die eigentlich noch in der Seitentasche des Parkas stecken muss, weil ich sie außerhalb des Festivals nicht wieder benutzt habe. Genau gesagt gab es bis jetzt auch nur ein einziges Bild, das ich aber selbst nicht gemacht haben konnte, weil es mich zeigt, nachdem ich mit Monsterdrehwurm bewusstlos auf den künstlichen Waldboden des Zeltes gesunken war. Ich hatte die Aufnahme überhaupt erst entdeckt, als wir wieder im *Safe Space* und längst zu Hause waren.

Mein Gesichtsausdruck auf diesem Bild ist völlig *strange*, und ich hatte mir immer vorzustellen versucht, was jemand, der mich nicht kennt, von mir denken würde, wenn das sein erster Eindruck wäre. Ich kannte mich ja schon, deswegen fand ich es einfach nur unheimlich, aber auch seltsam attraktiv, was ich sonst nie finde, wenn ich ein Foto betrachte, auf dem ich zu sehen bin. Weil meine Augen im Moment der Aufnahme nicht ganz geschlossen sind, sieht man sie nur wie einen schmalen Schlitz, als würde ich nach langem Schlaf endlich wieder erwachen und nicht gerade erst ohnmächtig werden. Ich bin sehr blass, das kann aber auch der Blitz oder die Restschminke sein. Der Kajalstift ist verlaufen, am Mascara hängt wie auf einem surrealistischen Porträt eine kleine

Träne, und mein dunkler Lippenstift, oder besser das, was von ihm übrig ist, wirkt knalliger, als ich ihn je im Spiegel gesehen habe.

Ich trage zum Ausgehen immer Rouge Allure Velvet 72 von Chanel, nicht nur, weil das Rot so voll ist, sondern auch wegen des Namens MYSTERIEUSE. Meine Haare wirken vor dem Hintergrund des dunklen Kunstnadelbodens noch blonder als sonst und sind eingedreht, als läge ich in einem Waldnest. Meine weiße Bluse hat einen Make-up-Rand, aber weil es die einzige mit altmodischem Rüschenkragen ist, wirkt die Aufnahme wie ein Porträt des Hochmittelalters, das von einem Bildprogramm in eine moderne Fotografie verwandelt wurde. Als ich es Anna zeigte und ihr sagte, wie super ich ihre Aufnahme fand, schaute sie mich völlig entgeistert an und meinte, dass sie sich beim besten Willen nicht daran erinnern könne, das Bild gemacht zu haben. Sie wisse generell nicht, wie man eine so antiquierte Sofortbildkamera bedient. Sie müsse schon ziemlich drüber gewesen sein, wenn sie es tatsächlich gewesen sein sollte, versicherte sie mit einem vielsagenden Grinsen. Aber selbst das wäre angesichts dessen, was wir uns in dieser Nacht so gegeben hätten, kein echtes Wunder.

Nun war ja generell alles, was es auf dem Festival so gab, alkoholfrei. Aber in dem Machakefir-Punsch, den sie mit kompottierten weißen Johannisbeeren, veganem Schaumwein 0,0% und frisch gepflückten stechfreien Brennnesselblättern angesetzt hatten, muss es zu irgendeiner fatalen chemischen Reaktion gekommen sein, ob bewusst herbeigeführt, wissentlich geduldet oder einfach nur aus Blauäugigkeit nicht berücksichtigt. Weil ich früher in Chemie gut aufgepasst hatte, vermutete ich, dass es etwas mit der Kohlensäure des *Bubbly* und der parallel im Kefir angelegten Fermentierung zu tun gehabt haben könnte. Jedenfalls war der

Torkelino, den ich am Tag danach noch lange mit mir herumtrug, nicht nur meinem talentierten Kreisen zu verdanken, so viel war sicher.

Die Tatsache, dass Anna sich an absolut nichts erinnern konnte, machte für mich aus dem an sich schönen Bild das fragwürdige Dokument einer total entgleisten Nacht. Wer auch immer es aufgenommen hatte, musste nicht nur gewusst haben, dass die Kamera im Parka war, sondern auch, wo ich den, bevor ich zum Kreisen ging, verstaut beziehungsweise versteckt hatte.

So oder so ist die Mini-Polaroid ein absoluter Gewinn, die Bilder, die sie macht, sind zwar nicht ganz so schick verblitzt wie beim Original, aber dafür wirken sie präziser, was für PUNK fast noch besser ist. Auch der integrierte Zehn-Sekunden-Timer kann uns sicher helfen.

Ich klopfe die Taschen ab und bin absolut erleichtert, als ich innen die vertraute Box erfühle.

»Schaut mal, was ich hier habe. Das könnte schon die halbe Miete für den *Coolness-Faktor* unseres Fotos sein. Tadah! Meine brandneue alte Mini-Polaroid vom GLEICHMUT-Flohmarkt. Das Einzige, was ich nicht dabeihabe, ist ein Stativ. Aber da werden wir uns schon zu helfen wissen.«

Das schweigende Grinsen, was sich über die Gesichter der beiden auszubreiten beginnt, als sie das seltene Objekt in meiner Hand erblicken, ist so hinreißend, dass man es ganz genau so und ungeschnitten als Werbespot für alle schönen Dinge dieser Welt verwenden könnte.

»Darf ich mal, ich habe noch nie ein Exemplar dieser legendären Kamera leibhaftig vor mir gesehen. Und die Filme funktionieren noch?«

Ezra dreht und wendet das handliche Gerät hin und her wie eines seiner Instrumente aus der Glasvitrine.

»Ja, ich habe sie natürlich gleich vor Ort ausprobiert, deswegen ist der Film auch nicht mehr ganz voll, aber wir können uns ein paar Nieten erlauben. Wenn die analoge Anzeige stimmt, haben wir noch sieben Aufnahmen zur Verfügung. Und das Format, in dem sie herauskommen, könnte man 1:1 als Cover für eine dieser Retro-Minidiscs verwenden, wenn es die doch nur noch geben würde.«

Mit meinem neuesten Gadget kann ich sogar die Unbeeindruckbaren verblüffen. Ich frage mich, warum die Brüder so einen schlechten Ruf haben und ob das an ihrem Verhalten anderen gegenüber liegt, von dem ich nur keinen blassen Schimmer haben kann, weil sie sich in meiner Gegenwart eben zusammenreißen.

Aber für den Moment sind meine Zweifel ziemlich zerstreut. Ich finde Ezra und Lambert interessant, unterhaltsam, und sie sehen sogar besser aus als alles, was ich aus den Beschreibungen von Annas *Besties* herausgehört habe. Ob es am POL ROGER liegt oder an meiner Euphorie, endlich meine geliebte Musik wenigstens einen Moment lang zurückzuhaben, weiß ich nicht. Aber ich bin mir sicher, dass ich mit jeder noch so aberwitzig verwegenen Idee zu PUNK bei Ezra und Lambert sozusagen punkte.

»Also, hier ist mein Plan. Bitte lacht nicht, bevor ihr ihn zu Ende gehört habt. Erste Bedingung beziehungsweise Frage: Habt ihr eine Badewanne, und wenn ja, darf ich die mal sehen?«

Lambert springt auf und bedeutet mir, ihm zu folgen.

»Es soll ja angeblich, wie ich neulich voller Erstaunen gehört habe, Menschen geben, die noch nie eine Wanne von innen gesehen haben. Für mich ist das schier unvorstellbar. Wasser, das von oben kommt und mit oder ohne die geliebte Seife am Körper herabfließt, mag ja vielleicht eine meditative Wirkung haben. Aber ganz im Ernst: Nichts gleicht der kultivierten Tiefenreinigung eines perfekt temperiert eingelassenen Bades. Immer gern einen Tick zu heiß, weil es ja ohnehin viel schneller erkaltet, als man denkt. Und solange es noch heiß ist und einem der Schweiß auf die Stirn tritt von wegen Luftfeuchtigkeit und Hitzewallungen des Körpers im umspielenden Wasser, konnte ich auch noch nie etwas von der Hutzelhaut respektive Schrumpelfingern bemerken, die beide gern gegen das Bad ins Feld geführt werden. Ich nenne sie ja Schrumpelfingerabdrücke, weil es so aussieht, als wäre man von einem besonders fiesen Grenzer zum Tagesopfer ernannt worden, der einem die Finger so lange böswillig auf das Stempelkissen drückt, bis sie sich überdeutlich kräuseln und zu verformen beginnen. Das passiert mir beim Reisen leider sehr oft. Aber damit nicht genug. Ein Wannenbad ist zusätzlich kosmetikfreie gratis Feuchtigkeitspflege für die Haut und außerdem der einzige Ort, an dem ich überhaupt ungestört denken und lesen kann.«

Das Bad liegt direkt gegenüber von meinem zukünftigen Zimmer, ist ausgesprochen geräumig, genauso ordentlich wie die Küche und hat, wie die Doppeltür am Fensterende andeutet, ebenfalls einen Balkon. Weil es ganz in Weiß gehalten ist, fällt die Badewanne an der Wand gar nicht gleich auf.

»Das ist ja der perfekte Hintergrund hier. Ein Greenscreen in weiß sozusagen, den wir aber gar nicht brauchen, weil es schon der bestmögliche *background* ist. Ich sehe das fertige Bild schon vor mir. Wie herrlich die Farben dann leuchten werden!«

Ezra ist inzwischen nachgekommen, mit drei frisch gefüllten Gläsern in der Hand.

»Ich weiß ja nicht, was du genau mit uns hier vorhast, aber ich dachte, etwas erfrischende Verstärkung kann vielleicht nicht ganz verkehrt sein. Cheers!«

Woher, frage ich mich erstaunlicherweise erst jetzt, haben die Brüder eigentlich diesen massiven Vorrat an Alkohol?

Ich hatte von Nicole gehört, dass es am Osthafen ein paar Läden gab, die hin und wieder unter dem Tresen zu utopischen Preisen einige Flaschen aus einem Scheunenfund hier und da verhökerten, aber das waren alles Ausnahmen und Einzelstücke, nie mehrere Flaschen derselben Sorte. Als ich Nicole fragte, woher sie die Info habe und ob das über ihre Mutter beim Ministerium für Unterhaltung laufen würde, fuhr sie mir gleich extra unsanft über den Mund. »Erwähne sie bitte *nie wieder*. Was meinst du, was ich mir in meiner Gang, die *leider* auch Bescheid weiß, immer anhören muss von wegen Alma Immer M. A. *Mutti Achtung*. Und außerdem spricht sie zu Hause generell nie mit uns über ihre Arbeit, deswegen kannst du dir auch alle weiteren Fragen dazu in Zukunft sparen, Schatzi!«

Es war das erste Mal, dass ich sie überhaupt auf ihre Familie angesprochen hatte. Nachdem Tim damals in die Staaten verschwunden war, hatte sie bereits genervt jede Auskunft verweigert. »Ich werde doch nicht jetzt anfangen, Brief-Turteltäubchen für eure *lovey dovey* Long-Distance-Beziehungskiste zu spielen, erspart mir den Liebeskummerkastenkitsch und macht das bitte unter euch aus. Hier ist seine P. O.-Box-Adresse,versuche es halt damit.«

Als wir noch zusammen waren, hatte Tim mir sein Leid geklagt, dass seine Mutter nie für ihn und Nicole Zeit habe, weil sie immer für ihren superwichtigen Job in einer Firma unterwegs sei. Als ich ihn fragte, warum am Briefkasten seines Hauses nur die zwei Buchstaben A. I. standen, fing er an zu lachen und sagte, das sei ein Witz und würde *Artificial Intelligence* bedeuten. Die Postboten wüssten, was das hieße, und würden daher keine Werbung einwerfen. Das wäre wie früher die Warnung vor dem Hund, nur dass heute die künstliche Intelligenz darüber wachen würde, dass die Aufforderung *Keine Anzeigen* auch eingehalten wird.

Tim war total genervt, als ich in einem unbeobachteten Moment einmal sein Portemonnaie an mich genommen und auf seinem Personalausweis seinen Nachnamen herausgefunden und ihn darauf angesprochen hatte.

»Ja, es stimmt. *Die* Immer ist meine Mutter, und ja, ich weiß auch nicht, warum sie mir diesen zweiten Vornamen dazugeben musste, Tim Otto Immer, meine Initialen TOI, toi, toi. Das bringt Glück. Ich meine, geht's noch? Und ja, es ist eine Vorsichtsmaßnahme, um uns zu schützen. Und nein, ich darf überhaupt nichts über ihren Beruf erzählen, was aber auch gar nicht schwer ist, weil ich darüber nicht mehr weiß, als du im Fernsehen bei den Presseterminen erfährst. Und ja, es nervt mich brutal, dass das so ist und dass auch das, was du und ich haben, darüber kaputtgehen kann, weil das jetzt auch zwischen uns steht. Was meinst du, warum ich bei den Pfadfindern bin, etwa aus Spaß oder Leidenschaft? Nein, weil ich meine Zeit im Camp als lang ersehnten Urlaub in einem normalen Leben empfinde. So, und jetzt habe ich genug Quatsch geredet und bin ganz aufgeregt, und dagegen hilft nur eins: Knutschen.«

Direkt danach hatte er noch in mein Ohr genuschelt, ich solle alles wieder vergessen, was er da in Rage gesagt hätte, uns würde das nicht die Bohne tangieren, nichts und niemand würde uns auseinanderbringen. Und in dem Moment hatte er mir schon frech wie üblich seine Zunge ins Ohr gesteckt, und der Rest des Nachmittags gehörte ganz uns.

Es war vor allem Nicole, die voller Wut war, dass wir das Rätsel ihrer Identität ein Stück weit aufgelöst hatten, das sie die ganzen Jahre vor uns kultiviert hatte. Auf alle Fragen danach, woher das ganze Geld kam für ihr schickes Auto und die exklusiven Klamotten, alles Originale aus England, von diesem Indie-Laden Blue Moon in Berlin per Post zugeschickt, hatte sie immer nur gesagt: *Topsecret, geht euch nix an, und wenn ich es euch sage, seid ihr richtig in Lebensgefahr, wie ich. Deswegen: zipp!* Danach zog sie vor ihrem Mund mit dem Daumen einen imaginären Reißverschluss zu.

In ihren Augen war natürlich vor allem ich daran schuld, dass die Zeit mit den drei großen Fragezeichen hinter Nicoles Namen vorbei war. Von diesem Tag an hatte sie sich ein für alle Mal für Kirsten als ihre Freundin entschieden, und ich war außen vor.

Ich kann es mir trotz der schlechten Erfahrung mit Nicole nicht verkneifen, Lambert und Ezra die Alkoholfrage zu stellen.

»Total *cheesy*, ich weiß, aber wo habt ihr eigentlich den *Booze* aufgetrieben, und noch dazu in diesen rauen Mengen und alles von derselben Marke? Vom Osthafen ja wohl eher nicht, oder gibt es da jetzt neuerdings Mengenrabatt, hihi?«

Ezra hebt sein Glas: »Santé! Auf den Keller von Onkel Arnold. Von ihm haben wir dieses Haus geerbt und auch das gut sortierte Weingewölbe, das es beherbergt. Und das er, als sich das mit dem Alkohol abzuzeichnen begann, noch mal mit seinem Lieblingsschaumwein aufgefüllt hat, bevor er seinen letzten Seufzer getan hat. Er war sehr bescheiden nach außen hin und hat nie groß Aufhebens gemacht von seinen bisweilen etwas teuren Vorlieben. Sein Wahlspruch: Wir leben maßlos über die Verhältnisse, aber immer noch nicht standesgemäß. Danke, Monsieur Arnolde, dass du uns nicht nur das Haus, sondern auch diesen köstlichen Schatz aus der Champagne vermacht hast! Mit dem wir in der Regel übrigens sehr sorgsam umgehen. Dass der Kühlschrank damit voll ist, hat vor allem ästhetische Gründe.«

Lambert leert sein Glas und stellt es demonstrativ auf den Rand der Badewanne neben eine schwarze Duftkerze, die einzige Dekoration im ganzen Bad.

»Aber jetzt musst du uns unbedingt in deinen verwegenen Plan einweihen. Wie Ezra bereits gesagt hat: Wir sind zu allen Schandtaten bereit!«

Um der ganzen Szene etwas Drama zu verleihen, gehe ich mit einem stummen Lächeln auf den Lippen zur Armatur der Wanne, drehe betont langsam beide Hähne auf, drücke den Ablaufstopfen und deute wie bei einer Präsentation mit nach oben gewendeten Handflächen auf das sich langsam füllende Bad.

»Das Einzige, was jetzt noch zu unserem Motiv fehlt, ist ein gut schäumender Badezusatz. Darf ich um Assistenz bitten, die Herren? Nach dem Schaum kommen wir. Und tauchen erst unter und dann zur Polaroidkamera wieder auf. Natürlich nicht anzüglich, also ausgezogen. Sondern angezogen, und nicht ungezogen. Haha. Ich glaube, der Pol Roger hat sogar noch ein paar Umdrehungen mehr als dieser mörderische Punsch auf dem Allnighter. Habt ihr davon auch gekostet? Mich hat der komplett umgehauen! Dabei sollte er doch völlig alkoholfrei sein. Wo wir gerade dabei sind: Cheers, *by the way!* Und keine Angst, ich bin nicht betrunken, nur etwas angeschickert. Und meine alles ernst. Es ist nur so wahnsinnig aufregend, hier dabei zu sein, und ich bin völlig begeistert von unserem Plan!«

Mir ist schon klar, dass vor allem gut erzogene Jungs in der Regel sehr vorsichtig mit alkoholisierten Mädchen umgehen, aber ich will unseren gerade gefundenen *Flow* um keinen Preis der Welt aufs Spiel setzen. Also gehe ich ganz geschäftig zurück in die Küche, um die Kamera zu holen, ziehe meinen Parka an, hänge die Target-Scheibe ab, halte sie wie

Lambert vorhin als Gitarre an meine Hüfte, schaue mich in dieser Pose noch mal kurz in den Fensterscheiben der Balkontür an, um zu prüfen, ob das auch bei mir okay aussieht, sieht okay aus, atme noch mal richtig tief durch und laufe dann mit gewaltigem Herzklopfen zurück ins Badezimmer.

Die Wanne ist inzwischen vollgelaufen, gigantische Blasen türmen sich bis über den Rand, Ezra hat sich mit dem Badezusatz in der Hand auf den einzigen Stuhl im Raum gesetzt und betrachtet voller Stolz seine Schaumburg. Das Objekt, auf dem er sitzt, kann man eigentlich nur als Thron bezeichnen. Es ist einer von diesen verschnörkelt-französischen Rokokostühlen mit samtgepolsterten Armlehnen und prachtvoll geschnitzten Intarsien. Der gesamte Raum erinnert mich plötzlich an das helle Schlafzimmer am Ende von *2001: Odyssee im Weltraum* mit seinen weißen Leuchtkacheln am Boden und der kostbar spärlichen Möblierung.

Lambert zündet gerade mit einem langen Streichholz die drei Dochte der schwarzen Duftkerze an.

»Wenn es dich nicht stört? Diese Kerze brannte immer in meiner Lieblingsvideothek in Paris, als ich dort ein Gastsemester studierte und bei einem Freund im Siebten zur Untermiete wohnte. Der Duft, er heißt BAIES, verband sich untrennbar mit meinen verschwenderisch angelegten Exkursionen in die Filmgeschichte, die ich mir nach Vorlesungsschluss gönnte, wenn ich wieder mal nichts verstanden hatte. Die Wissenschaftssprache in Frankreich ist so derart hochgestochen kompliziert und komplex, dass ich danach einfach fliehen musste zu Alfred Hitchcock, François Truffaut, David Lynch und Wes Anderson. Ich überließ meine Wahl für den Film des Tages bald dem hinreißenden Mädchen, das dort an der Theke arbeitete. Sie trug zur Arbeit immer einen hellgrauen Rolli, ihr braunes Haar war behelfsmäßig zu einem chaotischen Pferdeschwanz gebändigt. Der Einfachheit halber nannte sie mich Monsieur Lambert und hielt mir, sobald sie mich zur Tür hereinkommen sah, mit aufgerissenen Augen lächelnd, stets ein neues Meisterwerk entgegen: Scorcese, Coppola, Herzog, Welles, Altman, Ray, Zemeckis, Eisenstein, Renoir, Bergman, Allen, Lang, Kubrick, Eastwood, Nolan undsoweiterundsofort. Und zu ihrer fulminant kuratierten Filmgeschichte strömte das bittersüße Kerzenparfum frisch gepflückter schwarzer Johannisbeeren mit einem Hauch von verwelkenden Rosenblättern wie olfaktorische Untertitel oder cineastischer Weihrauch durch den mit tiefroten Samtwänden ausgekleideten, dunkel leuchtenden Verkaufsraum der Cinemathek.«

Ezra sieht Lambert mit großen Augen von der Seite an.

»Schon wieder ein neues Talent, das mir bis jetzt an dir verborgen geblieben ist. Lambert, ich muss sagen, du überraschst mich heute in einem fort. Deine poetische Ader versteckst du anscheinend ebenso erfolgreich vor mir wie die Geschichte mit dem Mädchen, die höre ich auch zum ersten Mal. *Tststs.* Erklär mir doch einfach bitte noch mal, wegen welcher Filme du die Videothek frequentiert hast und was die Kerze damit zu tun hat.«

Weil ich spüre, dass in dem Kommentar von Ezra eine Art verletzter Unterton mitschwingt und sich ein unangenehmes Schweigen ausbreitet, beginne ich demonstrativ mit dem Aufbau meines Settings und suche nach einem guten Standort für die Kamera.

»Also, mein Vorbild ist ja das Cover des ersten Albums von *The Mamas & the Papas*, auf dem sie auch alle zusammen völlig angezogen in der Badewanne liegen, aber sozusagen auf dem Trockenen sitzen, weil sie ganz leer ist: IF YOU CAN BELIEVE YOUR EYES AND EAR. Den Titel könnten wir eigentlich auch für unseren Auftritt morgen klauen, oder? Das Bild hatten sie damals von schräg vorne ungefähr auf Hüfthöhe aufgenommen. Ich glaube, das Waschbecken reicht vom Blickwinkel, schaut mal durch.«

Die beiden stellen sich nacheinander mit zugekniffenen Augen hinter den Sucher und nicken mir zu.

»Okay, letzte Frage: Kann ich mir vielleicht was zum Anziehen von euch leihen für hinterher, einen Pajama oder so was, bis die Sachen wieder trocken sind?«

Ezra nimmt aus einem Wandschrank einen Stapel dicke weiße Handtücher und winkt mir mit ihnen zu.

»Ich hol gleich noch einen frischen Schlafanzug von mir, dürfte zwar etwas zu groß sein, aber das macht dir bestimmt nichts aus. Wir haben zwei Bademäntel hier hinter der Tür, davon kannst du einen haben. Auf geht's!«

Um die kurze Pause sinnvoll zu nutzen, checke ich noch mal die Position der Polaroid, aber alles scheint genau so zu sein, wie ich es auf dem Bild später sehen will.

»Wir müssen uns beeilen, damit die Schaumblasen nicht in sich zusammenfallen, bevor wir in der Wanne sind.«

Als Ezra mit seinem gestreiften Schlafanzug zurück ist, schaue ich auf die Uhr. »Zehn Sekunden können schnell vorbei sein, sie können sich aber auch ziemlich dehnen, wenn man mitzählt. Seid ihr bereit? Ich denke, bei DREI sollten wir alle in der Wanne sein, bei SECHS untertauchen und dann brav mitgezählt bei genau NEUN wieder auftauchen. Bei ZEHN müssten wir alle zu sehen sein, OKAY? Am besten, ihr stellt euch schon mal direkt daneben, während ich den Timer drücke. Auf die Plätze, fertig, los.«

Das feuchtfröhliche Gewusel, das noch im selben Moment losbricht, muss von außen betrachtet wirken wie eine dieser *oldschool* Fernsehshows, in denen zwei Teams gegeneinander antreten, EINER MUSS VERLIEREN oder wie sie heißen.

Ich greife hektisch die Target-Scheibe, lasse mich vom

Rand hineingleiten, und erst als wir alle in der Wanne sitzen, merke ich, dass ich völlig vergessen habe, unsere genaue Position auf dem Bild zu bestimmen. Aber es sortiert sich alles von selbst, wie bei dem Kinderspiel ZIMMERBAHN, bei dem Kirsten mich früher auf ihrem Schoß durch unsere Wohnung geschaukelt hat. Ich lande in der Mitte zwischen Ezra und Lambert, und weil wir laut mitzählen und bei SECHS sind, tauchen wir unter. Im Geblubber vergesse ich, bei SIEBEN den Mund zuzumachen und versuche, kein Wasser zu schlucken. Ich höre die anderen von ganz weit weg mit geschlossenem Mund NEUN murmeln, ein jämmerliches Geräusch wie Wale in Not. Dann tauchen wir total unkoordiniert auf, ich ringe nach Luft, weil ich mich komplett verschluckt habe, reiße gleichzeitig die Scheibe hoch und schreie lachend ZEHN, da zuckt der Blitz der Kamera uns gleißend hell in die Augen.

13

Planet Claire

Vor der Polaroidkamera hatte ich nie Angst vor Bildern. Mir war die irrationale Furcht vor dem, was sie aus uns machen oder mit uns geschehen lassen, ein einziges Rätsel.

Nur morgens kurz nach dem Aufwachen vor dem Badezimmerspiegel konnte ich gut nachvollziehen, wie man vor einem Bild erschrecken kann. Was ich da als vermeintliches Spiegelbild sah, hatte in meinen Augen oft nicht mehr viel mit mir zu tun. Ich meine jetzt nicht das todmüde Blassgesicht, das ich sehe, wenn ich vergessen habe, wie unausgeschlafen ohne Make-up und Lippenstift halt normalerweise aussieht. Vor allem ohne perfekte Haut wie ich. Wovon ich spreche, hat vielmehr etwas damit zu tun, dass ich wahnsinnig intensive Träume habe. Ich bin mir sicher, dass die etwas mit mir machen, das mich auch äußerlich verändert, und ich kann es eben unheimlicherweise in meinem Gesicht sehen.

Neulich stand ich in so einem Traum am Eingang eines japanischen Modeladens, wo in einem Regal Unterwäsche als Angebot lag. Aber während ich aus dem Kasten so ein zusammengerolltes Ensemble aus T-Shirt und Slip in Blassrosa mit zierlichen dunkelroten Baummotiven wie auf einer alten Porzellantasse ziehen will, drängeln irgendwelche Menschen direkt hinter meinem Rücken, die gleichzeitig zugreifen wollen. Ich merke das, weil sie schon mit den Armen auf beiden Seiten um mich herum nach vorne fassen, weswegen sie noch näher an mich heranmüssen, um an die Ware zu kommen. Als ich mich wütend umdrehen will, um sie zurechtzuweisen, merke ich, dass sie keine Köpfe haben und deswegen geschickt unter mir wegrutschen, was sie auch noch dazu nutzen, sich vorzudrängeln, sodass ich jetzt halb aus dem Eingang falle und von dem Manager zurechtgewiesen werde, ich solle mich doch bitte benehmen und den Laden verlassen. Als ich gehe und mich vorher noch schnell umdrehe, kann ich sehen, wie das ganze Fach mit der Unterwäsche schräg aus dem Regal hängt und komplett leer geräumt ist, wovon ich aufwache, weil es mich so aufregt, dass die anderen sich nicht benommen haben und ich dafür bestraft werde.

Nun war es ja nicht mal so, dass ich die Teile so toll fand, ich wollte sie einfach nur anschauen. Deswegen wunderte ich mich umso mehr morgens am Spiegel, dass ich so einen fiesen verbitterten Zug um meine Mundwinkel entdeckte, den ich gar nicht an mir kannte und der auch hundertprozentig am Abend vorher nicht da war: So eine winzige Falte, die nach unten Richtung Kinn geht. Möglicherweise war es auch das, was uns DER WEISSE LÄRM sagen wollte, ohne es auszusprechen, dass nämlich aller Ärger, den wir in uns tragen, sich unausweichlich in Hässlichkeit verwandelt. Ich war trotzdem absolut sauer, ein Gefühl, wie wenn ich eine meiner Lieblingstassen ohne Henkel aus dem Geschirrspüler zurückbekomme, weil jemand beim Einräumen oder Ausräumen nicht aufgepasst hat. Entweder meine ignoranten Eltern, für die alle weltlichen Güter ohnehin Tand sind und die daher auch meine Tasse nicht mit der Sorgfalt behandeln, die sie verdient. Oder, genauso typisch, Kirsten in einem Anfall von Gemeinheit, wenn sie wie immer, nachdem die Maschine bereits lief, noch mal aufmachte und umräumte, um das dreckige Geschirr aus ihrem Zimmer noch unterzubringen.

Ein Gefühl wie der grausame Moment, wenn ein schwarzer Streifen an der weißen Sohle der gerade gekauften Sneakers auftaucht und auch mit Schrubben nicht mehr weggeht, sondern noch schlimmer wird.

Jedenfalls hatte ich sonst vor keinem Bild wirklich Angst. Bis ich das Polaroid vom GLEICHMUT-Allnighter fand und nicht wusste, von wem es gemacht worden war.

Im ersten Augenblick vor dem Polaroid von PUNK bin ich vollkommen hin und weg, weil es absolut fantastisch geworden ist. Beim zweiten Hinsehen stelle ich voller Entsetzen fest, dass mein Gesicht, in das ich da sehe, fast nichts mehr mit mir zu tun hat, dafür jedoch exakt aussieht wie Kirsten.

Erst will ich gar nichts sagen, weil wir alle etwas klamm und total triefend neben der Wanne stehen und unsere Haare frottieren, während wir dem Bild bei der Entwicklung zusehen. Und es ist herzzerreißend, den Glanz auf Lamberts und Ezras Gesichtern zu sehen, während die Konturen klarer werden und sogar die Target-Scheibe im richtigen Winkel zum Betrachter über uns wie ein Planet schwebt, sodass alle Farben knallig leuchten. Unsere Körper tauchen wie schaumgeborene antike Statuen aus dem Badedunst auf, sogar unsere Köpfe schauen aus verschiedenen Positionen in drei Varianten derselben Begeisterung für diesen großen, wunderbaren Spaß in Richtung Kamera.

Mein moosgrüner Parka überdeckt kaum die hellrot strahlende Harrington-Jacke von Ezra, und Lambert wuchtet sich mit seinem klatschnassen braunen Dreiteiler zur anderen Seite, als würde er gleich aus der Wanne springen. Unsere vom Wasser verzottelten Haare fliegen wie im Schleudergang wegen der Bewegung in unterschiedliche Richtungen wild davon. Kurzum: Die Aufnahme ist ausgesprochen gelungen.

Bis auf diese verfluchte Ähnlichkeit mit Kirsten, von der

die beiden natürlich keinen Schimmer haben, weil sie meine Schwester nicht kennen. Oder vielleicht doch? Ich bin mir inzwischen leider mit nichts mehr wirklich sicher.

»Smart. Fun. Funny. Fearless: PUNK! Ein absolutes Meisterwerk! Wir können gar nicht anders, als gewinnen, was meint ihr?«

Lambert schüttelt sich das Ohr aus und dreht eine Ecke des Handtuchs ein.

»Ich habe ein Gleichgewichtsproblem unter Wasser, deswegen muss ich nach dem Baden genau darauf achten, dass keine Flüssigkeit vor dem Trommelfell übrig bleibt.«

Ezra hält mir einen der Bademäntel auf.

»Und du hast jetzt das Bad erst mal ganz für dich allein, damit du dich in Ruhe umziehen kannst. Wohlverdient! Was für eine gigantische Idee mit dem Bild. Und die kongenial spontane Umsetzung! Ich finde, dass wir damit nicht nur gegen unsere MAMAS und PAPAS antreten, sondern auch gleich das Establishment und den Mainstream verhöhnen: *I like to shoot and show*, und das haben wir sogar mit dem Porträt von uns gemacht. In PUNK-Manier: selber machen. *But people want cuts*, von uns bekommen sie die jedenfalls nicht. Künstler verfallen ja, bevor sie zu Werke gehen, oft in diese ungesunde Kaninchenstarre. AKINESIA *mon amour* würde ich dazu sagen. Wir haben es einfach *gemacht*, und das ist allein dir zu verdanken. *Superfantastisch*. Hier mein Schlafanzug für dich zum Aufwärmen, handgewaschen und handgebügelt von mir selbst. Das Modell heißt im Übrigen *Cape Cod*, ich hoffe, es trifft deinen Geschmack. Ich werfe in der Zwischenzeit den Trockner an und setze Teewasser auf. Nach getaner Arbeit dürfen wir uns eine Runde *Chillen* gönnen, oder nicht?«

Die Euphorie der beiden ist einfach zu ehrlich und zu groß, um sie mit einem zweiten Anlauf, das Bild zu machen, auch nur im Geringsten zu dämpfen. Also schlucke ich die bittere Pille, auf meinem ersten Cover durch Abwesenheit zu glänzen, um die Bühne einem Abbild von Kirsten zu überlassen. Als ich den Pajama anziehe, merke ich erst, wie todmüde ich plötzlich bin.

Da mein Zimmer gleich gegenüberliegt, gehe ich über den Flur, um es zu inspizieren, weil ich am Nachmittag keine Nerven gehabt habe, es mir genau anzusehen. Auch im Zimmer riecht es nach Wrigley's Hand, und ich beginne wie automatisch nach der DUFTSONDE zu suchen. Sie steht, da das Zimmer möbliert ist, dekorativ neben einer Metalllampe auf dem Nachttisch. Das Bett ist zum Glück schon bezogen, als ob die beiden es als Gästezimmer haben. Zwei flauschige Kopfkissen sind wie im Hotel aufgestellt, und ich kann der Versuchung nicht widerstehen, mich mit Schwung wie früher in Sport, als wir den Flop beim Hochsprung übten, nach hinten auf das Bett fallen zu lassen. Weil es so herrlich bequem ist, bleibe ich einfach liegen.

Im Flur höre ich die Stimmen von Ezra und Lambert und das sonore Brummen des Trockners aus der Küche, wo außerdem der Wasserkessel auf dem Herd pfeift.

»Bad ist frei! Das bestellte Kännchen Tee darf der *Room Service* auch gern hier in meinem zukünftigen Zimmer servieren.«

Die Köpfe der beiden tauchen wie eine Slapstick-Einlage übereinander von der Seite her im Türrahmen auf.

»Ah, wir haben es uns gemütlich gemacht. Ganz recht. Welchen Tee hatten Sie denn bestellt? Es gibt *Good Night* und *Golden Slumbers*. Dazu etwas Gebäck?«

Im Türrahmen materialisiert sich ein Tablett mit einem Teller Kekse.

»Ich nehme *Golden Slumbers*. Das klingt sehr hübsch nach einem Nickerchen am Nachmittag. Die Kekse dürfen Sie gleich dalassen.«

Lambert, der inzwischen auch einen Pajama trägt, aber kariert und nicht gestreift wie meiner, stellt den Teller auf das Bett und verschwindet im Flur. Schlagartig wird mir bewusst, dass ich außer ein paar Sandwichecken mit Lachs den ganzen Tag nichts Ordentliches gegessen habe. Nur so kann ich meinen Heißhunger auf die Plätzchen rechtfertigen.

Ich esse in kürzester Zeit gleich drei. Es sind mit weißer Schokolade wie ein Halbmond überzogene mürbe Butterkekse, die irre gut nach Zitrone schmecken.

Als Ezra im Hausmantel mit dem Tee zurückkommt, bemerke ich, dass er wohl mehr als ein Exemplar des wunderhübschen *Cape-Cod-Schlafanzugs* besitzen muss. Jedenfalls sind wir jetzt offiziell im Partnerlook unterwegs. Ich sehe sofort meine Chance für wenigstens eine Alternativaufnahme.

»Wie wäre es denn mit einem Foto für die B-Seite. BAD SIDE MANNERS, alle in Schlafanzügen?«

Ezra schaut mich ungläubig und glücklich zugleich an.

»Karen, ich glaube es nicht. Du musst auch unbedingt unsere Produzentin werden, weil: Wer sonst produziert nonstop 1-a-Ideen? Ich hole sofort die Kamera aus dem Bad. Diesmal müssen wir uns natürlich alle gleichzeitig auf das Bett werfen. Das wird ein Spaß. Ich ahne schon eine Kissenschlacht als Folge!«

In Sachen Spontaneität können wir uns wirklich das Wasser reichen. Als Ezra mit der Polaroid auftaucht, serviert Lambert gerade den Tee.

»Genau fünf Minuten gezogen, dieser köstliche Darjeeling: *Finest Tippy Golden Flowery Orange Pekoe 1*, oder kurz gefasst FTGFOP1, aber das klingt viel zu bürokratisch. Unser Teehaus mischt zur Beruhigung etwas Johanniskraut und ein wenig *Spring Peony* bei, aber nur, wenn sie haben. Die Mischung haben wir dann selbst so nennen dürfen: *Goldne Schlummer füllen deine Augen / und Lächeln weckt dich nach dem Schlaf.*«

Ezra hat sich in der Zwischenzeit seinen Hausmantel von hinten über den Kopf geworfen und fokussiert uns wie einer dieser Pioniere aus den Anfängen der Fotogeschichte hinter seinem Vorhang.

»Der Winkel stimmt, die Höhe auch, genau wie vorhin auf dem Waschbecken. *Mademoiselle et Monsieur*: Ihr Daguerrotypograf Monsieur Ezra bittet recht freundlich, wieder mitzuzählen und bei NEUN von allen drei Seiten auf das Bett zu springen. Auf die Plätze, fertig, PUNK!«

Wie im Bad geht es los, aber diesmal lächeln wir uns vorher gegenseitig von der Seite an, DREI. Ich rücke meinen Schlafanzug ordentlich zurecht. SECHS. Lambert gurgelt den Rest Tee in seinen Mund, was sofort einen hysterischen Lachanfall bei mir auslöst. Bei NEUN springen wir alle so hoch es geht, stoßen aber mitten in der Luft beim Versuch, direkt in die Kamera zu schauen, wie beim POGO zusammen, als es erneut gnadenlos grell aufblitzt und wir danach wie ein lustig ineinander verwuscheltes Knäuel Wolle mit heftigem Rawums auf dem Bett landen und sofort in zwerchfellerschütterndes gemeinsames Lachen ausbrechen.

»Wer steht auf und holt das Foto?«

Die Kissenschlacht liegt in der Luft, aber nachdem Lambert sich kurz aus unserer verschlungenen Gemengeskulptur gelöst hat, um das Polaroid wie eine erbeutete Trophäe zurückzubringen, kuscheln wir uns nach seiner freudig begrüßten Rückkehr ins Bett unter der Decke nur noch näher zusammen. Mir ist tatsächlich kalt, was ich daran merke, dass meine Zähne zu klappern beginnen, und zwar unkontrollierbar, was bei meinen zwei gut erzogenen Jungs natürlich sofort Beschützerinstinkte weckt und sie augenblicklich beginnen, mich wie mit einem Handtuch zu frottieren. Ich liege unterdessen in der Mitte der beiden und starre das zweite phänomenale Foto des Abends an, das ich in beiden Händen mit etwas Abstand vor mich halte, damit auch sie es sehen können.

»Heißt es nicht zu Recht, dass die B-Seite oft der versteckte, größere Hit ist und in einer gerechten Welt die A-Seite spielend überflügeln würde?«

Ezra, der perfekte Zusammenfasser. Macht nichts, dass wir die Target-Scheibe vergessen haben, wie mir gerade auffällt. Aber die bezieht sich ja nur auf die A-Seite. Ansonsten ist der PAJAMA-POGO eine einzige Huldigung an die Schönheit des zweiteiligen Schlafanzugs. Und nie in meinem Leben habe ich Menschen bei einem Zusammenstoß glücklicher lächeln gesehen als auf diesem Bild, das uns alle irgendwie im freien Fall zeigt, was wie eine fröhliche Studie zur Aufhebung der Schwerkraft wirkt.

Völlig losgelöst: unsere seligen Gesichtsausdrücke. Wenn das hier ein Bild von unserer Klassenfahrt wäre, spielt es in *dem* legendären Zimmer, um dessen Plätze sich alle schon vor der Anreise gerissen hätten. »Wir drei, was?«

Ich bin absolut aufgeregt und furchtbar müde zugleich. Deswegen komme ich wahrscheinlich gar nicht mehr zu den wirklich wichtigen Fragen, die mir auf der Zunge liegen: Wie kann man sich zu dritt gleichzeitig küssen? Kennt ihr das Land WOHLIFÜHLI und seine Hauptstadt SCHMUSUM? Wisst ihr eigentlich, wie SÜSS ihr seid?

Wenn das, was in meinem zukünftigen Bett gerade Wirklichkeit wird, der alte Traum vom Einfach-nur-einander-nah-sein-können-ohne-sich-groß-was-dabei-zu-Denken war, dann will ich bitte, dass das nicht aufhört und ich hier nie wieder rausmuss.

Ich döse fast völlig weg, um mich herum friedliches Brummen und flaches, erfülltes Atmen. Da höre ich, fast schon Teil eines beginnenden Traums, Lambert diesen wundervollen Satz sagen, den ich sicher nie vergessen werde: »Im Genuss ohne Reue verbirgt sich das Geheimnis des folgenlosen Handelns.«

Ach! Wenn das, was durch uns in uns mit uns und um uns herum gerade geschieht, eine nie gehörte und lautlos schöne Form von Musik ist, dann muss es sich um das WUNSCHKONZERT DER KÖRPERTEILE handeln. Mit diesem Begriff vor Augen lasse ich die wache Welt weit hinter mir und falle in tiefen Schlaf.

14

Final Day

Seufz. Was war das? Ein See wie gläsern vor uns früh am Abend, auf dessen Spiegelfläche wir beim Schwimmen Blumen malten mit den Armen und uns dabei gelassen gleiten ließen durch die tränenhelle Nacht, die kam mit Vögeln ganz hoch oben über uns im Himmel. Wo sind sie hin?

Das Mädchen mit den weichen Lidern trägt sie sanft geschlossen wie die graue Schleife ihres schwarz gewirkten Kleides, schlafwandelnd durch die weichen Stunden weit vor Morgengrauen. Seufz.

Das ist das Erste, was ich denke, als ich widerwillig aus der fremden schönen Traumlandschaft gerissen werde, unsanft noch dazu, durch eine allzu hektische Bewegung neben mir.

»Karen, komm, wach auf, es ist schon viel zu spät, wir müssen los!«

Auch wenn die Stimme ganz vertraut ist und mir freundlich scheint, ist sie nicht das, an was ich denke, denn das, was mich da wecken will, es ist kein Wort. Ich bin zum Glück noch ganz im Traum.

Der Seufzer. Zauberwort der sehnsüchtigen Imagination, ich kann ja gar nicht anders denken. Geschweige denn mir *das zusammenreimen*, was ich hier vor mir sehe, als ich die Augen vorsichtig zu öffnen wage: OMG. Zwei schwarze lange Schatten stehen vor dem Bett im Gegenlicht, die Sonne blendet, ich halte schon zum Schutz die Hände vor die Stirn, dann erkenne ich die beiden zum Glück: Ezra, Lambert, PUNK, die Band, die Fotos. Uff, was für ein Glück: maximale Erleichterung.

»Karen, bitte verzeih, dass wir dich hier so brutal aus deinem Tiefschlaf holen, du hast so schön entrückt ausgesehen, aber es ist schon fast elf Uhr, und wir müssen in einer Stunde beim Bewerb sein. Außerdem wollten wir, dass du wenigstens noch genug Zeit zum Anziehen und für einen Kaffee hast. Der wartet schon auf dich drüben in der Küche. Deine trockenen Sachen hängen über dem Stuhl, wir sind fertig und haben alles Wichtige eingepackt: Instrumente und die Fotos. Und überhaupt erst mal GOOD MORNING! Du hast zwar nicht allzu viel Zeit, musst dich aber auch nicht hetzen. Das Ministerium für Unterhaltung ist ja ganz in der Nähe, wir können also zu Fuß gehen.«

Mit dem Geruch der nassen Kleider aus der Badewanne in der Nase strecke ich mich ausgiebig und falte den ausgezogenen Pajama zusammen. Ich fand es schon früher als Kind aufregend, die erste Nacht in einem völlig neuen Zimmer zu schlafen. Irgendjemand hat mir mal gesagt, ich müsste mir unbedingt die Träume merken aus dieser ersten Nacht. Weil die entweder eine besondere Bedeutung haben oder ausnahmsweise in Erfüllung gehen. Aber alles, an was ich mich erinnern kann, ist dieser See und das angenehme Gefühl des weichen Wassers auf der Haut.

Ich mache die Balkontür auf, um frische Luft zu atmen. Irre, dass ich völlig nackt in einer fremden Wohnung stehe und mich gar nicht unwohl dabei fühle. Die Sonne scheint schon stark für so einen Frühlingstag und wärmt ganz wunderbar meine Haut, als ich mich anzuziehen beginne. Das Licht lässt die Luft flimmern, und ein paar Staubkörnchen tanzen zwischen mir und dem Balkon. Die Brüder haben alle Kleider nicht nur perfekt aufgehängt – die Bluse sieht sogar gebügelt aus –, sondern auch Slip und BH diskret gefaltet unter meinen Rock zu den Socken gelegt.

Ich überlege kurz, ob ich mich für irgendetwas zu schämen habe, was gestern hier geschehen ist, komme aber auf nichts, an das ich mich erinnern kann, und beschließe daher der Einfachheit halber, meinem Instinkt zu trauen. Der sagt mir: Alles okay, und auch die Jungs verhalten sich nicht, als ob was zwischen uns passiert wäre.

Ich gehe ins Bad, wo tatsächlich eine Gästezahnbürste für mich bereitliegt, sie denken wirklich an alles. Apropos alles: Anna, durchzuckt es mich kurz, weil wir eigentlich in der Mensa verabredet sind, aber seit ihrem Brief mache ich mir keine Sorgen mehr, ob sie sich Sorgen macht.

Als ich den Spiegelschrank auf der Suche nach Gesichtscreme öffne, finde ich einen weißen Tiegel mit *Crème Confort légère*, aus dem ich mich bediene, und daneben ein herrlich altmodisches Eau de Cologne: EAU CHIC von Astier de Vilatte, mit der antiken Zeichnung eines Brunnens. Ich gebe ein paar Tropfen auf Handgelenk und Hals, es duftet sofort herb und frisch nach Madame Framboisée.

Als ich geschminkt und gut gelaunt in die Küche komme, sitzen die beiden mit ihren Jacken und Gepäck am Tisch, als ob sie sich mental auf eine lange, strapaziöse Reise vorbereiten müssten. Sie lächeln mich trotzdem still an, und ich setze mich, um an meinem Kaffee zu nippen.

»Ah, ein *Americano*, wie habt ihr jetzt auch diese Vorliebe von mir erahnt? Übrigens tausend Dank für alles. Ich bin noch nie irgendwo als Übernachtungsgast so nett aufgenommen worden wie bei euch. Hundert Punkte. Nur eine kurze Frage: Müssen wir nicht noch besprechen, was wir auf der Bühne machen? Wir haben ja eher nicht mehr geprobt gestern, wenn ich mich richtig erinnere?«

Ich trinke den Rest der Tasse mit einem großen Schluck

aus und stehe auf, um zu zeigen, dass ich bereit zum Aufbruch bin. Die Gitarre haben sie in einer flachen Box aus strukturiertem Aluminium untergebracht, die aussieht, als wäre sie aus der Außenhaut eines Eisenbahnwaggons gefertigt. Verstärker, Casio und Harmonika sind anscheinend daneben in einer sandfarbenen Fototasche mit Lederriemen verstaut. Es sieht wirklich nach einem größeren Trip aus.

»Das unangenehme Thema hatten Lambert und ich heute Morgen auch schon am Start und bis jetzt ohne zündende Idee. Ich würde vorsichtig sagen, Improvisieren ist nicht gerade unsere Stärke.«

Als wir schon im Flur sind, fällt mir der süße Hase wieder ein.

»Und wenn wir was mit Pierre-Auguste machen? Ich meine, so ein Maskottchen kann doch nie schaden.«

Ezra schiebt seine flache Hand hinter eine Smiths-Hülle an der Wand, auf der ein junger, trauriger ELVIS zu sehen ist, und die Drehtür beginnt sich wieder zu öffnen.

»Also, mitnehmen würde ich ihn lieber nicht, er ist hier so rundum zufrieden an seiner Salatbar und war auch noch nie woanders. Aber vielleicht willst du ihn kurz anstupsen und ihm Guten Morgen sagen. Ich habe immer das Gefühl, dass er das besonders gern mag. Wir müssen dir nachher, wenn wir wieder hier sind, unbedingt noch seine Hymne vorspielen: SALAD DAYS von den *Young Marble Giants*, das sind ohnehin die allerbesten. *Think of Salad days / they were folly and fun / they were good, they were young*. Das ist schon der ganze Text, genial, oder?«

Pierre-Augustes Fell ist superweich, nie habe ich ein so flauschiges Etwas wie ihn in der Hand gefühlt. Zu meiner Überraschung ist *er* es, der mich anstupst, nachdem ich *ihn* kraule.

»Au revoir, Pierre-Auguste! Wünsch uns viel Glück, wir können es sicher gut gebrauchen.«

Und als ob er das genau versteht und mir sofort eine geheime Botschaft an mein Gehirn sendet, sehe ich nur für den Bruchteil einer Sekunde UNS DREI wie in einem Musikvideo perfekt ausgeleuchtet und gestylt, während wir hier im Stereolabor unseren ersten Song aufnehmen. Leider höre ich nicht, wie er klingt, und das Bild ist sofort wieder verschwunden. Aber es bringt mich auf eine Idee.

»Wie wäre es denn, wenn wir einfach das machen, was ihr mir gestern hier vorgespielt habt? Punk besteht eigentlich doch immer nur aus drei Akkorden, und wenn bei uns einer davon fehlt, finde ich es eigentlich *noch* cooler. Also ich schalte die Casio-Beatbox an, das ist unser Schlagzeug, Lambert spielt dazu seine Melodie auf der Harmonika, was war es noch, *New Order?* Und Ezra schrammt einfach nur die zwei tollen Akkorde auf der Gitarre, während ich unseren Andy-Warhol-Satz singe. Obwohl halt: Ich kann ja gar nicht singen.«

Die beiden sehen mich schon wieder ungläubig an, und ganz kurz denke ich, dass ich jetzt wirklich den größten Stuss erzählt habe und PUNK unfreiwillig beendet ist. Aber dann verwandelt sich das ungläubige Staunen bald in glückseliges Strahlen.

»*Karen, Hijehijeh Karen, Hijehhijeh Karen, Hijehijehijeh. I said yeah!*«

Lambert lässt die Fototasche aus der Hand gleiten und umarmt mich tanzend. Ezra springt freudestrahlend in die Luft und schlägt seine Absätze zusammen, bevor er auf dem metallisch klingenden Boden des Labors landet, aus irgendeinem Grund frage ich mich, ob das wohl Panzerglas ist.

Ich habe das Gefühl, mitten in einer meiner Lieblingsszenen von Tim und Struppi in *Der Sonnentempel* gelandet zu sein. Weil er von einer Sonnenfinsternis weiß, gelingt es Tim, seine Freunde vor dem sicheren Tod auf einem Scheiterhaufen der Inkas zu bewahren. Als Tim den Zeitungsausschnitt mit der Nachricht von der Finsternis findet, schmiedet er den rettenden Plan und beginnt, ausgelassen zu tanzen.

Ezra ist außer sich vor Freude.

»Ein perfider Plan, den wir *genau so* umsetzen. Und wegen des Singens, mach dir keine Sorgen; wir haben als Punkt zwei unserer zehn ungeschriebenen Punk-Gesetze prinzipiell alles dazu gesagt: WER SPRECHEN KANN, DER KANN AUCH SINGEN. Alison Statton, die Sängerin der *Young Marble Giants*, hat auch keine Gesangsausbildung gehabt und als Zahnarzthelferin gejobbt, als sie die Band gegründet haben. Und sie ist unser absolutes IDOL. Das einzige Album heißt *Colossal Youth*, und sie haben es im Rekordtempo von nur fünf Tagen in einem idyllischen Studio auf dem Land aufgenommen. Trotzdem würde ich jetzt sagen: Im Vergleich zu uns haben sie sich ja richtig Zeit gelassen, hahaha. Allison ist ganz einzigartig, aber ich bin mir seit gestern Abend sicher, du würdest ganz instinktiv und völlig automatisch genauso cool auf der Bühne sein wie sie, ohne dass wir irgendetwas vorher besprechen müssen. Also, sie hat sich eigentlich kaum bewegt, nur das Mikrofon hin und wieder aus dem Stativ in die Hand genommen, sich zwischen zwei Stücken eine Zigarette angezündet oder einen Schluck Bier aus ihrer Flasche genommen. Ihre ausgelassenste Geste *ever* und Höhepunkt eines ihrer Konzerte bestand darin, zwischen zwei Songs ihren Mantel auszuziehen und im Kleid weiterzusingen. Ihre Mimik dazu war mühelos, stoisch, unbeeindruckt und vollkommen distanziert, aber ohne seelenlos zu sein. Das charmanteste Pokerface der COOLNESS, was man sich denken kann. Wir lieben sie wirklich sehr. Im Übrigen hängen alle Punk-Gesetze hier an der Wand auf der Rückseite der Tür.«

Ich frage mich, warum sie mir vorher nicht aufgefallen sind. Vielleicht, weil die schelmischen Brüder sie gerade erst da hingehängt haben? Aber warum sollten sie davon ausgehen, dass wir hier noch mal vorbeischauen würden? Es ist einfach nur noch ein Rätsel mehr. In krakeliger Kinderschrift notiert, stehen da hinter Glas in weiß, auf schwarzem Grund gerahmt, die 10 PUNK-GESETZE:

1. Das Wort ist draußen.
2. Wer sprechen kann, der kann auch singen.
3. Es gibt keinen Soundcheck.
4. Wer ein Instrument richtig spielt, ist selber schuld.
5. Jeder Auftritt ist eine Katastrophe.
6. Was am Ende aus den Boxen kommt, ist egal.
7. Das Publikum hat keine Ahnung.
8. Ihr könnt das alle genauso.
9. Wir ziehen eine Linie, die Tinte ist Angst.
10. Ausdruck ist nichts, Haltung alles.

Lambert zeigt auf seine Uhr.

»*Good grief*, wir haben zwar einen Masterplan, aber keine Sekunde mehr zu verlieren. *Contort yourself*. Der späte Vogel wird zum Wurm, also nichts wie los! Alles Weitere können wir auf dem Weg besprechen.«

Ich werfe Pierre-Auguste beim Verlassen des Labors voller Dankbarkeit einen gehauchten Kuss zu und murmele leise *Go ask Alice, when she's ten feet tall.*

Der Bassist bei Jefferson Airplane spielt am Anfang auch nur abwechselnd zwei Töne, das scheint mir ein gutes Omen für unser Konzert. Den Wohnungseingang haben Lambert und Ezra anscheinend am Morgen aufgeräumt, alle Spuren des Vorstellungsgesprächs sind beseitigt, es sieht aus wie ein normaler Hausflur mit Garderobe. Ich bin richtig beeindruckt von so viel Effizienz im Haushalt, die ganz und gar nicht zu Annas *weirden Spacken* passt. Aber die sind für mich ja schon lange gestorben, besser gesagt, sie haben nie existiert.

Die Straße ist gleißend hell und fast so leer wie am Vorabend. Nur hin und wieder passieren uns ein paar von diesen fahrerlos wie verzweifelt durch die Gegend gurkenden E-Taxis. Auf dem Bürgersteig laufen wir von der Sonne geblendet die Straße Richtung Ministerium hinab.

Eine mit Licht und Schatten spielende Fotografie aus den 1920er-Jahren, denke ich, wie dieses Poster, das Kirsten unbedingt behalten wollte, als wir endlich getrennte Jugendzimmer bekamen. Obwohl oder gerade weil sie wusste, dass ich es so sehr liebte, hat sie es mir nie abgetreten. Es war wirklich noch nie leicht mit ihr.

Genau in diesem Moment kommen wir am Haus des *Häuptlings* vorbei. Es gibt einfach keine Zufälle, das ist alles eine Erfindung von Menschen, die nicht an Bestimmung zu glauben imstande sind.

»Findet ihr nicht auch erstaunlich, wie still es heute ist? Als ich mich mal eine Weile mit klassischer Musik befasst habe, war ich vor allem davon fasziniert, wie sie mit Stille umgeht. Satie hat tatsächlich verlangt, die Musik müsse wie ein Möbelstück sein, also Teil unserer Umgebung werden, um, haltet euch fest, die *Geräusche von Messer und Gabel zu mildern*, und als Pausenfüller, wenn Gespräche einschlafen oder unangenehm werden. Sogar den Straßenlärm solle sie *neutralisieren*, damit er *indiskret ins Spiel der Konversation* tritt oder so ähnlich. Vielleicht ist der ganze WEISSE LÄRM eigentlich seine Erfindung, und irgendwer hat sie extrem schlau und frech in die Gegenwart umgesetzt. Außerdem hat er einmal sogar eine Platte erwähnt, ich habe nur vergessen, wo, es war, glaube ich, eine TRÄUMEREI: *Wie weiß sie ist! Keine Bemalung ziert sie. Sie ist aus einem Stück.*«

Auch das kann kaum Zufall sein, dass Lambert ausgerechnet Erik Satie erwähnt, wegen dessen Stück ich damals unfreiwillig aus dem Vorspielplan geflogen bin. Jetzt, so kurz vor meinem ersten tatsächlichen Bühnenauftritt.

»Nun gut, wir brauchen ja die Stille, um überhaupt etwas zu hören. Wusstet ihr, dass das Gehirn, wenn wir Musik hören, an der bereits fertiggestellten Komposition mitarbeitet, weil es immer Bruchteile einer Sekunde vorausdenkt und die gerade im Augenblick gehörte Melodie in Richtung Zukunft weiterspinnt? Da wird man irre, wenn man versucht, sich das vorzustellen. Das HIRN rast also der Musik davon, fast wie im Märchen der Igel vermeintlich dem Hasen. Ich ziehe meinen Hut vor dieser Meisterleistung unseres Kopfes, die keine A. I. je einholen wird. Unsere Aufmerksamkeit wird nämlich nur aktiviert, wenn das Stück absichtlich oder unabsichtlich *nicht* in die von uns antizipierte Richtung weiterdudelt. Wir müssen also nur einfach alle Erwartungen durchkreuzen, dann gewinnen wir! Wenn TARGET maximal minimalistisch klingen soll, wäre es vielleicht gut, eine weniger sentimentale Melodie als die von *New Order zu* nehmen. Lambert, es gibt doch diese drei schönen Töne auf der Melodica am Anfang von 5.45 von *Gang of Four.* Sie sind auch ganz einfach zu spielen. Es ist die dritte und fünfte weiße Taste von oben, abwechselnd mit der fünften schwarzen von oben. Bekommst du das hin? Es ist eigentlich noch einfacher als *Your Silent Face.*«

Das Märchen von Hase und Igel ist schon wieder so ein Punkt. Was hatten uns die Kinder früher damit aufgezogen. Sie meinten, Kirsten und ich sollten doch bei den Grimmspielen der Waldschulbühne unbedingt die Rollen vom Igel und seiner Frau übernehmen, weil wir genauso verwechselbar waren wie das stachelige Paar aus der Geschichte. Und das, obwohl unsere Eltern gerade mit dem groß angelegten Unterscheidungsprogramm angefangen hatten. Wenn wir nicht als Frisur Irokesen versprochen bekommen hätten, die sie uns für die Aufführung hochtoupieren wollten, wären wir zusammen in Generalstreik getreten. Dass die Aufführung wegen eines Gewitters kurzfristig abgesagt wurde, steigerte unseren Frust nur noch mehr.

Und jetzt hat für mich auch der Hase dank Pierre-Auguste endlich ein Gesicht. »Das bekomme ich schon hin, Ezra. Ich war ja derjenige damals in der Flötenstunde, während du Gitarre durftest, hahaha.«

Wir sind endlich am Ministerium angekommen. Die Uhr am Gebäude zeigt fünf vor zwölf.

»Und hier soll das tatsächlich stattfinden? Es dringt doch sonst nie ein Sterblicher in die heiligen Hallen der *Unterhaltung* vor.«

Ezra sucht nach einer Klingel am Tor.

»Das habe ich mir auch gedacht, als der FREAK mit seiner nachtblauen Kapitänsjacke auf dem Festival uns den Veranstaltungsort verraten hat. Weit und breit keine Menschenseele. Ist vielleicht heute am Ende ein Feiertag, den wir alle vergessen haben?«

Gerade wollen wir aufbrechen, um am Eisenzaun entlang nach einem Lieferanteneingang zu suchen, da kratzt es im Flügelportal aus einem versenkten Lautsprecher, und eine nasale Stimme erklingt.

»Das Ministerium für Unterhaltung hat heute geschlossen. Sie wünschen bitte?«

Automatisch beginnen wir, am Metallportal nach der versteckten Kamera zu suchen, die uns im Visier haben muss, aber ohne Erfolg.

Ezra winkt einfach in Richtung Gebäudeeingang, der genau geradeaus liegt, und antwortet: »Ja, das überrascht mich nicht. Die Veranstaltung hier, zu der wir eingeladen wurden, findet auch unter Ausschluss der Öffentlichkeit statt. Ich hätte da auch das entsprechende Passwort parat.«

Die Stimme fährt ihm bei *Passwort* fast über den Mund: »Ich habe verstanden, aber das können wir im Zweifelsfall nur drinnen klären, treten Sie bitte langsam und einzeln ein.«

Es ist ein Drehkreuz, meine meistverhasste Form von Tür, weil sie in mir immer das ungute Gefühl aufkommen lässt, bei einem falschen Schritt von den Stangen, die sich für so einen Fall bestimmt in Speere verwandeln können, beim Passieren durchbohrt zu werden. Was der *Häuptling* mir an lächerlichen Erklärungen für den von ihm fies als ANGST-NEUROSE bezeichneten kleinen Tick aufdrängen wollte, habe ich zum Glück schnell wieder vergessen.

Wie jedes Mal bei so einer Tür winde ich mich erst vorsichtig und dann superschnell erleichtert durch und versuche einen Scherz, um mich abzulenken.

»Dass man im *Ministerium für Unterhaltung* schon zur Begrüßung erst mal fast aufgespießt wird, lässt ja tief blicken und wenig hoffen. Hahaha.«

Als wir endlich am Haupteingang ankommen, wird es noch absurder.

»So, ich bitte Sie, in Zukunft für einen ähnlich gelagerten Fall NIE etwas von Passwörtern, privaten Veranstaltungen und so weiter zu erwähnen. Solche Belange werden ausschließlich hier von mir an der Pforte geklärt. Sie dürfen jetzt das Passwort auf der quadratischen Tastatur rechts neben der Schiebetür eingeben, aber bitte verdeckt. Ich hoffe nicht, dass Sie es irgendjemandem weitergegeben haben. Können Sie mir das bitte mit einem kurzen JA laut und deutlich bestätigen?«

Ezra schaut verwirrt, sagt kurz »Ja« und tippt auf die Tastatur. Da ich beim Merkspiel zum Kopfrechnen in Mathe regelmäßig zu den letzten drei gehörte, die im Klassenraum noch standen, habe ich ein gutes Bildgedächtnis für Zahlen und ahne in etwa, über welchen Nummern die Buchstaben liegen. Ich versuche, das Wort bei der Eingabe mitzulesen.

G-O-M-P-E-R. Hmm, entweder ich habe mich tatsächlich verlesen oder sie hatten sich ein Fantasiewort ausgedacht. GOMPER ist mir kein Begriff, und ich habe das Wort noch nie vorher gehört.

In jedem Fall scheint es zu stimmen, denn die Schiebetüren – schon wieder Panzerglas? – öffnen sich so geschmeidig wie lautlos, und wir müssen durch einen weiteren Detektor.

Als wir endlich vor der Stimme stehen, ist meine Enttäuschung groß. Am Empfang steht ein älterer Herr in einem Blaumann mit grau melierter Föhnfrisur und vorstehenden Zähnen, der dem Schild nach, das vor ihm steht, Herr KEVIN DA sein muss. Er ist es offenbar gewohnt, dass sich die Blicke aller neuen Besucher zunächst unausweichlich im Namensschild verfangen.

»Ja, der Nachname ist deutsch, wenn auch ungewöhnlich, wir stehen als Land nur auf Platz dreiundvierzig weltweit, aber immerhin; unsere Familie kommt aus dem Schlesischen, ich weiß nicht, womit ich diesen Vornamen verdient habe, es muss etwas mit der Vorliebe meiner Eltern für gewisse Filme zu tun haben, ja, ich werde damit seit der Kindheit aufgezogen, nein, ich bin nicht allein zu Haus, wenngleich heute allein hier. Nein, ich weiß nicht, warum Sie heute hier sind, auch wenn das Passwort zu stimmen scheint und ich mich wirklich frage, wo sie es um alles in der Welt herhaben, denn es ist einzig und allein den Familien ALLES und IMMER vorbehalten. Nein, es gibt heute keine Veranstaltung hier. Ich würde Ihnen empfehlen, einfach direkt wieder nach Hause zu gehen oder vor die Stadt in den Wald, wo die ganze Stadt heute ist. Denn es ist WÄLDCHESTAG, wussten Sie das nicht? So, jetzt habe ich genug geredet, empfehle mich. Die Tür DA ist nach draußen freigeschaltet. Und ich bin auch gleich nicht mehr DA. Was nicht heißt, dass ich wie alle Welt heutzutage meine Identität ändere, sondern ich bin dann WEG. Sie aber ganz sicher vor mir, denn sonst bleibe ich länger DA als nötig. Und DAnach ist mir nicht. Verstanden?«

Ezra und Lambert sehen sich fragend an, ich sehe unsere sprichwörtlichen Felle davonschwimmen. Die beiden sind anscheinend dem *Hoax* eines unangenehm nach Schweiß riechenden, nervösen Betrügers aufgesessen, der Beschreibung nach ein SÜCHTERL, der sich auf Festivals sein Zubrot mit illegalen Geschäften verdient.

Wenn ich es richtig erinnere, hatte er ihnen jedoch keinerlei Geld für die Zugangsdaten des Bewerbs abgenommen, was normalerweise in solchen Fällen üblich ist. Wie früher diese Kettenbriefe im Internet mit der frei gewordenen Millionenerbschaft im Kongo, für die lediglich die Anwaltsgebühren vorab fällig seien. Ebenfalls keineswegs stimmig: die Sache mit dem Passwort.

Als ich den Namen IMMER höre, bekomme ich ein flaues Gefühl in der Magengegend, weil ich gleich an Tim denken muss. Hat er am Ende etwas damit zu tun? Seit Herrn DA verstehe ich endlich den zu Beginn des WEISSEN LÄRMS kursierenden Wahlspruch der Eingeweihten im gerade noch existierenden, aber schon illegalen und geheimen Nachtleben: Es ist ja ALLES IMMER DA, man vergisst es nur zwischenzeitlich.

Ich hatte ihn vom Türsteher in der AMORBAR, der ihn

mir als Motto ins Ohr geflüstert hat, damit kam ich auch sonst überall rein.

»Herr DA, ich will es so sagen. Unter normalen Umständen würden wir Ihren Analysen und der daraus resultierenden Aufforderung fraglos folgen. Aber wir wurden bei der Einladung zu der Veranstaltung bereits auf diese erwartbare Komplikation vorbereitet. Um sie in gegenseitigem Wohlgefallen aufzulösen, werde ich Ihnen nun wegen der Kameras, die wie Sie und auch ich wissen, nach Dienstschluss aus aktuellen Spargründen lautlos gestellt sind, die Tonspur also zu unser *beider* Glück fehlt, ganz unauffällig auf dem Tresen einen neutralen Umschlag liegen lassen. Darin befindet sich ein so nirgendwo erhältlicher, geschweige denn käuflich zu erwerbender 3 *Day Ultra VIP Backstage Pass de Luxe Access all Areas* für das nächste GLEICHMUT in drei Wochen. Alles, was wir dafür wollen, sind drei SEC, also *Single Exit Codes* für nachher, wenn wir das Ministerium wieder verlassen. Und freien Zugang auf dem Weg zur Schaubühne, wo wir genau JETZT erwartet werden. Zeit IST, und zwar vor allem kostbar, finden Sie nicht? Wir müssen los, und Sie doch auch.«

Ich kann die *Chuzpe* von Ezra kaum fassen. Und obwohl ich ihn absolut bewundere für seine souveräne Art, beginne ich mich nicht nur wegen der Tatsache, dass sie es anscheinend beide nicht für nötig gehalten haben, mich in die Verästelungen ihres perfiden Plans einzuweihen, zu fragen, ob seine wahre Natur eben nicht positiv detachiert ist, sondern vielmehr anteillos und indolent. Seine eiskalte, achtlose und unbewegte Art hat, wie ich zu fühlen beginne, etwas Seelenloses.

All das sind Ausdrücke aus diesem tollen Wörterbuch der Gleichgültigkeit, das mir Kirsten neulich überlassen hat, als ich noch scherzte, ob sie es auswendig gelernt habe und jetzt gleichgültig genug sei für die raue Welt da draußen.

Der Blick von Herrn DA signalisiert, dass er diesen Zustand schon länger erreicht hat.

»Es war ein langer Tag. Ich will nach Hause und diese Konversation wirklich nicht fortsetzen. Sie haben da einen wunden Punkt angesprochen, weswegen ich mich auch für den etwas starren Blick entschuldigen möchte, der meinen Versuch begleitet, diese Unterhaltung ganz woanders hinzulenken. Ich weiß, wie Sie sich fühlen, und würde Ihnen gern helfen, aber eigentlich fehlt mir dafür jede Autorität. Es ist auch gar nicht mein Befugnisbereich, daher sind mir Ihre genauen Umstände nicht bekannt. Ich weiß nicht, wann der Rest der Belegschaft zurückkehren wird, deswegen ist es mir ein Zeichen tiefer Pflichterfüllung, wenn ich Ihnen die drei SECs aushändige, danach die Korridore freischalte und Ihnen viel Erfolg auf der Schaubühne wünsche. Ich weiß zwar nicht, bei wem, bin mir aber sicher, dass Sie auch das bewerkstelligen werden, da Ihnen ja offenbar die entscheidenden Wege und Mittel zu eigen sind. Guten Tag!«

Mit diesen Worten stellt er seine Werkzeugtasche auf den Umschlag, schiebt sie leicht vorwärts und bückt sich nach dem direkt vor ihm auf den Boden gefallenen Umschlag, als sei er aus der Tasche gefallen, und steckt ihn ein. Dann geht er durch Detektor und Tür, die sich vor ihm automatisch öffnet und nach ihm geräuschlos wieder schließt.

Lambert macht eine Bewegung mit dem Kopf nach hinten geradeaus, Ezra hält einen Lageplan in der Hand, und wir gehen einen endlosen, geraden ausgestorbenen Gang entlang bis zur Schaubühne.

»Das Einzige, was wir noch nicht besprochen haben, ist die Länge von TARGET. Ich finde, wir unterbieten das durchschnittliche Punk-Stück und spielen genau eine Minute. Was meint ihr?«

Ezra studiert den Plan auf dem auseinandergefalteten pastellblauen Zettel, ich erkenne die Farbe wieder, es ist das Programmpapier von GLEICHMUT.

»Ich bin dafür. Und noch was: Weiht mich doch bitte beim nächsten Mal vorher ein, ich hatte echt schon alle Hoffnung aufgegeben wegen diesem Herrn DA.«

Ezra dreht sich zu mir um und legt seinen Arm vertraut auf meine Schulter. »Ich weiß, war blöd, aber irgendwie sind wir beim Erzählen der Geschichte unterbrochen worden, keine Ahnung mehr, von was genau. Tut mir leid, und es war auf keinen Fall absichtlich oder böse gemeint, okay? Bei der Tür müsste es sich um den Bühnennebeneingang handeln. Seid ihr bereit?«

Viel mehr geschäftige Halbherzigkeit kann ich mir kaum vorstellen. WOW. Ich nehme seinen Arm freundlich von meiner Schulter und nicke. Nie habe ich diesen schlimmsten Satz aus zwei Worten *ever* sagen wollen, den alle Welt seit dem WEISSEN LÄRM noch inflationärer als vorher verwendet. Ich sage ihn aber absichtlich trotzdem, um das, was er gesagt hat, zu nivellieren: »ALLES GUT. Jetzt geht's los, ich bin bereit.«

Durch die offene Tür sieht man die mit einem hellen Spot erleuchtete Bühne. Wie überall sonst ist auch hier niemand, und es riecht leicht nach Kampfer. Wir gehen hinein und bauen auf, als ob alles so geplant wäre. Das leere Parkett. Die unbesetzten Logen und Ränge. Das Dunkel überall sonst. Der tanzende Staub in dem Kegel, den der Spot auf die Bühne wirft.

In meinem Kopf dröhnt wegen all der zu verarbeitenden Erfahrungen und Gefühle nur ein unauslöschlicher Satz aus meiner Retro-Fernsehmanie: LICHT AUS: WOMM. SPOT AN: JA.

Ich weiß nicht, warum wir, ohne irgendetwas zueinander zu sagen, nur stumpf unser Set aufbauen. Vielleicht ist es der böse Kater vom lange nicht mehr genossenen Alkohol, die ersten Nachwehen unserer VERMISCHTEN EMPFINDUNGEN oder einfach nur die vor uns lauernde Enttäuschung darüber, dass es anscheinend keine Jury gibt, wahrscheinlich auch keinen BEWERB und natürlich infolge dessen auch keine 100.000 Euro. Und der Elefant im Raum, ob DER WEISSE LÄRM überhaupt einen einzigen Ton auf der Bühne ungestört zulassen wird.

Wir stehen alle da wie im STEREOLABOR. Ezra hat die Fender umgehängt, das Kabel am Verstärker angeschlossen. Lambert hält die Melodica in den Händen. Ich schalte den Casio an und schaue kurz auf die Uhr. Es ist genau halb eins. Vielleicht sind wir einfach nur zu spät gekommen.

Zeigen Sie mir etwas Neues; ich will von vorn anfangen.

Erik Satie

Kapitel-Playlist

1. Young Marble Giants: Brand–New–Life
2. The Go-Betweens: Karen
3. The Smiths: What She Said
4. Gang of Four: Natural´s Not In It
5. Television Personalities: Part Time Punks
6. Buzzcocks: Boredom
7. Devo: Jocko Homo
8. Fad Gadget: Ricky's Hand
9. Crash Course in Science: Kitchen Motors
10. The Flying Lizards: Money
11. PiL: Public Image
12. Siouxsie and the Banshees: Mirage
13. The B-52's: Planet Claire
14. Young Marble Giants: Final Day

Zum Nachhören der Playlist:
Punk. Roman von Eckhart Nickel
auf youtube music

»›Spitzweg‹ ist eine herrlich überdrehte Feier des Eigensinnigen.«

SWR 2, Lesenswert

Coverabbildungen vorbehalten

Eckhart Nickel
Spitzweg
Roman

Piper Taschenbuch, 256 Seiten
ISBN 978-3-492-31988-1

»Spitzweg« erzählt die Geschichte zweier junger Männer, die der Wahrheit unserer Existenz und der Frage nach »Original und Fälschung« auf der Spur sind. Bei der Verfolgungsjagd ihrer bewunderten Mitschülerin Kirsten wähnen sie sich noch am Zug, während ihre Schülerfreundschaft auf die schwerste Probe gestellt wird.

»Ein riesengroßer Spaß, intelligent, aber auch voller Esprit.«
SR 2, Literatur im Gespräch

PIPER

Leseproben, E-Books und mehr unter www.piper.de